口づけは———とても……気持ちよかった。怜の唇は弾力があって、
温かく吸いつくように俺の唇を押し包んできた。（P.50より）

イラストレーション／あさとえいり

春の探針

篁 釉以子

もくじ

春の探針

——痛い

——痛い

——痛い………もう限界だぁ————っ!!

どんなに我慢してたって人間には限界ってもんがあるよな？

昨日まではテレビでもつけていれば忘れてられたし、一時間前までは他に気を取られているふりでもしてれば忘れていられたんだ……と思う……多分……。でもこう痛くちゃ、それも怪しいもんだ。

『チクショウ！　痛い、痛すぎる！』

あんまり痛いんで、俺が痛いんだか、痛いのが俺なんだかわからなくなってきた。

タオルケットを被って突っ伏していたベッドから、俺は救いを求めてついに這いだした。

「ううぅうぅぅ………」

だけど俺の口をついて出たのは、まるで死にかけた犬みたいな情けない呻き声だけだった。あぁ、俺ってば、本当に惨めったらしいぞ！

「何なのよ、今の変な声は？」

俺の呻き声に驚いて、出勤前の化粧をしていた姉貴が隣の部屋からすっ飛んできた。助かったぜ、と思ったのも束の間。

「ぶぅわぁはっはっは」

頼りの姉貴は俺の顔を見るなり、腹を抱えて笑いだした。チクショウ、痛みさえなければ俺は間違いなく姉貴にウエスタンラリアートをくらわしていたな。もっともそんなことしたら、三倍になって返ってくるのはお日様が東から昇ってくるより確実なんだけどさ！

「ねぇ……ひゃん……いらぃ……たふけてくでぇぇぇ……」

部屋の入り口に立ったまま可哀相な弟の姿に爆笑する無情な姉の足元まで、俺はやっとの思いで這って行くと、その足に縋りついた。

「バカねぇ、徹《とおる》ってば、いったい何回繰り返せば気が済むんだか？　ほら、立って！　薮下《やぶした》先生のところへ行くわよ！」

「！！！　いやだぁああ――――っ!!」

俺はしがみついていた姉貴の足を離すと百八十度方向転換して、さっきまで潜り込んでいたベッドへ逃げだした……はずだったんだけど、姉貴は俺の首根っこをムンズとばかり捕まえると、信じられないほどの力で引っ張った。

「うわぁ――――っ！」

俺の軀はズズッと部屋の外へ引きずりだされていた。

『なんつぅー力だ！　それでも女かよ！』

大声で怒鳴りたかったけど、俺の口は痛みに麻痺して既に仮死状態みたい……。

「何ふざけたこと言ってんのよ！　そのみっともない下ぶくれ、鏡で見てごらん！」

姉貴はズルズルと俺の軀を砂袋かなんかみたいに引きずって玄関のところまで行くと、姿見に使っている鏡に俺の顔を押しつけた。

あぁ、何て見事な下ぶくれ！　おおよその見当はついていたけど、俺の左顔面は目の下からビックリするほど腫れ上がっている。

これじゃ、まるでお笑いだ。自分の顔で笑えそうだぜ。くるとこまできたってヤツだ。もうどうやったって誤魔化せそうもない。

がっくりと肩を落とした俺を、姉貴は観念したと見たのか再び引っ立てにかかった。

「さぁ、藪下先生のとこへ行くわよ！」

「ふぇええん……」

勝ち誇った姉貴の言葉に、俺が返せたのは情けない涙声だけだった。

ところで姉貴の言う藪下先生というのは、この町に一軒しかない歯医者の爺さんのことだ。まったく『ヤブシタ』とはよくいったもんで、このジジイがひっでえヤブ医者なんだ。その治療の痛さといったら、とっても口では言い表せないぜ。

俺はガキの頃から、この歯医者のジジイが死ぬほど嫌いだった。歯医者が好きなヤツもいないかもしれないけど、俺はとにかく『痛い』ってのが駄目なんだ。

中学の時にアキレス腱を切ったヤツがいて、クラスの連中と見舞いに行ったんだけど、その時のソイツの話を、やれ切れた時にはどんな音がしたとか、切れて縮んだ腱を足首を切開して引っ張られた時の感触がどうだったとか……入院してて退屈なのはわかるけど、妙に入り細に入った話を聞いているうちに、俺は自分の足首が冷たくなってきて動けなくなった。さあ帰るぞという時になっても、俺は立ち上がった途端、自分のアキレス腱が切れてしまいそうで、脂汗を額に滲ませて硬直していたんだ。

話だけでも、俺には『痛い』ってのが死ぬほど恐いんだ。それがホントのホントに『痛い』なんて！

歯医者へ行った経験があるヤツなら誰だってわかるはずだ。待合室で待ってる間中、あの消毒薬の独特な臭いと、前の患者が歯を削られている、思い出しても背筋の凍る機械音の精神的拷問に耐えなきゃならないんだぜ？　おまけに自分の番になったら、あの拷問椅子に縛りつけられて、歯を削られたり抜かれたりするんだぞ！

あぁ、駄目だ……。恐い、恐すぎる……。高校二年にもなって歯医者が恐いなんて、人様にはとっても言えないけど、恐いものはやっぱり恐い。

だから俺はガキの頃から、虫歯になっても歯が痛いなんて絶対に言わなかったし、学校の健康診断で虫歯があります、なんて手紙をもらっても、家の人には見せずに捨てちまってた。もちろん虫歯は隠してたってなくならないから、俺はいつも面相が変わるほど顔が腫れ上がってから、姉貴に藪下のジジイのところへ引きずられていくのが常だった。

そこまでひどくなった虫歯を治療するのがどんなものか！　言語に絶するぜ………！

あぁ、そして――今もまた、その時が近づいてきているんだ！

「ほら、さっさと中へ入りなさいったら！」

姉貴に背中を押されて、古めかしい硝子の入った引き戸の玄関を開けると、そこはすぐに恐怖の待合室だった。

長椅子に順番を待っている患者の姿はないが、診療室からは例の神経を直撃するドリルの音が響いてくる。襲いかかる消毒薬の臭い。姉貴が初診の手続きをしている間に逃げだそうかとも思ったが、既に俺の軀は恐怖のあまり金縛り状態に陥っていた。

この前、藪下のジジイのところへ引きずられてきたのは、忘れもしない高校受験の三日前だった。二週間というもの受験勉強そっちのけで、気を失いそうな猛烈な痛みと闘ったあげく、俺は白衣の悪魔、藪下のジジイに文字どおり死ぬほど痛い目に遭わされたんだった。

『ああ、あの時の痛みといったら……!』

生々しいまでの記憶が鮮明に脳裏を満たした時、受付のおばさんが俺の名前を呼んだ。

「中田さん、中田徹さん? 診療室へお入り下さい」

死刑執行の合図だ。ガマの脂売りのガマガエルさながらに脂汗を浮かべて動けない俺を、無情な姉貴が診療室の椅子へと追い立てる。

様々な形をしたドリルの先。尖った銀の引っ掻き棒。青や緑の薬瓶。丸めた脱脂綿。シャーレの中には白やピンクの千切った消しゴムみたいなものがいっぱい入っている。

俺は椅子の腕を爪が白くなるほど強く握り締め、恐ろしい拷問の道具を食い入るように見つめた。見ているだけで痛い。痛くて恐い。でも俺の目はまるで吸いつけられたように、冷たく光る尖った銀の引っ掻き棒の先から離れることができない。

「椅子を倒します」

助手の女の人が俺の首にエプロンを巻きつけて言った。

椅子の背が倒れ、オレンジ色のライトが俺を照らす。ああ、万事休す！　白衣の悪魔がゆっくりと近づいてくるのを、俺は目の端に感じた。

「口を開けて下さい」

助手の事務的な命令に、俺の恐怖は頂点に達した。恥ずかしいくらい躯が震えだす。

『うぅぅっ……ヤ、ヤバイ……』

だが、そう思った時にはもう遅かった。この現実から逃げだす最後の抵抗とばかり、きつく目を瞑った俺は、躯の震えどころかジワーッと涙まで溢れさせてしまったのだった。

『チクショウ、チクショウッ！　藪下のジジイのヤツ、俺が泣いたって、町中に吹聴するぞ！』

このクソジジイはヤブなだけじゃなく、物凄い意地悪ジジイなんだ。一軒しか歯医者がないような田舎町じゃ、何でもないようなつまらない噂が、それこそあっという間に広まるんだ。

現に二年前に治療にきた俺が泣き喚いたことを、このクソジジイときたら挨拶代わりに患者達全員に話してくれたもんだから、せっかく入学できた高校でまで、俺は『歯医者が恐くて泣く男』というありがたくもないレッテルを貼られてしまったんだ。

そのレッテルは実際、高校一年の夏休み近くまで俺を悩ませた。

今でも思い出したようにそれをネタに俺をからかうヤツもいるけど、まぁ、中坊の時の話だし……それっていつの話？　お前も古いなぁ？　なぁんて何とか誤魔化してきたのに……！　この歳になって歯医者で泣いたなんてことがばれたら、俺はこの町では生きていけないぞ！

俺を心底バカにする藪下のジジイの嬉々とした笑い声が今にも聞こえてきそうで、俺は悔しくて、痛みに麻痺している歯を、それでも必死に食いしばった。

「おいおい坊や、まだ何にもしてないのに泣くなよな？」

だが顔の上から降ってきたのは、まるで聞き覚えのない甘いバリトンの声だった。

「ふぇえっ？」

からかうように少し笑いを含んだ若い男の声に、俺は驚いて目を開けた。

「大丈夫だよ、恐くないからね、坊や？」

俺の真ん前にマスクをした男の顔があった。

『藪下のジジイじゃない！』

マスクで目しか見えないけど、切れ長のくっきりとした二重の目は、藪下のジジイとは似ても似つかない若い見知らぬ男のものだった。

「あんふぁ、られ？」

状況の摑めない俺は、思わず倒れた椅子の背から半分起き上がって尋ねてみたが、やっぱり口の中は仮死状態だ。それでも舌を動かした拍子に、忘れかけていた痛みが再び俺を襲ってきた。

「ふぅひぃぃ――――っ!!」

俺の目からは不様にも、悲鳴といっしょにまたもや涙が溢れだしてしまった。

「よしよし、こんなに腫れ上がるまで、よくもまぁ我慢できてたもんだな？」

男は俺の頰から顎にかけて指先で軽く押すように触れてから、親指で俺の涙をキュッと拭ってくれた。

「ちょっと我慢して口開けてくれるかな？　痛みどめを塗ってあげるからね？」

脱脂綿をピンセットで摘んで緑色の小瓶に浸すと、男は俺の火照った歯茎に冷たい液体を塗りつけた。

脱脂綿が触れた瞬間、歯茎に鋭い痛みが走ったけれど、暫くするとかなり楽になってきた。

「どうだ？　少しは楽になったか？」

男はカルテらしい紙にペンを走らせながら言った。俺は舌を動かすのが恐くて黙ったまま頷いたが、次に男が始めるだろう治療ってヤツに怯えていた。

どうやらこの男、藪下のジジイよりはだいぶ良心的だが、何たって相手は歯医者だぜ？　油断なんかできるもんかってんだ！

「よしと……それじゃ、今日はもう帰っていいよ、坊や。歯茎の炎症をとめる薬と、それからよく効く痛みどめを出しといてあげるからね？」

男はカルテを助手に渡すと、緊張と驚きで目を剝いている俺に言った。

「その口じゃ食事できそうもないけど、薬はちゃんと飲んでね？　多分明日には腫れが引くと思うから、そうだな、明日の午後にでもまたおいで、いいね？」

俺は男の言葉が信じられなかったが、とにかくこの拷問台から降りるのが先決だ。

窓口で男の言ってた炎症どめと痛みどめを受け取ると、俺は一目散に藪下医院を後にした。

家へ帰って言われたとおりに薬を飲むと、あれほど俺を苦しめていた痛みは消え、翌日には腫れも、まるで嘘のようにきれいさっぱり引いてしまった。

「あいつ何者だ？　藪下のジジイよりよっぽどマシだぜ！」

元どおり腫れの引いた顔を鏡で確認しながら、俺は昨日の男を思い出していた。

『二年ご無沙汰してるうちに、あのヤブ医者のジジイめ、くたばっちまったのかな？　でも病院の看板は藪下医院のままだったしなぁ……？　だけどあのジジイに、あんな若くてまともな息子がいるとは思えないし……それにこんな小さな町で、いくらヤブのジジイだからって、死ねば話題になるよなぁ……？』

いくら考えたって答えは出ない。もしかしたら痛みのあまり、俺は幻覚を見たんじゃないか、なんてことまで浮かんでくる始末だ。

「まっ、いっか？」

やがて物事を深く考えない性分の俺は、腫れの引いた左顎を撫でて痛くないのをもう一度確認すると、考えるのをすっかりやめてしまった。

「姉ちゃん、そんじゃ俺、藪下の爺さんとこ行ってくるから」

学校を早退してきた俺は、姉貴にはそんなもっともらしい理由を言って家を出たが、もちろん藪下へなんか行く気はない。痛みが去った今、誰が好き好んで歯医者へなんか行くもんかってんだ！

俺の外出先は、ここ数日、歯痛と闘うので忙しくて行けなかった隣町だ。俺の住んでる田舎町は村に毛が生えたようなもんで、繁華街なんてありゃしない。ここはゲーセン行くにもバスで隣町へ行かなきゃならないってド田舎なんだ。今日は特別何がしたいってわけじゃないけど、とりあえず藪下へ行ったことになってるんだから、姉貴に見つからない場所で時間を潰さなくちゃならない。医者へ行くって金をもらっといて遊んでたのがバレたら、それこそ大目玉の百叩きの刑だ。

俺より十歳年上の姉貴は、俺にとっては姉ちゃんっていうより親代わりみたいなもんで、いまだに俺を小さな子供だと思ってるところがあって困りもんだ。まぁ、ガキの頃から姉貴には世話のかけどおしだったから無理もないんだけどね。俺はホント、姉貴にはまるっきり頭が上がらないんだ。

「さてと……何すっかなぁ………？」

隣町でバスを降りると、俺はブラブラと商店街を歩き回った後、一番最初に目についたハンバーガー屋に足を踏み入れた。

「う、うまそう……！」

時間潰しのつもりだったのだが、できたてのバーガーを目の前にした途端、急激な空腹感が俺を襲ってきた。そういえばこのところ、歯が痛くってロクなもん食ってなかった。俺はバーガーにむしゃぶりついた。

だが次の瞬間、信じられないような激痛が俺を襲った。

「うぎゃぁあぁぁぁ――――っ!!」

すっかり忘れていた痛みが奥歯を直撃して、俺は思わずバーガー屋の椅子からずり落ちてしまいそうになった。

――――ツキーン、ツキーン、ツキーン……。

鋭い痛みが次々と俺の神経を突き刺す。痛みどめが切れたんだ！　すっかり安心していたためか、再び襲ってきた痛みは、昨日のそれを遥かに上回った激痛だった。

「い、いらいぃっ……！」

俺は食べかけのバーガーを放棄すると、店を出てヨロヨロと歩きだした。行く当てなんかなかったけれど、痛くって痛くって、もうじっとなんかしてられない！

「うぅうっ……」

店の外は夕闇迫る商店街。家路を急ぐおじさん達や学校帰りの学生達の群れが足早にすれ違っていく。俺は急に心細くなってきた。痛む左顎を押さえて当てもなく歩いていると、キュウッと胸の奥が痛んで、迷子のガキみたいに泣きたくなってきた。俺だけがどこにも帰る場所がないような、どこにも所属していないような、そんな心細さが俺を捕らえて放さない。

――キュウゥッ、キュウゥッ……どうしよう？　何だかやたらと胸の奥が痛い……。

この胸の奥がキュウッとなる、痛みにも似た何ともいえない感覚――コイツは何も今に始まったことじゃない。俺にとってはいい加減、慣れっこでお馴染みの感覚だ。ただちょっとばかり今の俺がオタオタしてるのは、このキュウッて感覚にお目にかかるのがあんまり久しぶりだからだ。もっともこのキュウッて感覚に頻繁に襲われてた小さなガキの頃だって、俺にはコイツに対するうまい対処方法なんてなかったんだけどさ？　だってコイツはいつだって何の前触れもなく襲いかかってくる、ホントにやっかいなヤツだったんだ。小さなガキだった俺は、この感覚が襲ってくる度に痛くって苦しくって、本当にどうしたらいいのかわからなかった。それが最近、やっと俺も大人になったのか、このキュウッて感覚とはすっかり縁が切れたんだと安心しきっていたんだ。

「ふぃくひょうぉ……いらいよぉ……」

それなのに、こんなに胸の奥が痛いのは、とんでもない歯痛っていう非常事態のせいに違いない。まるで忘れかけていた古傷が急に痛みだしたみたいに、胸の奥がやたらキュウキュウ痛むんだ。

『クソッ、痛いのは虫歯だけだ！　胸の奥が痛いなんて、そんなのただの気のせいだ！』

心の中で必死に呟いてみた。それなのに気持ちは元気づけられるどころか、却って俺の目にはボワッと涙が込み上げてきてしまった。少しでも気を抜いたら、それこそ小さなガキの頃に戻ったみたいに、不様に泣きだしてしまいそうだった。

それにしても俺は本当にどうかしている。だっていくら痛いといったって、泣くほど虫歯が痛かったはずはなかったんだから……。

「うぅっ……痛いよぉ……」

虫歯なんかよりも、やっぱり胸の奥のほうがずっとキュウキュウ痛んで、俺は込み上げてくる涙と必死に闘っていた。でも、そんなのはまったくの無駄だった。

「こらっ！　中田徹！」

唐突に、誰かが背後でそう叫んだ。

『俺の名前……？　誰かが俺を呼んでる……？』

そう思った瞬間、なぜだか俺は一人ぼっちの無所属感覚といっしょに、キュウキュウするどうしようもない胸の痛みから、ポイッとばかりに解放されていた。ホント、不思議なこともあるもんだぜ？　なぁんて感心してたのも束の間、次の瞬間には、消えたキュウッて痛みと引き替えに、俺はホントに恥ずかしいことをやらかしてしまってたんだ！

「ふぇぇぇ……？」

消えてくれた胸の痛みに、すっかりヘナヘナに気が抜けてしまっていた俺は、声のしたほうを振り向きざま、必死に堪えていた涙をポロッとばかり零してしまったんだ。うわぁ、俺ってば最低！

「おい、坊や？　お前、また泣いてんのか？」

振り向いた俺の視線の先で、見知らぬ男が車の窓から、ちょっと呆れたような顔をして俺を見ていた。

『誰だ？　コイツ？』

思った瞬間、俺は頭の中が真っ白になった。

『き、昨日の男だ！　歯医者だぁ――――っ!!』

俺は引きつったまま、思わず後ずさった。

「痛いんだろう？　馬鹿だなぁ、今日の午後来いって言っただろう？」

男は車を降りると俺を捕まえにやってきた。全速力で逃げだしたかったけど、まるで蛇に睨まれたカエル状態。俺はあっさり男に捕まって、車の助手席へ押し込まれていた。

男は黙って車を発進させる。俺は、といえばすっかり脱力しちゃって、男に歯向かう気にもなれやしない。だいたい歯向かうどころか、俺ってば、男に捕まえられたお陰で、拠り所のない不安が消えて妙に安心しちゃってるんだから始末に負えない。俺の神経は、歯痛ですっかりいかれちゃったに違いないや。

「さぁ、着いたぞ?」

暫く走った後、男が車を停めた。ぼんやり目を上げた俺は、だが、それこそヒェーッ！　ってぐらいぶったまげてしまった。だって男は藪下医院の前で車を停めたんだ！

落ち着いて考えてみれば、男は藪下医院の歯医者らしいんだから、ここで車を停めるのは、そんなビックリすることじゃないんだけどさ?　まぁ、俺の頭ん中には『藪下=痛い』っていう図式がすっかりでき上がっちゃってて、いわゆるひとつの条件反射ってやつだよ。

「さぁ、降りるんだよ、坊や?」

男は助手席のドアを開けると、俺の腕を摑んだ。

『ええっ！　ま、まさか治療するつもりじゃないだろうな?』

驚きに目を剝いている俺に、男は口の端をちょっと上げるいやぁな笑い方で応えた。

「治療してやる」

「だ、だって、もうとっくに七時過ぎてるよ?　しっ、診療時間は五時までだろう?」

男の腕を振り解こうともがきながら、俺は大っ嫌いなわりにはよく覚えている、藪下医院の診療時間を喚き立てた。

「ふぅーん？　診療時間が何時までかちゃんと知ってた上で、今日はすっぽかしてくれたってわけだ？　そういう悪い子は、特別にたっぷり可愛がってやるから覚悟してもらおうかな？」

男は物凄く楽しそうだ。やっぱりコイツ、藪下のジジイの息子かもしれないぞ？　俺は自分で自分の墓穴を掘ってしまったってわけだ。

「ほら、大人しく座るんだよ、坊や？」

女の姉貴にさえ敵わないひ弱な俺が、大人の男に敵うはずもない。俺は男の言うまま、情けないほどあっさりと診療室の椅子に座らされてしまった。

七時を回った診療室には、受付のおばさんも可愛い助手のお姉さんもいない。男は診療室の電気をつけて機械のスイッチを入れると、白衣に片袖を通しながらカルテの棚を探っている。カルテが見つかりませんように、という俺の願いも虚しく、男は探し物をすぐに見つけてしまった。

「さて、中田徹くん。口を大きく開けてもらおうか？」

銀の引っ掻き棒を俺の目の前にわざとらしく突きつけて、男は悪魔の笑みを浮かべた。

『コイツ、俺をからかってやがるな！』

頭ではわかっていても、突きつけられた尖った引っ掻き棒の前に、俺はまたもや金縛りに陥っていた。ダメなんだよ、俺、このいかにも痛そうな尖った銀の引っ掻き棒ってヤツに弱いんだ。それにしても、この時の俺はよっぽど惨めったらしい顔をしてたに違いない。男はクスリと笑って、一応、俺の前から銀の引っ掻き棒を引っ込めてくれた。

「ふふふ、冗談だよ、そんな怯えた顔するなよ？　まるで俺が坊やを苛めてるみたいじゃないか？」

『な、何がみたい、なんだよっ！　十分、苛めてるじゃないか！』

ホントはそう怒鳴ってやりたかったけど、俺は声が出なかった。

「そんなに恐がらなくても大丈夫だよ、俺はうまいからね？　いい子にしてれば痛くしないよ？　あれ？

これって何かイヤらしいな？」

男は昨日俺の歯茎に塗った痛みどめの薬瓶を手に取ってニヤニヤ笑ってみせた。

「ほら、これ塗ってあげるからさ？　これ塗ってからやれば痛くないよ」

男はそう言うと、また笑った。

「ククク……これもちょっと意味深だな？」

『な、何が意味深なんだよ！』

何がどう意味深なのかもわからないまま、それでも俺は、なぜか男のセリフにカッとなってしまった。

「さぁ、いい子だから、お口開けてね？　あぁーん？」

男は俺の顎に親指をかけて口を開けさせると、薬の染み込んだ脱脂綿で俺の歯茎を拭った。だけど昨日と違ってピンセットは使わず、男は指を直接俺の口の中に突っ込んできた。俺の口は小さくはないけど、脱脂綿を持った大の男の指が親指、人さし指、中指と三本もいっぺんに入ってくるとさすがに苦しい。

「んんっ……うぐぅっ……」

生理的な吐き気が込み上げてきて、俺は微かに呻いた。溢れた唾液が俺の唇から顎を伝っていく。

「そんな色っぽい声出すなよ？　こっちまで妙な気分になるだろ？」

『な、何を訳のわからんこと言ってやがる！』

内心では毒づいてみたものの、男がやっと俺の口から指を引き抜くと、脱脂綿と俺の唇の間を唾液がツゥーッと糸を引いて光った。男の言うとおり、これって何だか凄くイヤらしい。たかが脱脂綿と唾液に、どうしてそんな風に感じてしまうのかもわからないまま、俺は思わず顔を赤らめてしまっていた。

「ふふふ、坊やも妙な気分になってきたか？　でも前戯はここまで。もう本番いっても大丈夫だろ？」

感覚の鈍くなった俺の下顎を確かめるように撫でながら、男は薄い唇の端にニヤリと笑みを浮かべた。

『チクショウ！　何が前戯だ、何が本番だよっ！』

男はすっかり治療を、俺をからかうことに置き換えて楽しむつもりだ。腹が立ったけど、俺の顔は益々赤くなってしまう。ああ、何だか妙に恥ずかしいって思うのはなぜなんだろう……？

「どうした？　初めてじゃないだろ？　口を大きく開けるんだよ」

男が無理やり俺の唇をこじ開けにかかる。クソッ！　気分はまるで、悪代官にテゴメにされる村娘だ！

「や、やだよぉ……」

それならせめて、男の指に噛みついてやればよかったのに、俺ときたら情けない哀願の声を上げて、すっかり男を喜ばせてしまった。俺ってかなり情けないヤツかもしれないけど、言い訳させてもらえば、しつこいようだけど俺は『痛い』のが駄目なんだ！　ホントのホントに駄目なんだったら！

男は本当に楽しそうに、極上の笑みさえ浮かべて俺の哀願を無視すると、冷たい銀の引っ掻き棒を俺の口の中へ無理やり突っ込んできた！

「ぎゃぁぁぁぁああ――――――っ！」

後はもう阿鼻叫喚の嵐だ！　本当はさっき塗ってもらった痛みどめのおかげで、そんなに痛いはずはなかったんだけど、如何せん恐怖のほうが先にたって泣き喚かずにはいられなかった。ちっ、文句あっかよ！　ことが終わった頃には、俺は一昨年、藪下のジジイにやられた（もちろん歯の治療だよ！）時よりも盛大に泣いてしまっていた。我ながら、これじゃまるで三歳児並みだぜ！

「よーしよし、いい子だったな？　今日はこれでお仕舞い。でも明日もすっぽかしたら、いい歳してピーピー泣き喚いたこと、町中に宣伝してやるからな？　明日はちゃんと来るな、坊や？」

散々俺を弄んだあげく、男はきっちり俺の泣き所を突いて退路を塞いでしまった。

「どうした、返事は？」

男はニヤニヤしながら、まるで脅すように、鼻がくっつきそうなくらい俺に顔を近づけてきやがった！

「く、来る……ちゃ、ちゃんと来ます！」

俺は倒された椅子の背からずり上がって、カクカクと首を縦に振った。

「よろしい！　じゃ、明日も診療時間が終わってからおいで？　そう泣き喚かれたんじゃ、他の患者に俺の腕を疑われちゃうからな？」

男は手を拭きながら、あくまで楽しそうにつけ加えた。

「明日もたっぷり可愛がってやるから覚悟して来いよな、坊や？」

『チクショウ、チクショウ、チクショーッ！』

家に帰って枕を壁に投げつけても俺の気持ちは収まらない。

『アイツめ、いったい何の恨みがあって俺にあんなことするんだ!!』

もう一度投げつけようと床に転がった枕を拾い上げて、俺はふと思った。

『待てよ？　あいつは歯医者で、俺の歯を治療しただけなんだから俺がこんなに腹立てるのも可笑しな話だよな？　わざわざ隣町から車に乗せてくれて、それも時間外に治療してくれてさ？　それにバカみたいに泣き喚いたのは俺の勝手で、実際、藪下のジジイよりも腕はうんとよかったんだよな……？』

そう考えると、恥も外聞もなく泣き喚いた俺の一人相撲みたいで（実際、一人相撲だったよな？）急に俺は自己嫌悪にズウーンと落ち込んでしまった。

おまけに明日も五時の診療時間が終わってから来いと、アイツが言ってくれたおかげで、俺は学校を早退しないで済む。何といっても俺が泣き喚く姿を、助手のお姉さんに見られたり、待合室の患者に聞かれたりしないで済むじゃないか！　俺は枕を抱いたままベッドに仰向けに転がった。

「アイツって、結構いいヤツかもしれない……」

天井を見上げて、俺は男の顔を思い出しながら呟いた。

ああいうのを切れ長っていうのかな？　アイツの目って、くっきり二重なのにちっとも子供っぽい感じがしなくて、何だか凄く印象的だった。鼻はよく覚えてないけど、不細工じゃなかったよな？　それから唇が薄くて……そのせいかな？　口はちょっと冷たい感じがした。きっと唇の端を上げてニヤって意地悪く笑ったからだ。そうか、時間外だったからアイツ、マスクしてなかったんだ。背は百八十センチ……もっとかな？　いいなぁ、俺とは頭一つ違ってた。それにアイツの手、大きな手だった。背が高いヤツって手も大きいんだよな？　長い指……俺の指より関節一つ分は長かったよな？　だから喉の奥までアイツの指が入ってきて苦しかったんだ……。

唐突に、アイツが俺の口の中に指を突っ込んできた時の感触が蘇ってきた。

——無理やり唇をこじ開けて侵入してきた男の長い指。

——まるで舐めるのを強要するように、舌に絡められてきた男の濡れた指の感触。

——そしてツゥーッと淫らに糸を引いた唾液……そう、こんな風に……。

俺は知らず知らずのうちに、自分の中指を口の中に入れて舐めていた。

「んあぁっ……！」

何だか奇妙な興奮が俺を襲っていた。ゾクリと背筋を駆け抜ける淫らな予感。俺は唾液に濡れそぼった自分の中指を口の中から引き抜いた。

「あ……や、やだ……こんな……」

ジンと痺れるアノ感覚——自分の変化に慌てた時にはもう遅かった。経験したことのない荒々しさが、すっかり俺の軀を支配してしまっていた。まるっきりの制御不能だ。突き動かされるような激しい衝動に、俺はジーンズのジッパーを下ろす指先さえも震わせていた。

「んあっ……あっあっん……！」

やっとの思いでジッパーを下ろして乱暴に自分を摑みだすと、俺はメチャメチャに扱き始めた。

「あっ、あっ……や、やだっ……もっと……もっとぉ……」

手だけでは足りなくて、俺はねだるように腰を振って激しく身悶えていた。昼からは際限もなく濡れた喘ぎ声が漏れだしてとまらない。自慰で淫らに掠れた声を上げている自分が信じられない。姉貴はもう出かけただろうか？　まだだったら隣室にいる姉貴に聞かれてしまうかもしれない。やめなくちゃ、と思うのに、手は益々激しく動いて、俺はどうしようもなく飢えて、そして感じてしまっていた。

「んんっ……んぁっ、あっ、あっん……！」

閉じた目蓋の裏には、治療室で男がその長い指を、俺の口の中に無理やり突っ込んできては引き抜くシーンが何度も何度も繰り返し浮かんでは消える。

「いっ……い、いや……あぁん……もう、やだぁっ……！」

前にクラスの連中といっしょに見たアダルトビデオで犯されて悦がってる女みたいに声を上げて、俺はベッドの上にブリッジした。軀がガクガクと痙攣した。頭の中に極彩色のペンキがぶち撒かれる。瞬間、俺の虚しい欲望の証が何もない天井に向かって吐きだされていた。

「あっ、あっ、あぁあっ……！」

激しい余韻に浸りながら、俺は軀の向きを横にして背を丸めると、両手の中でまだヒクヒクと痙攣を繰ている自分を見た。こんなに激しい自慰は初めてで、俺はもちろん、手の中の俺自身もビックリしているみたいだ。

「ハァ、ハァ、ハァ……」

少しずつ呼吸が落ち着いてきて、俺はそうっと自分から手を離した。そろそろと手を上に持ち上げてみると、指の間を俺の吐きだした欲望が白く糸を引いてシーツに落ちた。それを目にした途端、俺の欲望にまたカッと火がついた。

今達ったばかりだというのに、俺はもうすっかりその気で腹にくっつきそうな勢いだ。

『徹、どうかしてるぜ、お前……？』

頭の中でもう一人の俺が囁く。もちろん俺にだってわかってる。歯医者の治療に興奮して達くなんて、これじゃまるっきりの変態だ！

『あぁ、でも……凄く欲しい……欲しくて欲しくて我慢できないんだっ！』

——でも、いったい何がこんなに……？

「あっ、あっ、あんっんっ……！」

だが答えを見つけるより先に、俺は悦がり声を上げて白く果てていた。

翌朝の気分は最悪だった。

『つ、疲れた……もうダメだ……』

俺はあの後も回数がわからないほど自分を慰めては果てた。寝不足と疲労で目の下は真っ黒だ。それにしてもあんなに何度も達けるなんて、はっきりいって驚きだ。間違いなく俺は新記録を樹立した。それも今までの回数をぶっち切りだ。もしかして俺ってば絶倫なんじゃないか？　なぁんて感心してる場合じゃないよな？　もちろんこれが女の子の裸とかに興奮してってんならまだいいんだけど……昨夜の俺って何がそんなに悦かったんだか……？　きっかけは何だったけか？　何が欲しくて、何が悦くって……本当はみんなわかってるような気がしたけれど、俺の脳味噌はこれ以上考えるのを拒否していた。

ありがたいことに、俺の憔悴しきった顔を見ても姉貴は歯医者のショックと受け取ったようで（歯医者のショックには違いないいんだけどさ？）特に詮索もしなかった。

もっともJRで二駅向こうの繁華街で小さなスナックをやっている姉貴は、俺の朝食と弁当のためにとりあえず起きてはくるんだけど、脳味噌のほうは昼過ぎまではまるで働いていないみたいなんだよね。俺だってもう小学生じゃないんだから飯ぐらい自分で何とかする、っていつも言うんだけど、姉貴はアンタが高校を卒業するまではね、ってまるで取り合ってくれない。夕飯を一人でとる俺を可哀相に思っているのかもしれない。子供扱いされて面白くないけど、実はちょっと嬉しいのも本当だったりするのだった。

『あぁあ、それにしても行きたくないなぁ………』

とっても元気に登校なんて気分じゃなかったけど、姉貴に学校を休む言い訳をする機会を逸してしまった俺は、仕方なく制服に着替えて家を出た。

当然、学校での俺はもぬけの殻状態。リーダーの訳はおろか現国の教科書をまともに読み上げることさえできず、先生達からはテンコ盛りにお小言を頂戴するはめになった。クラスの連中にまで馬鹿にされたあげく、とどめに数学の宿題を忘れて便所掃除まで仰せつかる始末だ。今日は仏滅か？　まったくついてないったら！

「クソッ！」

俺はモップとバケツを手に便所へ向かった。今日の当番の連中ときたら、誰一人として来やしない！　監督の先生からは、やれ床が濡れてるだの、ぞうきんがけが雑だのと文句を言われて、たった一人で便所掃除を二度もやり直しさせられた。サボったヤツらめ、覚えてろよ！

やっと罰当番から解放されると、既に六時半を回っていた。

『ヤバイな、これから藪下へ行ってたら八時近くなりそうだ。アイツ、俺がまたすっぽかしたと思って帰っちゃうんじゃないかな？』

痛くて恐い虫歯の治療をされなくて済むんだから、帰ってくれたほうがラッキーのはずなのに、俺はヤバイ、ヤバイと口の中で繰り返しながら焦って下駄箱に向かってダッシュした。まるでデートに遅れそうになって焦ってるみたいで可笑しいんだけど、俺の心はホント、妙にウキウキしちゃってて、靴を履き替えるのももどかしいって感じだ。

「なっ、中田くぅんっ！」

ところが、すっかり薄暗くなった校庭を突っ切ってバス停まで近道しようとしていた俺を呼びとめる声があった。今日は部活の連中も早く上がったのか、七時近い校庭には人影もなくて、俺はギョッとした。

『こんな時間に誰だよ、いったい?』

振り向いて訝しがる俺に向かって、校舎のほうから誰かがドタドタと走ってくるのが見えた。

「中田くん、今帰りなの?」

ハァハァと荒い息を吐きながら、ブクブクと太った軀を揺らして走ってきた声の主はブチだった。ホントに今日の俺はついてないぞ!

ニキビだらけの赤ら顔に小さな目。俺の二倍は軽くありそうな脂肪の塊みたいなデブデブの軀。そいつを無理やり押し込んでるもんだから、ブチの制服はいつもパチパチに弾けそうだ。おまけに太っているせいか、いつも汗をかいてて鬱っとうしいったらありゃしない。本当は秋淵《あきぶち》美紗絵《みさえ》っていう、まるでアイドルみたいな可愛い名前なんだけど、女子にまでブチって呼ばれてる。ブチだなんてちょっと可哀相って思うかもしれないけど、これがぴったりなんだよ、コイツには!

もちろん、ただ鬱っとうしいだけのブスだってんなら、俺だってブチをそんなに嫌ったりしないさ。だけど俺にはブチが鬼門なんだよ。だってコイツってば、あろうことか俺に気があるっていうんだぜ? いくら何でも勘弁してくれよな? ことの起こりは去年のバレンタインデーだ。ブチのヤツ、手作りのチョコレートを学校へ持ってきたあげく、俺に告白をブチかましてくれちゃったんだ!

一年の時の、例の歯医者泣き喚き事件ですっかり皆様の笑い者になってた俺は、やっとほとぼりの冷めた平和な高校生活を、この告白劇でブチ壊しにされちゃったんだ! その日を境に、俺はブチの想い人として再び注目の的となり、当のブチ以上にからかわれ虐げられてきたんだ! 俺がいったい何をしたっていうんだよ？　ホント、ブチに好かれるなんて、大迷惑以外の何物でもないぜ！

「ねぇねぇ、罰当番だったんでしょ？　いっしょに帰ろうよ、中田くん？」

俺はブチの告白以来、徹底的にコイツを避けまくっているというのに、コイツときたら信じられないほどの図太さでいつも俺にすり寄ってくる。俺が好きなら、その度にクラスの連中にイヤってほど馬鹿にされる俺の身にもなってくれってんだ！　たとえ誰も見てなくたって、誰がいっしょになんか帰るもんか！　それでなくても今の俺は急いでるんだ、邪魔しないでくれ！

「やなこった！　俺に声かける前に、鏡と相談してこいよ、このブス！」

俺はブチに怒鳴ると、バス停に向かって全速力で走りだした。罰当番やら今日一日のついてなかった全てに腹を立てていた俺は、いつもより十倍ぐらいブチに冷たくしてやった。悪いとはわかっていても、八つ当たりってのはやっぱ快感だぜ。

「ちょっと待った、そこのバスッ！」

必死に走って、俺は発車しかけたバスに何とか飛び乗った。これに乗り損ねたら、藪下へは確実に十時を過ぎてしまう。さっきのブチと同じくらい盛大に上がった息を整えながら、俺は腕時計を見た。それでも今からじゃ八時をかるく回りそうだ。

『アイツ、待っててくれてるかな？』

俺はバスに乗ってる間中、それこそ一分おきに腕時計を見ていたのだった。

「ひゃ――――ぁ！　さ、さみぃ！」

飛び降りたバス停から薮下医院までは五百メートル。寒さの増した十一月の夜道を、俺は全力疾走していた。だけど目の前に近づいてきた薮下医院には、灯り一つついてない。腕時計を見ると、確認するまでもなく八時を回ってる。当然、辺りは真っ暗だ。

『帰っちゃったんだ……そうだよな？　こんな時間まで、アイツが俺を待っててくれるわけないもんな？』

俺は急に哀しくなってきた。胸の奥がキュウッと痛む。遅れてきたのは俺のほうなのに、待ち合わせをすっぽかされたみたいに哀しくてやり切れない気分だった。

『だ、だけどもしかしたら……？』

俺はまるで諦めの悪い子供みたいに、誰もいないとわかりきっている薮下医院の古ぼけた硝子の引き戸の前まで歩いていった。硝子の向こうはやっぱり真っ暗だ。

『……やっぱりダメかぁ……』

それでも諦めきれない俺は、未練たらしく硝子の引き戸に手をかけてみた。

「うわぁ！」

俺は悲鳴を上げた。

鍵がかかっているとばかり思っていた硝子の引き戸が、ガタンと一つ音を立てたかと思うと、後はスルスルと開いてしまったからだ。開いてくれとは願いつつも、どうせ開かないと高をくくっていた俺は、すっかり困ってしまった。戸が開くとは思ってもいなかったもんで、戸が開いた後のことなんかまるで考えてなかったんだ。

「ご、ごめんください……？」

何とも間の抜けた呼びかけをしながら、俺は開いた戸口の中へソロソロと足を踏み入れてみた。だけど戸口の中はやっぱり真っ暗で、シンと静まり返っている。

『アイツってば、鍵をかけ忘れて帰ったのかな？　まったく、いくら田舎の歯医者だって不用心てもんだよなぁ？　もっとも藪下に泥棒に入るヤツもいないか？』

などと思いつつ、更に奥の診療室のドアを開けた俺は、ゾゾッと全身の毛が逆立つほど驚いた。

『な、何かいるっ!!　ど、泥棒だぁっ！』

暗闇に慣れ始めた俺の目は、診療台の上でモゾモゾと蠢く黒い人影をしっかり捕らえてしまっていた。

『あぁ、やっぱり今日はついてない！　チクショウ、歯医者になんか来るんじゃなかった！　まだ死にたくないからな、俺！　あぁ、姉ちゃん、助けてくれぇ……！』

とにかくこの場を逃げだすのが先決だ。俺は謎の人影に気づかれないように、ソロソロと後ずさりを始めた。だが診療室を出た途端、俺は何かに足をとられて派手にひっくり返ってしまった。

「い、痛ってぇ————っ！」

俺は待合室の椅子の角で、したたかに頭を打ちつけてしまった。目から火花が散る。強打した後頭部を両手で押さえて、俺は額をググッと床に強く押しつけて痛みに耐えようとした。だがそこで突然、待合室の電気がパッとついた。

『ゲッ！　見つかっちゃったよぉ！』

俺は椅子の下に頭だけ突っ込んだ情けない格好で、軀を丸くして敵に身構えた。こんな時間に俺が歯医者にいるなんて誰も知らない。《強盗、高校生を絞殺！》なんて見出しが新聞に出るのかな？　クソッ、昨日買ったジャンプだってまだ読んでないんだぞ！　あぁん、姉ちゃん、恐いよぉ、殺されちゃうよぉ！

「クックックッ、頭隠してシリ隠さずとは、正にこのことだな？」

聞き覚えのある、笑いを含んだ声がすぐ近くからしてきて、俺はビックリして飛び起きた……はずだったんだけど、椅子の下に頭を突っ込んでたもんだから、さっきぶつけたばかりの後頭部を、またまた思い切りぶつけるはめになった。あぁ、頭の回りに星が飛んでいる……。

「おいおい、大丈夫か、坊や？」

声の主は、俺の軀を椅子の下から引っぱりだして抱き起こすと、俺の後頭部を触った。

「あぁあ、でっかいコブができてるぞ？」

俺は蛍光灯の眩しさと突然の展開に目を瞬かせて、俺を抱き起こしてくれた男の顔を見た。

『クッソォ、やっぱりアイツだ！』

一瞬にして、痛みが激怒に変わった。ショックから立ち直った俺は、男の胸ぐらを摑んで嚙みついた。

「ビックリするじゃないか！　なんで電気消してたんだよ、泥棒かと思ったじゃないかっ！」

「いやぁ、悪い悪い。待ってるうちに眠くなっちゃって、ちょっとひと眠りと思ってさ？　だけど今って、いったい何時なんだ？」

男は思い出したように腕時計を見た。

「八時半だぁ？　おい、中田徹！　診療時間が終わってから来いとは言ったが、八時半はないだろ？　学校って、いつもこんな遅くまでかかるのかよ？」

形勢逆転！　今度は俺が言い訳する番だ。今日は特別ついてなくてと、俺がしどろもどろに説明を始めると、不意に男がニヤリと笑った。あのちょっと唇の端を上げるいやぁな笑い方だ。

「おい、もうちょっと色っぽい話しようぜ？　せっかく二人っきりで抱き合ってるんだからさ？」

「なっ！」

俺は二の句が継げなくて、口をパクパクさせて赤面してしまった。なるほど言われてみれば、さっき男が俺を抱き起こしてくれた格好のまま、俺達は床の上に向かい合って座っていた。おまけに俺が男の胸ぐら掴んでるもんだから、鼻と鼻とがくっつきそうに俺達の顔は接近していた。

男がまたニヤリと笑った。男の顔は、もう焦点が合わないほど俺の顔に接近してきている。

『うわっ！　キスされるっ！』

思った瞬間、俺は思い切り後ろへ仰け反っていた。コブの上に更に大きなコブができそうな物凄い勢いだったが、俺の後頭部は三度目の激突には遭わずに済んだ。男の大きな掌が、俺の後頭部を間一髪のところで救ってくれたからだ。

「バカ、冗談だよ、冗談！　ひっくり返るヤツがあるかよ？」

今や俺の後頭部を抱き込んで、床の上にひっくり返った俺に馬乗りになってる男から、冗談だなんて言

われても笑えないぜ！

「もう、いいっ！　俺、帰るっ！」

俺は男を押し退けて座りなおすと怒鳴ってやった。

「冗談だって言ってるだろ？　この程度でガキみたいに不貞腐れるなよな？」

男は立ち上がると、まだ口を尖らせて座り込んでる俺に手を差し伸べてくれた。

「ほら、立てよ」

その手を取ろうともしない俺に、男はしょうがないなと言いたげに肩を竦めると、俺の髪をクシャリと掻き回した。

「悪かったって、機嫌直せよ？　だいたいお前が遅れてくるから悪いんだぞ？」

遅刻を盾にとられると弱い。俺は不承不承、男の手に摑まって立ち上がった。

「あぁあ、もう九時近いな……いくら何でもこれから歯を削られるのはいやだよなぁ？」

男が腕時計を見ながら言った。何だか思わぬ展開の連続で、俺はここへ来た当初の目的をすっかり忘れてしまっていた。そうだ俺、虫歯の治療に来たんだった！

男は俺の顔と腕時計の文字盤を交互に見比べている。

「よし、やめた！　俺も腹減ったしな、今日は飯食って帰ろう！」

男は白衣を脱ぎながら診療室へ行くと、上着と鍵をもって戻ってきた。

「お前も夕飯まだなんだろ？　付き合えよ、タンコブのお詫びに奢ってやるからさ？」

男は俺の返事も聞かずにさっさと病院を閉めると、俺を車の助手席に押し込んだ。初めてコイツに捕まって藪下医院へ連れてこられた時といい、どうもコイツのペースには逆らえない。強引っていうのとも違うんだけど、なんか押し切られちゃうんだよな？　やっぱ、歯医者は俺の天敵だぜ！　なぁんて思ってるうちに、車は隣町の繁華街のすぐ近くまで来ていた。車だとこんなにスムーズで早いってのに、どうしてバスだとあんなにかかるんだよ、まったく！

「さてと、お前、何が食いたい？　おっと、制服じゃ、酒飲むとこはまずいかな？　まぁ、父兄同伴だから、ちょっとくらいはいいか？」

「ちぇっ！　誰が父兄だよ、誰がっ！」

「ふふふ、怒らない、怒らない。おっ、ここにしようぜ？」

憤慨する俺をよそに、男はさっさと入る店を決めてしまった。ホントにコイツのペースだぜ！

「あ、ちょ、ちょっと！」

男に引きずり込まれるようにして暖簾《のれん》を潜ったのは、『お多福』という鍋物をやってる店だった。カウンターと奥に小上がりがいくつかある、店の名前から想像してたより結構新しくてきれいな店だ。

「ビールと鱈ちり二人前ね？」

小上がりに向かい合って座ると、男はまるで最初から決めていたみたいにメニューも見ずに注文した。俺はといえば、出されたおしぼりで手を拭きながら、キョロキョロと店の中を見回している。俺はこういう店に入るのは初めてだった。

客は俺達と、衝立てを二つ挟んだお隣さんに、鍋を囲んでいる会社帰りのサラリーマンって感じの一団。後はカウンターに若い男とOL風のお姉さんのカップルがいるだけだ。

『ええっ？　な、何だよ、あのお姉さんって……？』

だけどこのお姉さんがクワセ者だった。俺はお姉さんの視線に思わずタジタジとなってしまった。だってそのお姉さん、いっしょにビールを飲んでいる男の彼女に違いないのに、俺といっしょにいるこの男がえらく気になるみたいでさ？　さっきからメチャクチャ露骨な視線を送ってよこすんだ！

『そ、そっか……コイツって、やっぱ想像以上にモテるんだ？　そうだよな？　コイツの見た目って、ホント羨ましいくらいカッコいいからなぁ……ムリもないよなぁ……？』

一人で妙に納得しながらも、何だか学生服を着ている自分だけがこの店にひどく場違いな感じがして、俺はぎこちなく制服の上着を脱いだ。

「少しくらいは、いいだろ？」

運ばれてきたビール瓶を差しだしながら男が言った。

「え？　ああ、う、うん……」

意外に鈍感なのか、男はお姉さんには気がついてないみたいだ。俺は差しだされるまま、男にビールを注いでもらった。お返しに、俺も男のコップに注いでやらなきゃならないのかなと思ったけど、男はさっさと自分で自分のコップにビールを注いでしまった。

「徹のでっかいタンコブにカンパイ！」

男は笑いながらコップを一気に空けた。

「さぁ、鍋作ろうぜ?」

男は煮立ってきた土鍋の蓋を開けると、竹の菜箸を器用に操って、材料を手際よく入れ始めた。

「徹、フタ取って、フタ」

俺の渡してやった蓋を土鍋にすると、男は再びビールをコップに注いだ。

「もしかしてお前、酒はダメだった? 全然、飲めない?」

俺のコップにもビールを注ぎ足そうとして、そのコップがちっとも減っていないのに男が気づいた。

「あ、い、いや、平気! 飲めるよ……!」

俺は慌ててコップに口をつけた。俺はホント、まるっきり飲めないゲコってわけじゃない。今までだって学校祭の打ち上げなんかでは人並みに酔っ払ってもいたし、たまには姉貴に付き合って缶ビールを空けたりもしてた。だけど俺って、実は酒をうまいと思って飲んだ試しがないんだ。十七にもなってビールの一つも飲めないなんて馬鹿にされるから、友達の前ではカッコつけてるけど、強いて飲みたいもんじゃないってのが、俺の酒に対するホントのとこだった。

「無理するなよ、顔にまずいって書いてあるぜ?」

男は俺の手からコップを取り上げると、ほとんど手つかずだった俺のビールを飲み干してしまった。

「コーラとウーロン、どっちがいい?」

「飲めるってば、ビールでいいよ!」

俺は馬鹿にされるのがいやで、男の手からコップを奪い返そうと伸び上がった。

「俺の前でカッコつけたって仕方ないだろ、虫歯の徹クン？　すみませーん、ここ、ウーロン一つ！」

男は俺の抗議を無視して、店の人に声をかけた。

『チクショウ、ホントにコイツって俺を黙らせるのうまいぜ！』

確かに俺はコイツの前で散々泣き喚いてるんだから、これ以上カッコつけたって仕方がないんだった。それでも運ばれてきたウーロン茶のコップに口をつけようとしない俺を見て、男はニヤリと例の笑みを浮かべると、ビール瓶を俺の前に置いて言った。

「飲みたきゃ飲めよ？　俺は構わないんだぜ？　その代わり俺の前で酔い潰れてみろ、襲われても文句言うなよ、泣き虫の徹ちゃん？」

「な、何で、アンタ、俺にそんなことばっか言うんだよっ！」

「そりゃ徹ちゃんが可愛いからさ？　歯医者さんと付き合う気ない？　言ったろう？　俺、うまいぜ？」

「な、何が、どううまいっていうんだよっ！」

「何って、そりゃ、ナニに決まってるだろ？」

からかわれているとわかっていても、赤面して抗議してしまう俺も俺だ。クソッ！　益々顔が赤くなってくるのが自分でもわかる！　こういう時は、何か気の利いた冗談でも返してお笑いにしてしまえばいいんだろうけど、俺にはそんな芸当できやしない。

高校を中退して以来、あちこちの店で働いた後、一昨年からは自分の店を出している俺の姉貴は、頭の回転も速くて酔っ払いのスケベジジイなんかもそつなくさばく。ところがその弟の俺ときたら、何でも真に受けて必死に言い返しちまうヤボの塊だ。例のブチの一件でからかわれる時にしたってそうだ。やっぱり同じ姉弟でも母親が違うせいかな？　何をやっても俺は今ひとつ要領が悪い。ひょっとして俺ってば、ブチなんかよりもずっとからかいやすいカモなんじゃないか？

「おっ、煮えてきたぞ！　徹、魚は食えるんだろ？　取ってやるから、とり鉢かせよ？」

男はユデダコよろしく真っ赤になってる俺の器にも、でき上がった鍋の具を盛りつけてくれた。何か作るのも、盛るのもやってくれちゃって、お母さんみたいだね？　もっとも俺ン家には、そんなお袋いないんだけどさ……。

「うまいっ！　やっぱ冬は鍋だよなぁ？　ずっと食いたいと思ってたんだけど、一人で鍋ってのは侘しすぎるからな？　ほら、お前も食えよ？　さっき徹と飯食おうと思った瞬間、やったぜ、これで鍋が食えるって思ったんだ。俺に付き合わされてるんだから、いっぱい食ってせいぜい元とって帰れよな？」

男は本当に満足そうな顔して食べている。さっきまでのニヤリって顔とはまるで違う。それにこの食い方、ホント豪快ってヤツだ。何だかやたらとカッコいい大人って感じだった男と、急に歳が近づいてきた気がして、俺は肩の力が一気に抜けた。俺は男に負けない勢いで鍋を平らげにかかった。俺もメチャメチャ腹減ってたんだ。それに俺だって、鍋を食べるなんて本当に久しぶりだったんだ。

「やっぱ、誰かと飯食うのっていいな？」

唐突な男の言葉に、俺はとり鉢から目を上げて男を見た。俺と同様、鍋に夢中になっているとばかり思っていたのに、男はいつの間にか箸を置いて俺を見ていた。

「アンタって、一人暮らしなの?」

箸を置いた俺は、結局ビールは諦めて、ウーロンを一口飲むと聞いてみた。そういえば、俺はこの男についてては歯医者だという以外、何にも知らないんだった。

「その、アンタってのやめろよな?」

上着のポケットからタバコを出しながら、男が顔をしかめてみせた。そのまま喫ってもいいか、と男がゼスチャーを送ってよこしたので、俺は返事の代わりに灰皿を渡してやった。

「じゃあ……藪下先生?」

男はちょっと目を細めると、天井に向かってうまそうに煙を吹きだした。コイツってば、タバコ喫うのもカッコイイぜ。ちぇっ、姉貴に隠れてビクビクしながら喫ってみたのはいいけれど、咳き込むばっかで苦しくって、たったの一回で懲りた俺とはえらい違いだ。

「は・ず・れ。俺、藪下じゃないもん」

「エッ! 藪下じゃないの? じゃあ、アンタって誰なんだよ? 何で藪下医院にいるんだよ?」

俺は思わず身を乗りだして、声を荒げてしまった。

「落ち着けよ、カウンターのお姉さんがこっち見てるぜ?」

男に言われて振り返ると、カウンターから俺達のほうを興味津々って顔して見ている例のお姉さんと、まともに視線がぶつかってしまった。

「バァカ、振り返るんじゃないの！」

男はタバコをもみ消すとニヤリと笑った。ふーん？　コイツってば澄ましてるけど、あのお姉さんがモーション送ってきてたのに気がついてたんだ？　まぁ、トロい俺でも気がついたんだから当たり前か？　だけどあの程度はお呼びじゃないってわけね？　いい男は余裕だね、まったく！

「そうだな、お付き合い申し込む前に自己紹介くらいしなくちゃな？　俺はムカイアキラ、向かっていくの『向』に井戸の『井』アキラは怜悧の『怜』っていう字」

男はお膳の上に指で『向井　怜』と書いてみせた。

「六月五日生まれのB型。職業歯科医。もちろん独身で二十五歳。神奈川県横浜市出身。現在は家庭の事情で藪下医院で代用歯科医やってます……と、こんなもんかな？　何か他に聞きたいこととかあるか？」

男は二本目のタバコに火をつけた。

「家庭の事情って……？　アンタ、藪下のジジイの息子なの？　でも名字が違うよね？　ねぇねぇ、どうして？　アンタって、本当は誰なの？」

声のボリュームこそさっきよりは絞っているものの、俺は男のほうへ身を乗りだして矢継ぎ早に質問を浴びせかけた。だけど男は焦らして楽しむつもりなのか、俺の質問にはまるで答えてくれない。

「だから、アンタじゃないって、向井怜だよ。ア・キ・ラ、ほら、言ってみな？」

「……アキラ……さん？」

男に促されて、仕方なく名前を口にしてみたが、やっぱり一応、歳上の人間を呼び捨てってわけにもいかないから、俺はやや間をおいて『さん』をつけて呼んでみた。でも『アキラサン』なんて、何だか恥ずかしくって、二度と口にできそうもないや。

「うーん、悪くないな？　でも、アキラでいいよ？　ふふふ、徹は可愛いから、特別に呼び捨てを許可してあげよう」

俺の気持ちを察したのかどうか……？　まあ、この男だって俺を『坊や』だの『徹』だのって随分と馴れ馴れしいからな？　本人がいいって言ってるんだ、遠慮なく呼び捨てにしてやるぜ！

「じゃあ、怜……は誰なのさ？」

「教えてやったら、俺と付き合うか？」

男はひどく悪戯っぽい目で俺をチラッと見たが、俺が口をへの字にしたのですぐに言い直した。

「冗談だよ、徹はすぐ本気にして怒るからさ？　つい、からかいたくなっちゃうんだよなぁ……まあ、そこが可愛くって気に入ったんだけどね？　ああ、わかったよ、教えてやるから、そんな睨むなったら！」

怜は藪下のジジイの孫だった。藪下の一人娘が怜のお袋さんで、当時歯学部の学生だった怜の親父さんと駆け落ちしてこの田舎町を出てったんだってさ！　だけどそれって俺の生まれる前の話だもん、藪下のジジイに娘がいたなんて初耳だよ。

「へぇぇ？　藪下のジジイに子供や孫がいるなんて、俺、全然知らなかった！」

「うん、実は俺も藪下の爺さんに会ったのは、つい二週間前が初めてなんだ。俺の家、ひい爺さんの代から横浜で開業してる歯医者でさ？　親父の他は女姉妹ばっかで、横浜の歯医者の跡継ぐヤツいなかったんだ。ところがお袋のほうも歯医者の一人娘だろ？　婆さん早くに亡くした藪下の爺さんは、お袋に婿養子をもらって歯医者を継がせるつもりだったんだな。それで俺の親父との結婚には猛反対でさ？　お袋が実家おん出て親父といっしょになっちゃったもんだから、以来四半世紀以上になろうっていうのにあの頑固ジジイ、お袋はおろか孫の俺にも頑として会おうとしなかったってわけ。おい、面白いかよ、こんな話？」

好奇心の塊みたいになって目を輝かせている俺に、怜は呆れているのかもしれないけど、田舎町の単調な暮らしには刺激が少ないんだよ。もっとも俺ン家の家庭の事情っていうのも、よそ様からすれば結構きてると思うけどさ？

「面白いよ、ねぇ、それで？　それでどうして二週間前に会うことになったの？」

「ちぇっ、俺としてはもう少し色気のある話したかったんだけどなぁ……ああ、もうわかったよ、話すからそんなに急かすなったら！」

怜は置きタバコのままだいぶ短くなってしまったタバコをもみ消した。

「倒れたんだよ。さすがの頑固ジジイも寄る年波には勝てなかったのか、倒れてさ？　病院から一人娘のお袋のところに連絡がきたわけ」

「えっ、爺さん死んじゃったの？」

やっぱりな、と思いながらも俺は驚いた。

「こらこら、勝手に殺すなよな？　まだ爺さんは生きてるよ。もし死んでたら、俺だってこんなとこに来なかったさ。俺さ、大学出て医師免許とった後、実家の病院継ごうかとも思ったんだけど、親父もまだまだ現役だろ？　急ぐ必要もないってんで、アメリカの大学に研修医の口を見つけてさ？　教授の推薦もらってそのまま三年間渡米してたんだ」

ちぇっ！　コイツって、どこまでもカッコいいヤツだぜ！

「それで研修が終わって三年ぶりに帰国した途端、藪下の爺さんが倒れたっていうんでさ？　親子三人横浜から駆けつけてみれば、あの頑固ジジイめ、親父とお袋には絶対に会わないって言うんだよ。まぁ、孫の俺には会ってもいいって言うんで会ってみると、初めて会った孫の俺に、お前はワシの孫だからワシが退院するまで藪下医院で働けって言うんだぜ？　嘘でもいいから、会いたかったとか何とか、それらしいこと言ってほしかったよな？」

ウーン、藪下のジジイならいかにも言いそうなセリフだぜ。

「もう俺としては呆れて頭きたんだけど、お袋がそうしてやってくれって泣くもんだから、仕方なくってね？　それで二週間前から藪下医院で代用歯科医ってわけ」

「へぇえ、ちっとも知らなかった。それで……怜は、今どこに住んでるの？　藪下の爺さんの家？」

「いいや、どうせ爺さんが退院するまでの間だけだからな。掃除や洗濯が面倒だから、この先のホテルに長期滞在ってヤツ。これで満足したか？」

怜は俺の額を人さし指でチョンと小突いて腕時計を見た。

「おっと、もう十一時回ってるぜ？　徹、家で叱られないか？」

「えっ、もうそんな？　ああ、でも大丈夫。俺ン家、親いないから」

「親がいないって……？　お前……？」

怜のちょっと驚いた顔を見て、俺は内心しまったと思った。

「うん……でも姉貴が煩いからな、電話だけしてくる」

俺はポケットの財布を探って立ち上がった。店の隅にあった公衆電話から形ばかりの電話をかけてみたが、この時間、姉貴は店へ出ているはずで家にいるわけがない。わかってはいても、誰も出ない電話っていうのはちょっと淋しい。虚しく響くコールを十回だけ数えて、俺は受話器を置いて席に戻った。

「お姉さん、いなかったのか？」

店を出ると怜が俺に聞いてきた。

「うん……」

俺は自分の家庭の事情ってヤツを、怜に話したもんかどうか迷っていた。怜には散々喋らせておいて、自分のほうは何も話さないのは狡いと思ったけど、何となく、カッコいいエリート歯科医の怜には話しづらいような気がした。だからって別に、俺が俺ン家の事情を気にしてるってわけじゃないんだぜ？　だからもう一度聞かれたら、俺は怜に隠さず話してやるつもりだった。

だけど怜はそれ以上、何も俺に聞こうとはしなかった。

「あぁあ、すっかり遅くなっちゃったな？　送ってくよ」

怜は何事もなかったように（だけどこれって飲酒運転だよな？）車を発進させた。来た時同様、車はあっという間に田舎町に着いてしまった。

「あっ、ここでいい!」

「どうして? 家まで送るよ?」

「いいよ、こっからすぐだし。それにアンタ……怜、これからまたホテルまで戻るんだろ?」

俺はどうも『怜』と呼び捨てにするのが面映ゆい。

「ここまで来たら同じだよ」

それに、と怜はちょっと間をおいてクスリと笑った。

「夜道で何かあったら困るからな?」

「ちぇっ、何かって何だよ? 俺、男だぜ?」

「ふふふ、わからないぜ? 何せ徹は可愛いからな?」

さすがの俺も、怜の冗談に少し慣れてきた。

「じゃ、そこの電信柱のとこ左に曲がってよ。角から三軒目が俺ン家!」

尚も俺をからかおうとする怜を無視して、俺は前を見たまま早口に道順を告げた。

「明日も今日みたいに遅くなるのか?」

ハンドルを左にきって車を停めた怜が聞いてきた。

「ううん、今日は特別だよ。明日は絶対、六時までに行くよ。約束する!」

そのまま車を降りようと、カバンを抱えた俺の肘を、不意に怜が引っ張ってきた。

「えっ？」

狭い車内で、無理に引き寄せられた俺の目の前に、怜の薄い唇がアップで迫る。その唇がスッと俺の耳元にスライドして囁いた。頬が触れる。

「徹、夜道で何かっていうのは……こういうことさ……」

「あっ……」

俺の膝から脚のつけ根にかけて、ビリッと電気が走った。

怜の唇が俺の耳たぶを柔らかく挟むように噛んだかと思うと、その舌が俺の耳をペロリと舐めたのだ。尖った舌先が耳の穴に入ってきて、俺はヒヤッと首を竦ませた。だが怜の唇はそのまま俺の首筋へ移り、前へ回って喉仏を舐め上げて上っていくと、上向いた俺の顎の先に軽く歯を立てた。

そこで怜はゆっくりと唇を離すと、様子を窺うように俺の顔を覗き込んできた。俺はといえば、金縛りにでもあったみたいに身動きひとつできず、ただ目を見開いているだけって有様だ。

怜の右手が俺の左頬から顎にかけて包み込むように触れてくる。大きな手だ。親指が愛おしむように、俺の下唇を二度三度と撫でる。何だか妙に心地いい。こんな風に人の手で優しく触れられるのは……。

「徹……」

怜の目がすうっと細められ、唇の端にふうっと何かの表情が浮かび上がる。からかいを含んだ笑みなのか、それとも……？　だけど怜がそれをはっきりとした形に変えるより前に、俺は目を閉じていた。

口づけは——とても……気持ちよかった。

怜の唇は弾力があって、温かく吸いつくように俺の唇を押し包んできた。

「ん……」

重ねられた唇が柔らかく弾けて、怜の右手が俺の頭を抱き込むようにして俺の顔の角度を変えさせた。再び重なってきた怜の唇。今度は少しきつく吸われた。そのまま怜の右手が、俺の顔を上向かせるように俺の髪をグッと引っ張った。

「んぁっ……」

弾みで薄く開いてしまった俺の唇の隙間に、怜の舌が滑り込む。怜の右手が俺の項を抱いて、その親指が俺の耳の後ろを優しく撫でている。

――気持ちいい……！

眉間のところがギュウッと搾られるみたいに、俺は痺れていた。耳の後ろを撫でられてゴロゴロいってる猫みたいに、俺は怜の指の動きに酔っていた。

――もっと、もっと撫でてほしい……もっと……！

「徹……」

いつ唇が離れたのか、怜が俺を呼んでいた。すっかり気持ちよくなって、半分眠りに落ちたみたいに痺れていた俺は、名前を呼ばれてうっすらと目を開いた。

「ん……？」

目の前に薄い唇があった。唾液に濡れた怜の薄い唇――俺はいったい何をしていたんだ？

怜が自分の濡れた唇を、拭うように舌で舐めた。

「あっ……！」

俺の目の奥に、怜が診察室で俺の口の中へ指を突っ込んできたシーンが蘇った。脱脂綿と俺の唇の間に糸を引いて銀色に光った唾液。そして俺は昨夜………！

「うあぁぁっ！」

俺は夢中で怜の腕を振り解くと、車から飛びだした。どうやって鍵を開けて家に入ったのか覚えていない。混乱した思考と感覚に、俺の神経は完全にキレていた。

――違う、違う！　俺が欲しかったのは……違うっ……！

壁に頭を叩きつけて脳味噌をぶちまけてしまいたい衝動に駆られた。激しい嫌悪と、そしてなぜだかそれを遥かに上回る甘い誘惑に打ちのめされて、俺は気が遠くなった。


「徹っ！　こら、起きなさいったら、徹っ!!」

「うわぁぁぁ――っ！」

耳元で叫ばれて、俺は悲鳴を上げて飛び起きた。な、何なんだよ、いったい！

「この不良！　昨夜は何やってたのよ？　夜中に帰ってきてみれば、玄関に鍵はかかってないわ、アンタのカバンは門柱のところに置きっぱなしだわ。まったく、友達と居酒屋にでも行って酔っ払ったの？　そりゃ、少しくらいは構わないけど、気をつけなさいよ？　見つかったら停学になっちゃうんだからね？」

姉貴は怒鳴るだけ怒鳴ると、俺のカバンを俺の胸に押しつけて、さっさと部屋を出ていってしまった。まだ頭の芯がぼんやりしたまま、俺は押しつけられたカバンをじっと見つめた。俺のカバン……毎日使ってる俺の通学カバンが門柱に置きっぱなし？　そんなはずはない……はずだった。

ああっ！　思い出した！　昨夜は俺、怜に送ってもらって、それからキスされて……！　それで、それで……何だっけ……？　その後の記憶が、俺にはまるではっきりしなかった。

改めて自分の姿に目を向けてみると、これがまた酷い有様だった。着たまま眠ってしまった制服はグチャグチャの皺だらけだし、両足には泥んこのスニーカーまで履いたままだ。ということは、無我夢中で怜の腕から逃げだして、靴も脱がずに二階へ駆け上がって、後はそのまま気絶するみたいに眠っちゃったんだろうな、俺って多分……？

目が覚めてもグッタリと疲れが取れないのは、昨夜の精神的ショックのせいに違いない。だって俺は——怜と……男とキスしてうっとりしちゃったんだ！　それに、その前の晩には俺、口の中に突っ込まれてきた怜の指の感触に、何度も何度も……。

——ああ、誰か嘘だと言ってくれ……！

「ちょっと、早くしなさいったら！　学校に遅れちゃうわよ？」

死にそうになってる哀れな弟の精神状態も知らず、姉貴が階下から怒鳴っている。チクショウ、今日こそ休むぞ！　絶対に学校なんか行くもんか！

「うるさい、具合が悪いんだ！　今日は休むから、もうほっといてくれったら！」

俺はタオルケットを引っ被って丸くなった。珍しく反抗的な態度の俺に驚いたのか、それとも面倒になっただけなのか、姉貴は俺の言葉どおり、それ以上俺に構おうとはしなかった。

交錯する思考を閉めだそうと、俺は目をきつく閉じ、耳を必死に塞いだ。だけど何をしても無駄だった。どんなに頑張っても、俺の目の裏には濡れた怜の薄い唇が鮮やかに浮かんでくるし、俺の耳元で囁いた怜の声が『徹、徹、徹……』とこだまを繰り返すばかりだ。

――いやだぁ……！　もうやめてくれ……！

俺は頭を押さえて、苛立ちと否定の低い呻き声を上げる。

――違う、違う！　俺は違うんだ……！

――だけどいったい、何がどう違うっていうんだろう？

何度も繰り返す同じ否定と、その度に沸き起こる同じ疑問が、俺をいっそう苦しめて苛立たせた。

俺は一日中、ベッドの中で悶々として過ごした。姉貴と顔を会わせるのも気まずくて、俺は飯も食わずトイレにも行けなかった。夕方になって姉貴が店へ出勤していくと、俺はやっと起きだしてトイレへ駆け込んだ。人生分け目の悩みに翻弄されていても、出るもんは出るんだよ、まったく……。

我慢に我慢を重ねていたものをやっとの思いで出してしまうと、心なしか俺の気分も軽くなっていた。何だかお笑いだな？　物事深く考えるようにできてない俺には、シリアスなんて土台無理なんだよな。

すっきりしてトイレから出ると、今度は腹の虫だ。グゥ――ッ……あまりにも平和で能天気な音。俺は馬鹿馬鹿しくなってきた。

「ああ、もう、やめだ、やめっ！　ちょっとイカレタ歯医者にからかわれただけじゃないか！」

声に出して言ってみると、いよいよ気持ちは軽くなってきた。俺は腹の虫を満足させるべく、台所へと向かった。テレビを観ながらカップラーメンをすすっていると、画面のお笑い番組同様、ホント俺は馬鹿馬鹿しくなってきた。満腹感が、俺の『もうどうでもいいや！』状態を更に加速させていた。

「……あれ？　電話だな……？」

――――トゥルル、トゥルル、トゥルル……暫しぼおっとテレビに観入っていた俺の耳に、二階から音が聞こえてきた。

姉貴と二人暮らしの俺ン家では、階下の居間に人がいるなんてまずないんだ。仕事が夜の姉貴と高校生の俺とじゃ、どうしても生活時間帯がズレるから仕方ない。テレビも台所の他に俺の部屋にもあるから、わざわざ居間にいる必要なんてないしね？　それで電話も姉貴の部屋に取りつけてあって、後は子機が俺の部屋にあるだけだ。俺は電話に出ようと階段を駆け上がった。

「つもしもしぃっ？」

上がりかけた息を抑えて電話に出ると、聞き覚えのある女の声が俺の名を呼んだ。

『と、徹くん？　あ、あのぉ……と、徹くん……徹くんですか？』

声の主はオドオドと何度も確かめる。どこかで聞いた声だな、と思いながらも、すぐには誰だか思い出せない。

「そうですが……？　あの、失礼ですが？」

どちら様ですか、と尋ねようとして、俺は思い出した！　ブチだよ、ブチ！　この声は間違いない！

おいおい、いったい何の用だよ？　学級連絡網だって、俺ン家はお前ン家の次じゃないんだぜ！

『あっ、あたし美紗絵です。今日、徹くん学校休んだから、それでどうしたかなと思って……』

何が『あたし美紗絵です』だよ！　それに『徹くん』だとぉ？　もう、頼むから勘弁してくれよ！　学校で俺を徹くんなんて呼んだら、お前が女だろうが何だろうが、絶対にぶっ飛ばしてやるからな！　もっともあのガタイじゃ、ぶっ飛ぶのは間違いなく俺のほうなんだろうけどさ！

「何の用だよ？　俺、具合が悪いんだ。電話なんかかけてくるなよ！」

俺はいきなり不機嫌まるだしの声でブチを遮ったが、俺のつっけんどんをまったく意に介さないのがコイツの怖いとこなんだよなぁ……。

『風邪ひいたの？　あの、あたしお粥かなんか作りにいってあげようか？　中田くん家ってお母さんいないんでしょ？　それに学校でプリントもらったから、それ渡しに……』

「うるさい！　俺ン家にお袋がいようがいまいが、そんなことはテメェの知ったこっちゃないんだよ！」

俺はカッとなって怒鳴ってしまった。何だってブチが、俺にお袋がいないのを知ってるんだよ！

『ご、ごめん……そんなつもりで言ったんじゃ……あの、あの、それじゃプリントだけでも、ね？』

どうあってもブチのヤツ、俺ン家へ来るつもりだ。冗談じゃないぜ！　だけどコイツなら、俺が家にいる限り、ホントにやって来るに違いない。それだけは、絶対に絶対に阻止しなくちゃ！

「ダメだ！　絶対に来るなよ、お前！　来たって無駄だぞ！　だって俺、出かけるんだ！」

『出かけるって、どこ行くの？　風邪ひいてるんでしょ、中田くん？』

「ど、どこって……い、医者だよ、医者！　決まってるだろ！　藪下に六時の予約なんだったら！」

俺は力いっぱい受話器を叩きつけた。イライラして、何だかとっても腹立たしかった。

「あぁあ、まったく！　何だってんだよ、ブチのヤツ……！」

そのままベッドにひっくり返った俺は、ふと、枕元の目覚まし時計に目をやった。

「五時半過ぎかぁ……」

藪下に六時の予約――――ブチをやり過ごすための、それは単なる口から出任せのはずだった。だけど昨夜、俺は確かに怜と約束した。六時迄には必ず行くって……俺はそう約束したんだった。

「だけど俺、どうしよう……？」

胸の奥がモヤモヤ、グラグラ。だけど俺は勢いよくベッドから飛び起きた。考え込んだって仕方ない。揺らぐ気持ちを打ち消すように、俺はGジャンを手に家を飛びだした。

藪下医院まで、後百メートル。医院の看板が見えるところまで走ってきて、俺はスピードを落とした。

――――どうしよう……？

さっき打ち消した迷いが頭をもたげてきた。立ちどまりそうになる自分に、それでも俺は必死に言い訳しながら歩き続けた。

『だって約束したし、俺……歯は削りかけで、このまま放っといたらまた痛くなるし……』

俺は舌先で左奥歯を触ってみた。削りかけの大きな穴にはピンク色のキャラメルみたいなものが詰めてあって、痛みどめが練り込んであるのか妙な味がして気持ちが悪かった。

『そうだよ、この穴だって早く埋めてもらわなくちゃ！　それに今日行かなかったら怜のヤツ、俺が冗談を本気にしたって思うよな？　本気にして恐がってるって、俺をバカにするよな？　ちぇっ、それこそ怜の思う壺じゃないか！　俺はあのくらいの冗談、何とも思ってないってとこ見せなくちゃ！　それに……何にしたって、ブチと会うよりはマシじゃないか！』

俺は握り拳状態で藪下医院の硝子の引き戸を開けた。

「六時三分、今日はどうやら時間どおりだな？」

ビックリしたぜ！　だって、待合室に足を踏み入れた途端、長椅子に座って雑誌をめくっていた怜が、目も上げずに俺にそう言ってきたんだから！

棒立ちになってる俺を残して、怜は雑誌を脇へ投げだして立ち上がると、スタスタと診療室へ歩いていってしまった。何だか拍子抜けだ。俺の握り拳はいったい何だったんだ？　俺はスリッパを突っかけると怜の後を追った。

「座って」

怜はさっそく俺の左奥歯に取りかかった。引っ掻き棒でピンクの詰め物を掻き取られ、続いて入ってきた銀のノズルにシューッと冷たい空気を吹きつけられた。

「ふえぇえぇえっ！」

思わず声が漏れて軀が竦んでしまった。しっ、染みるっ！

「染みるか？　これだけ深いと、どうしてもなぁ……まぁ、可哀相だけど、もうちょっとガマンね？」

もう二、三度空気を吹きつけてキャラメルをすっかり吹き取ってしまうと、怜は俺に口を濯ぐように言った。だけど口を濯いでいた俺の目の端に、ドリルを機械にセットしている怜の姿が映ったんだ！

「ま、まさか……まだ削るつもりじゃ……？」

信じられなくて、俺は目を見開いたまま硬直してしまった。

「何がまさかだ、まだ半分も削ってないぞ？　それに、その奥歯の大物の他にも小さいのが四、五ヶ所あるから、まぁ、週に一、二度来てもらうとして、そうだな、全治一ヵ月ってとこかな？」

当然って口調の怜に、俺は顎が落ちてしまいそうだった。だって全治一ヵ月だなんて！　それに空気を吹きつけられただけであんなに痛い場所を、これ以上削るなんて！　俺は身震いした。

「さぁ、口開けて？」

口を開けさせようと顎にかけられてきた怜の指を、俺は必死に振り払った。

「や、やだ！　絶対にやだ！　これ以上削ったら死ぬ！　一ヵ月なんて絶対にやだ！　だいたい爺さんの治療はせいぜい三回で終わりだったんだぞ？　何で怜のはそんなにかかるんだよ！」

俺は怜の指を俺の顎から遠ざけようと、必死の抵抗を試みながら喚いた。

「こらこら、暴れるなったら！　まったく、たったの三回だと？　そんないっぺんにやるから死ぬほど痛いんだよ！　この前、俺が削ったのは痛くなかっただろう？　ほら、口開けて！」

怜は抵抗する俺の手を払い除けた。そのまま両手で俺の頬っぺたを挟み込んで、怜は親指で俺の口をこじ開けにかかった。

「いやだよ！　この前だって十分、痛かったよ！」

「いや、って、お前ねぇ？」

怜はすっかり呆れてドリルを放りだした。

「わかったよ、そんなにいやなら帰れ。その代わり、二度と俺のとこには来るよな？」

怜の口調が急に不機嫌で冷たい響きに変わった。怜は投げやりに白衣を脱ぐと、そのままさっさと診療室を出ていってしまった。何だかよくわからないけど……俺は怜をすっかり怒らせてしまったみたいだ。

「何してる、早く来い！　閉めるぞ！」

玄関から、俺を促す冷たい怜の声が聞こえてきた。俺は泣きたくなってきた。だって困るよ、二度と来るななんて……そんなのあんまりだよ。

「ゴメン、怜、やってよ……言うとおりにするから……そんな、怒んないでよ、ねぇ……？」

俺はすっかり弱気になって、叱られた子供みたいにベソをかきそうだった。診療台から下りて待合室へ怜を追った俺は、玄関の柱に寄りかかって不機嫌にキーホルダーを掌の上でジャラジャラさせている怜の冷たい横顔に、すっかり困ってしまった。

「あ、あの……怜ぁ……？」

俺は怜の傍まで行ったものの、それ以上、何と言ってよいかわからず、着ていたシャツの裾をモジモジといじって俯いた。それでも怜は、俺のほうを見ようともしてくれない。

「ねぇ……？　だから、その……ゴメンってば……」

本当に泣きそうになって俺が怜の上着の袖を引っ張ると、やっと怜もチラッと横目で俺を見てくれた。

「ホントに反省してるか？」

「し、してる！」

「ちゃんと言うこと聞くか？」

「聞く！　何でも言うこと聞く！」

俺は必死でコクコクと怜に頷いた。ところがそんな俺に、怜はニヤリと笑みを浮かべたかと思うと、いきなり俺をその両腕で抱え上げたんだ！　冗談じゃない！　抱っこだなんて、俺は幼稚園児じゃないんだ！

「！！！　なっ、何すんだっ！」

「言うこと聞くんだろ、坊や？」

「はっ、放せっ、バカ野郎！　放せったら！」

さっきまでの弱気はどこへやら、目を剝いて喚き散らす俺を、怜は笑いながら診療室へ運んでいった。

「ハハハ、わかった、わかった、下ろしてやるよ。それにしてもお前、ホントに軽いな？　ちゃんと食ってるか？　小っちゃくて可愛いのは好みだけど、痩せすぎは抱き心地悪いぞ？」

そんな馬鹿げたことを言いながら、やっと怜が俺を下ろしてくれた場所は、やっぱり診療台の上だった。

チクショウ、小っちゃくて悪かったな！　何が、抱き心地悪いだよ！　クソッ、やっぱりこんな男にお願いしてまで歯を削ってもらうもんか！　俺は寝かされた診療台の上に、躍起になって起き上がろうともがいた。ところが怜のヤツ、俺がそうするのを予測してたのか、俺の上にグッと伸しかかってきたんだ！

「う、うわぁっ！」

いきなり迫ってきた怜の整ったきれいな顔のアップに、俺はすっかりドギマギしてしまった。そんな俺に、怜はさっきと同じようにニヤリと笑みを浮かべてみせた。

「それにしても徹、お前、男誘うのうまいな？　言うとおりにするから犯って、なんて、俺じゃなくてもクラクラッとくるぜ？」

怜はいっそうニヤニヤしながら、俺に顔を近づけてきた。

「！！！！！」

焦点が合わないほど近づいてきた怜のきれいな顔に、キスされる！　って思ったんだけど、予想を裏切って、怜は俺の額に自分の額を押しつけてグリグリっとやっただけで、すぐに俺から離れてしまった。何だか期待ハズレ（違うってば！）で、俺はガクッときちゃった。

「さぁ、おふざけはお仕舞いだ。今度はちゃんと口開けろよ？」

怜はすぐに治療を始めた。尖ったドリルの切っ先に、奥歯の深い穴が更に深々と削られる。怜は爺さんと違って、麻酔を使いながらやってくれるから少しはマシなんだけど、麻酔の注射するってのがまた、結構痛いんだよ。歯茎に針を刺すなんて……ああ、もう信じられないよ！　どんなに頑張ったって、やっぱり俺は『痛い』のは駄目だ。この恐怖が、後一ヵ月も続くかと思うと、俺はもう死にそうだった。

だけどその日から始まった治療の日々は、俺が思っていたほど悲惨なものじゃなかった。だって怜と藪下の意地悪爺さんとじゃ、まるで治療の仕方が違ったんだ。医学ってのは、やっぱり日進月歩で進んでるんだね？　爺さんがヤブだったってこと、俺はしっかり再認識しちゃったよ！　だけど何といっても、怜が爺さんと決定的に違うのは、俺が痛みを訴えたり、軀を強ばらせたりする度に、俺に優しくしてくれるところだろうな……怜はホントに、不思議なくらい俺に優しくしてくれるんだ。

――よーしよし、いい子だな？　もうちょっとで終わるからな？　ほぉら、もう痛くないだろ？

万事がこの調子だ。その上、治療が終わって再びピンクのキャラメルを詰め込まれても、まだ恐怖に軀を硬直させている俺を、怜は優しく撫でてくれたりするんだ。この間の晩……キスされた時もそうだったんだけど……怜の触り方って、とにかく気持ちいいんだ。指の長い大きな手は、温かくて優しくて、本当に俺の気持ちを芯から安心させてくれるんだ。

――もう終わったよ、いい子だったな？

何て囁かれながら、髪や頬を撫でられたりすると、俺は母猫に舐めてもらってる子猫みたいにうっとりと安心してしまう。

こんな気持ち――どう言ったらわかってもらえるだろう？　怜に触ってもらうと、例の胸の奥がキュウッとなる感覚によく似てるけど、全然違う……何かこう温ったかくて優しい、ジワーッとしたものが軀の底から込み上げてきてとまらないんだ。

家に帰って思い返す度に、どうかしていると恥ずかしくなるんだけど、歯を削った後の俺は、いつもの俺じゃないんだよ。『痛み』ってのは、きっと俺の人格まで崩壊させちゃうんだよ。俺は怜の手の、本当にすっかり虜になっていたんだ。

そんなわけで、俺は週に一、二度のはずだった治療に毎日通うようになっていた。まるで人参を目の前にぶら下げられた馬みたいだ。そうなんだ、認めたくないけど……俺は怜に撫でてもらいたくって藪下へ通い詰めている……。痛いのは相変わらず死ぬほど恐いのに、まるで飴と鞭だね？

毎朝、俺は怜に撫でてもらうために起きだし、撫でてもらうまでの時間を潰すために学校へ行く。自分でも恐いくらい、怜に傾いていく自分をとめられない。治療のない日曜日は、俺にとって、まるで意味のない、それどころか忌ま忌ましいものになってしまったほどだ。

『痛み』ではない何かが――俺の内の深いところにある何かを……変え始めていた。


「まったく、ご精勤だな、徹？　毎日毎日、ホント、感心するぜ？」

二週間もすると、主人に撫でてもらおうと投げられたボールを一目散に拾ってくる犬のような俺に、怜のほうが呆れてしまっていた。

「こう毎日じゃ、友達と遊ぶヒマもないだろ？　明日は土曜日だし、来なくていいよ。いい子にしてたから、ご褒美だ。虫歯は忘れて、友達とでも遊びに出かけろよ？」

金曜日の夜、治療を終えた怜が手を拭きながら言った。俺はどんな顔をしてるんだろう？　来なくていいって？　どうして？　怜に撫でてもらえない日曜日が、今では拷問のように辛いのに……それが土曜日もだなんて、二日間もお預けだなんて、そんなのいやだよ！　それに今日はでき上がった銀歯を削った穴にセッティングするだけで痛くなかったせいか、怜は俺を撫でてはくれなかった。ここで頷いてしまったら、俺は来週の月曜日まで三日間も飢えて暮らさなくちゃならないんだ……。

「何だよ、嬉しくないのか？」

黙って沈み込んでいる俺の額を、怜がコツンと指先で小突いた。

「それとも、俺に会えなくて淋しいか？」

俺は本当にどうかしてしまっていたに違いない。今度こそ本当に『痛み』に脳細胞が破壊されちゃったんだよ、きっと。だって俺は、例のニヤリっていう怜お得意のからかいの笑みに真顔で頷いたばかりか、自分でも信じられないことに、ベソをかきながら怜の首にかじりついたんだ……！

「お、おい、徹……？」

驚いている怜に振り払われまいとして、俺はいよいよ腕に力を込めてしがみついた。だけど怜は俺を突き放したりはしなかった。突き放す代わりに、怜は俺の軀を包み込むように抱き締めてくれた。温かい大きな掌が俺の背中を優しく撫でさする。怜の囁きを耳にしながら、俺はうっとりと目を閉じた。

「本当にお前はいい子だよ、徹……」

その日を境に俺の怜への傾倒は一切の歯どめを失った。拒絶されないと知った欲望は、もっともっと際限がない。俺は毎日、学校が引けると夜遅くまで藪下医院に入り浸り、怜と過ごすようになった。

怜は纏わりつく俺に閉口したり呆れたりしていたが、決して俺を拒否しなかった。いつも温かく俺を包み、優しい愛撫とたまに……キスをした。キスにはちょっと抵抗があったけど、俺はそれこそ怜に骨抜き状態になっていて、怜になら何をされても、ただ蕩けるような感覚に脳髄の芯まで侵されていたのだった。

じきに俺は怜を家へ入れるようになった。俺ン家は姉貴が夕方出勤してしまうと、夜中の三時、四時まで誰もいなくなる。俺は姉貴が出かけるのを待って、怜と二人、台所に立って夕飯を作るようになった。もっとも俺の料理の腕はからきしで、作ってくれるのはもっぱら怜のほうだったんだけどね？　鍋を作った時の怜の手際って、すごくよかったもんね！

それにしても俺にとって、誰かといっしょに食事するなんてのは、本当に久しぶりだった。怜がこの前いっしょに鍋を食べた時に『誰かと飯食うのっていいいな』って言ってたけど、あれって本当だね？

今まで俺は、ファーストフードやインスタント食品で、胃袋をいっぱいにするだけの夕飯を繰り返していた。それをいやだと思ったこともなかった。だって朝飯と弁当は姉貴が作ってくれてたし、好きなものばっかり食べてたんだから、不満なんかあるはずないだろ？　姉貴は仕事に出かけて、家族は他に誰もいないんだから、俺が夕飯を一人で食べるのは当たり前だったんだ。

もちろん朝は姉貴も家にいて、俺の朝飯と弁当を作ってくれてたんだけど、夜が遅い上に酒を飲まなきゃならない商売の姉貴は、俺といっしょに朝食なんて食えやしない。作るだけ作ると、姉貴はさっさと自分の部屋へ寝に戻ってしまう。だから必然的に、俺は朝飯も一人で食ってたんだ。前にも言ったけど俺、本当に作ってもらえるだけで嬉しかったたし、それ以上を姉貴に求めるなんて考えたこともなかったんだ。

だって考えてもみろよ？　毎晩、三時、四時に酒飲んで帰ってくる姉貴が、たかが俺の朝飯と弁当のためだけに六時半に起きだしてくるなんて、もう、考えただけでありがたい話だろ？　それ以上なんて望んだら、俺はバチが当たっちゃうよ！

だけど怜と毎日いっしょに食事するようになって、俺は生まれて初めて食べるって意味を知ったんだ。カロリー摂るためだけじゃなかったんだね、ゴハン食べるっていうのはさ……？

「あーっ！　またホウレン草！　俺、嫌いだって言ったのにぃ！」

「そうやって好き嫌いばっか言ってるから、徹は小っちゃいまんまなんだぞ？」

「ちぇっ、小っちゃくて悪かったな！　だけど怜は小っちゃいのが好きなんだろ？」

「おっ、一丁前に人の挙げ足とる気だな？　そうかよ、徹は俺に好かれたいんだな？　いいぜ？　それなら、ホウレン草なんか食わなくていいから、もっと楽しいことしようぜ？」

「う、うわぁー！　ちょ、ちょっとタンマッ!!」

たまには、その……危ないこともあるにはあったんだけど……だけどホントに怜といっしょにいると俺、すごく嬉しくて楽しくて、ホントになんていったらいいんだろう？　最初はそれが何なのか、俺にもわからなかったんだけど、毎日毎日怜といっしょにいるうちに、俺にも段々わかってきたんだ。

怜に触られると必ず込み上げてくる、あのジワーッとした感じは、幸せってヤツなんだね？　それから胸の奥がキュウッとする、あの痛いような感覚は、淋しさだったんだ。

俺はずっと淋しかったんだ。でもそれに気がつかなかった。だって気がついてしまったら、俺は淋しさに押し潰されて生きていられなかったと思うから……。淋しいなんて痛みに、俺はきっと耐えられなかったと思うから……。

日が経つにつれて、俺は怜に自分を知ってほしいと思うようになっていた。鍋を二人で食べたあの晩、口籠った俺に、それ以上何も聞かずにいてくれた怜なら、俺の話を、どうでもいいような俺ん家の昔話なんかでも、黙って聞いてくれるような気がした。聞いてもらって、それで怜にどうしてほしいってわけじゃなかった。だけど俺は怜に……ただ怜に俺の話を聞いてほしかったんだ。

「怜……聞いてほしいことがあるんだ、俺……」

切りだした俺に、怜は思ったとおり、からかいではない微笑みで応えてくれた。そのまま優しく肩に回された怜の腕が温かくて、強ばりそうになる俺の舌を柔らかく溶かしてくれる。

俺はゆっくりと話し始めた。世の中は師走に入り、華やぎと忙しさをいっそう増し始めた、それはそんな日の出来事だった。

俺には親ってもんがない。家族といえば、腹違いの姉貴ただ一人だけだ。

俺達姉弟の親父は地味な役所勤めの男だったんだけど、金もないのに女にモテる、生まれついての女ったらしのロクでなしだったらしい。姉貴のお袋さんとは一応、結婚してたんだけど、それも姉貴がデキたんで責められて、仕方なく親父はいっしょになったらしい。そんなだったから、姉貴が生まれた後も、親父にはあっちこっちに女がデキては騒動が絶えなかったって話だ。それで……俺を産んだっていう女の人っていうのも、そういう親父の女の一人だったんだって……。

俺を産んだ女の人は、俺を盾に親父に結婚を迫ったらしいんだけど、それが無理だってわかると、生まれたばっかの俺を親父に押しつけて、自分はどっかへ蒸発しちゃったんだって。それまでにも散々、親父のだらしない女関係に踏みつけにされてた姉貴のお袋さんは、赤ん坊の俺を見て、最後の堪忍袋の緒まで切れちゃったらしいんだ。だって姉貴のお袋さん、当時十歳だった実の娘の姉貴まで置いて、家を出てっちゃったんだ。

そんなわけで、ロクでなしの親父の元には、十歳の姉貴と生後三ヵ月の俺が残されたってわけなんだ。もちろん、そんな親父に赤ん坊の世話なんかできるわけないから、俺を育ててくれたのは姉貴なんだ。自分の母親が家を出てっちゃった原因の俺の面倒を、姉貴は一生懸命見てくれたんだ。俺にとって姉貴は、ホントに母親以上の存在だよ。俺は一生、姉貴には頭が上がらないんだろうな、って思うもん。

それから暫くの間、親父は相変わらずだったけど、とりあえずは親子三人、平和に暮らしてた。ところがそんなある日、遙子という一人の女が現れて、俺達親子の生活は一変した。あれは確か、俺が来年小学校って歳だったと思う。

遙子は若くて、六歳だった俺の目から見てもきれいな女の人だった。四十男の親父には、さぞや魅力的だったに違いないよ。だって親父が、遙子と結婚するって言いだしたんだ。その頃、姉貴は十六歳。自分と大して歳の違わない遙子とうまくいくわけがないよな？　そりゃあ、もう酷い争いが繰り返されたあげくに、姉貴は高校を中退して家を飛びだしてしまったんだ。親父は遙子を嫌う姉貴を、しょっちゅう殴っていたから無理もなかったと思うよ。俺だって、姉貴を殴る親父は死んでしまえと思うほど嫌いだったんだけど……ただ遥子に対しては、姉貴とはまるで違う感情を持ってたんだ。なぜってそれは……遥子が俺に自分のことを『ママ』って呼ばせてくれたからなんだ。

遥子はやたらと俺に、スナック菓子とか小遣いとか、そういう俺が喜ぶものを与えてくれた。ホントのお袋を知らない俺は、初めて現れた目の前の『ママ』に夢中になったんだ。バカだろ、俺ってさ？ 俺を手なずけるのなんて駄菓子と百円玉だけで十分だったんだからさ？ おまけに遥子に懐いた俺には、ウソみたいに親父も優しくしてくれたんだから、俺としては大満足だったんだ。

だから、姉貴が出てった平和な家の中で、俺達は仲のいい親子三人を演じていた。だけどそんなウソくさいお芝居なんか、長続きするはずもなかった。ある日突然、遥子が出てっちゃったんだ。

親父は狂ったみたいに喚き散らして、俺を殴った。今にして思えば、親父のヤツ、本当に遥子にホレてたんだろうな？ だけど遥子は違ってた。遥子の目当ては親父の金だけだったんだ。ド田舎とはいえ、土地つきの一軒家を売らせれば金になると踏んで、それで遥子は親父に取り入ったんだ。

ところが俺達が住んでるこの家は姉貴名義になっていて、親父の自由にはならない。親父をロクでなしと見抜いていた姉貴のお袋さんの実家が、姉貴のために残してくれた家だからなんだ。

結果、ただのコブつきの中年男はあっさり見切りをつけられた。ホント、崩れるのなんてあっという間だったな……女に捨てられた親父はもうダメだった。暫くの間は俺に当たり散らしながら出たり入ったりを繰り返してたんだけど、とうとうある日、戻ってこなくなった。俺が九つの時だった。

一人ぼっちになった俺は、皮肉にも遙子がくれた小遣いで食いつないだんだけど、ガキの小遣いなんてすぐに底をついちゃって、俺は餓死しそうになっちゃったんだ。でも俺ってラッキー君なんだぜ？　だって腹を減らして動けなくなった俺のとこに、出てった姉貴が戻ってきてくれたんだ！

姉貴は残された俺をどうするか悩んだみたいだったけど、結局、俺を引き取ってくれた。もし姉貴が、俺を産んだ女の人や親父のように俺を見捨てていたら、俺はどっかの施設へやられていたんだろうな？

ホント、姉貴には感謝しなくちゃ！

怜の腕に抱かれながら、俺は自分ん家のちょっと複雑な家庭の事情ってヤツを、まるで小説の粗筋を話すみたいに、何の誇張も衒《てら》いもなく淡々と話すことができた。何だかとっても不思議な気分だった。だって俺はこんな話、今まで誰にもしたことなかったんだもの……そりゃ、こんな田舎町じゃ、俺ん家のゴタゴタは有名で、知らないヤツなんていないよ？　さすがに面と向かって口に出すヤツはいないけど、腹ん中じゃ『中田って？　ああ、あの中田サン！』って、みんな思ってるんだ。だから俺は腹を見せて転がる負け犬になんないように、弱虫なりに突っ張ってきたんだよ、これでも必死でね？

ああ、だけど……怜のこの温かさは何だろう？　すっぽり俺を包み込んでくれるこの安心感は……？　俺の内にあった痛いような強ばりが、軀の芯から溶けだして、凄く凄く楽になっていくんだ。

――もう頑張らなくっていいよ、って……怜の腕に抱かれてると、何だかそんな風に言われてるような気がしてくるんだ、俺……。

怜は本当に黙ったまま、俺の話を最後まで聞いてくれた。何の相槌も打たず、それから何の質問もしないでいてくれた。ただ話し終えた俺を強く抱き締めて、たった一言、呟いた。

――――つらかったな、徹……って、ただそれだけだった。


急にシリアスになっちゃったけど、相変わらず俺は、からかいやすいただの痛がりだ。俺のちょっと複雑な家庭の事情を聞いた後も、怜の態度は変わらなかったし、もちろん俺だって変わったりしなかった。

変わらないまま、だけど俺達はどんどん接近していった。俺はもう底なしに怜にのめり込んでいた。ホントに恐いくらい、俺には怜が必要だったんだ。そしてなるべくしてってていうのか……俺は怜と過ごす以外の全てに、まるで興味を失っていった。ホント、学校へ行くのも煩わしくって、俺は仮病を使って学校を休んだり、午後の授業をサボったりし始めた。

「お前、ホントに学校行ってるか？　俺も真面目な高校生じゃなかったから、偉そうなこと言えた義理じゃないけど、出席日数が足りなくなってからじゃ遅いんだぞ？」

やれ午前授業だ、試験休みだ、家庭訪問期間だと、もっともらしい理由をつけては怜のとこへ入り浸る俺を、怜は本気で心配し始めた。俺より八つも歳上の怜としちゃ、もっともなご意見だったのかもしれないけど、お説教なんて、何だかすごく子供扱いされたみたいで、俺は口を尖らせた
「何だよ、怜は俺といっしょにいるのいやなのかよ！」

むくれた俺に、怜は肩を竦めると、書きかけのカルテを机の上に放りだした。俺を見る怜の表情が、何

だかいつもと違うような気がして、俺は叱られるのかと、思わずビクッとしてしまった。まったく、こんなじゃ、子供扱いされても仕方ないよな？　だけど怜は俺を叱ったりしなかった。

「学校に行きたくないほど……そんなに俺といたいか、徹？」

「う、うん……？」

低く尋ねてきた怜に抱き寄せられて、俺はわけもなく不安になってしまった。怜の吐息が俺の耳を柔らかく嬲った。何だか予感がした。俺はなぜだか恐くなって、怜の囁きに目を閉じてしまった。

「そんなに俺といたけりゃ……朝までいっしょにいろよ？」

怜の囁きは――俺が……何となく恐れていたとおりのものだった……。

「まだ駄目か？」

黙って固まっている俺の髪に、怜が長い指を宥めるように絡めてきた。

「………」

だけど俺は返事ができなかった。こんな風に口に出して怜が言ってきたのは初めてで、俺にはどうしたらいいのかわからなかった。そりゃあ、俺は怜に首ったけだったし、俺達は毎日ベッタリだったけど、俺と怜の間には、キス以上のことはまだ何もなかった。今までにだって時々は、その先を匂わせるサインを怜は俺に送ってきてたけど、俺が気がつかないふりでいると、それ以上は絶対、無理強いしようとはしなかった。それが急にこんな、はっきり言われちゃったら……困るよ、俺……。

「明後日の土曜日、俺んとこに泊まれよ？　姉さんには友達んとこに泊まるって言えばいいだろ？」

一度口に出してしまうと、怜は強引だった。姉貴を理由に断ろうと無意識に思っていた俺は、怜に先を越されてしまって何も言えなかった。ホント、怜って俺を追い詰めるのがうまいよね？

「いいだろ、徹？」

絶対に『いや』とは言わせてくれそうもない怜に、結局、俺は軀を硬くして頷いただけだった。

クリスマス直前の土曜日は、よく晴れた気持ちのいい日だった。怜と出かけた繁華街には、楽しげなジングルベルが鳴り響き、プレゼントをねだる子供や、年末の買物に忙しい女達がごった返していた。

「スカッとする映画だったな？」

「うん、おもしろかったよね？」

正月映画として公開が始まったスペクタクル映画を観た後、俺達は外で食事をした。ナイフとフォークが三種類もあるようなレストランは初めてで、俺は緊張してしまったけど、ホントは食事のマナーなんかよりも、この後のことのほうがずっとずっと心配だったんだ。

「いいんだよ、徹、ナイフの順番なんかどうだってさ？　要はおいしければそれでいいんだよ」

だからそう言って怜が笑ってくれたって、その時の俺にはちっとも慰めにならなかった。だってここを出たら多分……食べられちゃうのは、俺なんだろ、怜……？　俺はできる限り嚙む回転数を落として、ゆっくり食事するのに専念した。そんなのはただの悪あがきだって、俺にだってわかってたんだけどさ？

「ごちそうさま……」

だけど、どんなにゆっくり食べたところで、永遠にレストランで時間がとまってくれるはずもない。どういたしまして、と珍しくニッコリ笑う怜に促されて、俺は席を立った。

店を出ると、街は既に夕闇に包まれていた。つい数時間前まで家族連れで賑わっていた街並みは、表情を一変させていた。お洒落に身を包んだ華やかな男女が行き交い、街全体が酒に酔ったように浮き足立っていた。ネオンに浮き上がる人並みに、俺の足取りも酔ったようにおぼつかなくなっていた。さっき飲んだグラスワインに、俺は酔ってしまったみたいだ。ふらつく俺の肩を、怜がグッと抱き寄せてくれた。

「怜ってば、こんな人前で……恥ずかしいよ……」

怜に軀を預けながらも抗議する俺に、怜が優しく微笑んだ。

「大丈夫、誰も見てないさ」

見上げた怜の優しい微笑みに、俺は少しだけ気持ちが楽になった。これから何が起こるとしても、怜といっしょなら大丈夫だと思ったんだ。

「……そうだよね？」

小さく呟いた俺の耳元に、怜がそっと囁いてくれた。

「大丈夫だよ、徹」

耳を撫でる優しい怜の囁きに、俺は小さく微笑み返していた。

「……い、意外と広いんだね、ここって？　俺の部屋よりも広いや……」

背後から怜にすっぽりと抱き込まれながら、俺は見渡したホテルの部屋に、見たまんまの感想を口にしていた。ここは怜が滞在している駅前のホテルの部屋だ。

「な、なんか……思ったより片付いてるんだね？　もっと散らかってるかと思ってた……あ、そっか、放っといても片付けてくれるんだ？　ホテルなんだから当たり前だよね？」

首筋に這わされてきた怜の唇に竦み上がりながら、それでも俺は一人でトンチンカンな感想を口にし続けていた。だって俺は物凄く緊張してたんだ。部屋に入った途端、慣れた感じで俺を抱き寄せてきた怜と違って、俺は何か喋ってないと自分を保っていられなくなりそうで恐かった。

「ね、ねぇ、ここって五階だったっけ？　窓から遠くまで見えるのかな？」

俺の首筋を這い続ける熱っぽい怜の唇の動きから逃れようと、俺は正面にある窓のほうへ軀を伸び上がらせた。だけど俺の軀は、すぐに柔らかく怜に抱き戻されてしまった。

「いいから、少し黙ってろよ、徹……」

低く耳元に囁く怜の声に、俺はビクリと身を竦ませた。背後から俺の胸元をまさぐる怜の掌。熱い舌先が俺の耳の後ろを、下から上へとゆっくり舐め上げていく。その生々しい感触に、俺は膝が震えだした。

「やっ……」

ゾクリと軀を駆け抜けていく震え。そして目眩にも似た痺れ。俺は必死に身を捩った。何だか訳のわからない大波に攫われてしまいそうで恐かったんだ。だけど身を捩った俺は、今度は正面から壁を背に、怜に軀を押さえ込まれてしまった。

「徹……」

少し屈み込むように下りてきた怜の唇が、吐息のように俺の唇に微かに触れるだけの口づけをして、そのまま滑るように俺の首筋へ移動していく。くすぐるように優しい怜の唇は、だけどすぐに俺の知らないものへと変わっていく。

「あ、怜……？」

噛むようにきつく俺の首筋を吸う怜の唇。何だか恐いような貪欲さで俺の首筋を這う唇は、いつも優しく俺を包み込んでくれる怜のそれとは違っていた。こんな怜……俺は初めてだった。

「ね、ねぇ……怜ってば……」

何だかひどく不安に駆られて、俺は何度も怜を呼んだ。だって逃げだそうにも背中は壁で、怜を突き飛ばさない限り、他に俺にできることなんかなかったんだ。それなのに怜は俺を無視して、右手で俺のシャツの裾をジーンズから引っ張りだしていく。

「あ、怜っ……！」

引きだされたシャツの裾から侵入してきた怜の大きな掌が、俺の脇腹を撫でるように何度も上下して、俺は堪えきれずに両腕を突っ張らせて怜の軀を押し返した。凄く不安で恐かった。だけど怜の軀はビクともしない。俺は焦った。俺を撫でてくれる怜の温かい掌の感触は凄く気持ちよかったけど、今は不安のほうがずっとずっと強かった。

「ね、ねぇってば……！」

「ん？」

駄々っ子のような俺を、怜が片眉を上げて見下ろした。だけど唇が離れてホッとしたのも束の間、怜は俺を軽くあしらっただけで、すぐに口づけと愛撫を再開してしまった。俺の脇腹から胸元へと這い上っていく怜の掌。唇が顎の線を移動して、嬲るように俺の耳たぶに怜の歯が立てられた。

「いっ……！」

チクリとしたその痛みに、俺はそれまで漠然としていた不安の正体に気がついた。

俺が漠然と恐がっていたもの――それは『痛み』だったんだ……！

「や、やだよ、怜！　俺、やだっ……！」

俺はいやいやをするように激しく首を横に振った。ここまできて『いやだ』なんて、最低だと思った。怜が怒ってしまうかもしれないと思った。だけど俺は生まれて初めて歯医者に連れていかれた時と同じくらい怯えてしまっていて、首を横に振るのをやめられなかった。

だけど――こっから先は『痛そうだからいやだ』とは……さすがの俺にも言えなかった。

「どうした、徹？　何がそんなにいやなんだ？　俺はお前が悦いことしかしないぜ？」

俺の怯えをどう受け取ったのか、怜はクスリと笑うと、右手の中指の腹で俺の背骨を下から上へツーッと撫で上げた。その途端、どういう仕かけなのか、まるで感電したみたいにビリッとくる痺れが俺の軀の奥を走り抜けていった。

「ひぃやぁ……！」

文字どおり膝が抜けそうになって、俺は怜の背にしがみついた。そんな俺に、怜が低く笑った。

「ふふふ、気に入ったか？　じゃあ……これは？」

怜は右手で俺の肩甲骨の辺りを撫でるように抱き寄せながら、左手の中指でさっき背骨にしたのと同じように、尻の割れ目に沿ってジーンズの縫い目を辿っていった。

「あっ、や、やだ……怜っ……！」

背骨の時のようなビリッとくるショックはなかったけれど、ジーンズの縫い目の上を何度も往復する怜の指に、俺はすっかり狼狽《うろた》えてしまった。だって怜の指先が揉み込むように擦ってる場所は俺の……！

どうしてこんなとこを刺激されて息が上がってしまうんだろう？　そんな馬鹿な、って思うのに、俺の太股の内側は、身に覚えのあるジンとした痺れにすっかり震えてしまっている。それを了解と取ったのか、怜は左手で俺の尻を抱いたまま、右手を俺の背中からジーンズのジッパーへと移動させていく。

「んぁっ……」

唇が重ねられて、怜の舌が俺の歯列を割って侵入してくる。尻に這わされた左手。舌は上顎の前歯の裏側をくすぐるように動き回って俺を翻弄する。俺が馬鹿みたいに感じやすいのか、怜がうまいのか、多分その両方なんだろうけど……こうなると俺は怜に逆らえなくなってしまう。初めて怜にキスされた時と同じで、もっともっと触ってほしいと思ってしまう。

「んぁあっ、や、やだ……やだってばぁ……！」

だけどさすがの俺も、怜の手がジーンズのジッパーを下げて中に侵入してくると、もっと、とは思えなくなった。

これ以上進んだら、俺はきっと痛い目に遭わされてしまう——それは確信だった。

「は、離してったら……！」

俺はどうにか顔を背けて怜の濃厚な口づけから逃れると、怜と頬をピッタリくっつける格好で、怜の首に両腕を回してしがみついた。いやなら突き飛ばせばいいのに、それでもやっぱり、俺には怜にしがみつくしかできなかった。

「クックックッ、お前、言ってることとやってることがバラバラだぞ？」

怜は楽しそうに笑うと、俺のジーンズへの侵入を一旦諦めて、俺をギュウッと強く抱き締めてくれた。

怜に抱き締められるのって、どうしてこんなに気持ちいいんだろう？　温ったかくって、凄く安心できる。

このままずっと怜に抱かれていたい。俺は怜の体温に身を委ねようと目を閉じた。

だけど怜のほうじゃ、俺を抱き締めたままでいる気なんかないんだ。回されていた怜の両腕が解けて、両の掌が俺の背中を伝って尻へとさまよいだす。尻を揉むように掴まれたまま、俺は怜の右膝に両膝の間を割られて脚を開かされてしまった。もう限界だった。

「い、いやだよ、怜、駄目なんだ、俺、痛いの……痛いのやなんだよぉ……」

俺は怜の首に腕を回したまま、ついに怜の耳元に情けない本音を白状してしまった。

「痛いって……お前、男に犯られた経験あるのか？」

怜は俺の腕を自分の首から解くと、意外だと言わんばかりの顔で俺の顔を覗き込んできた。

『お、男……男になんてっ………！　そんなのあるわけないだろっ……！』

俺はカッとなって俯いた。なんて直接的な質問なんだ！　顔から火が出そうで、俺はほとんど噴死寸前だった。恥ずかしさと訳のわからない怒りで、俺の軀はガタガタと震えだした。

「ふふふ、可愛いなぁ……徹は何にも知らないんだ？」

真っ赤になって軀を震わせている俺の顔を、怜がクスクス笑いながら両手で挟んで上向かせた。

「しっ、知ってるよっ！」

「知ってるって何を？」

噛みつくみたいに怒鳴った俺を、怜が笑った。

「な、何って、そりゃ……！」

俺は言葉に詰まった。ホントを言えば怜の言うとおり、俺は実際には何も知らなかった。だけどこれだけ情報が氾濫した世の中で、いくら俺が田舎の高校生だって、どういうことするのか、されるのかぐらいわかってるよ！　女の子だって初めての時は痛いって！　出血するって！　ああ、血が出るなんて！　そんなの考えただけで気絶しそうだよ……だって女の子は本来そう使うべきところを、本来の目的に使うのに痛いんだろ？　本来の目的以外に使用される男の俺は……そんなの痛くないわけないじゃないか！

だけど俺は怜についてきた。この部屋に入ったら怜と自分が何をするのか、ちゃんとわかってて、少なくとも頭では理解してついてきた。だって俺は怜が好きなんだ。俺は怜の全部が欲しい。だから怜にも俺の全部を欲しいと思ってほしい――男同士だって……そう思うのはおかしいことじゃないだろ？

だけどやっぱり……『痛い』のは恐い。怜を求める俺に、痛がりの俺がブレーキをかけていた。

「ふふふ、どうやら徹の頭の中は物凄い想像でいっぱいみたいだな？　徹の期待に応えられるかどうか、ちょっと心配になってきちゃったよ、俺は……」

笑いながら、怜は安心させるように挟み込んでいた俺の両の頬を優しくパンパンと叩いてくれた。

「大丈夫、心配しなくても特別痛いことなんかしないよ？　徹がどんな想像してるのか知らないけど、別にサディストじゃないし、ごくごくノーマルなんだぜ、俺って男はさ？」

言って怜が噴き出した。

「ククク、男同士でノーマルはないよな？」

ホントだよ！　つられて俺も噴き出してしまった。ずっと悩んで緊張してた分、反動なのか笑いだしたらとまらなくなった。

「アハハハハ………」

だけどひとしきり笑った俺が次に目を上げた時、怜はもう笑っていなかった。

「あっ……！」

小さく叫んだ途端、俺は怜に抱き上げられていた。そのままベッドへ連れていかれる。俺をベッドの上に下ろすと、怜はさっきジッパーを下げた俺のジーンズを脱がせにかかった。もぎ取られるスニーカー。俺の脚から引き抜いたジーンズを後ろへ投げ捨て、シャツを剝ぎ取ると、怜は自分の服を脱ぎ始めた。

俺は半ば呆然と服を脱ぎ捨てる怜を見上げていたんだけど、怜がベッドへ膝を乗り上げて俺を捕まえようと手を伸ばしてきた途端、さっきまでの『痛み』に対する恐怖とはまったく別の戦きに襲われてしまった。

――――怜が……怖い……！

怜は簡単に俺を捕まえると、今度は俺のトランクスを脱がせにかかった。

『いやだ、いやだ！　こんなの絶対にいやだっ！』

怜の躯の下で、俺は脱がされまいと必死になってトランクスのゴムを押さえた。何もかも投げだして、俺は赤ん坊のように泣きだしてしまいたい衝動に駆られた。

「あっ！」

怜の手が突然トランクスの裾から侵入してきて、剥き出しの俺に触れてきた。

「い、いやだっ……！」

必死に怜の手首を摑むと、俺は伸しかかってくる怜の顔を見上げた。恐かった。恐くて恐くて堪らなかった。それなのに怜はゆっくりと手を動かし始める。

「やだっ！　やめろったら！」

やめさせようと、俺は摑んだ怜の手首を力いっぱい引っ張って叫んだ。だけど怜はまるで怯まない。怯むどころか、怜は抵抗する俺の手を簡単に払い除けてしまったんだ！

――――怖い……！

怜が俺の拒絶をまるで聞き入れる気がないとわかると、俺は益々怜に怯えた。恐かった。怜が怜でなくなってしまったような、そんな気がするほど、その時の俺は怜が恐くて堪らなかった。だけどいくら恐くったって……俺が助けを求められる相手は、それはやっぱり怜しかいなかった。

「あ、怜ぁっ……！」

呼んだ途端、堪えていた涙が溢れてしまった。

「うっ、うえぇえっ……」

「徹？」

泣きだした俺に驚いたのか、怜は手の動きをとめて俺の顔を覗き込んでくれた。だけど俺は言葉が出てこなくて、唇を噛み締めたまま首を横に振り続けるばかりだった。怜はそんな俺から手を離すと、さっき壁ぎわでしてくれたのと同じように、両腕を俺の背中に回して、俺の軀をギュッと抱き締めてくれた。洋服ごしとは違う、肌と肌とが直接触れ合う抱擁は、さっきのとは比べものにならないほど気持ちよくて、俺は思わずうっとりしてしまった。怜の胸に鼻を押しつけてじっと抱かれていると、とても温かくて、大切に守られているような安心感が再び俺に蘇ってきた。

「泣くなよ、徹……言ったろ？　痛いことなんかしないよ。そんな恐がらなくても、お前は俺に任せておけばそれでいいんだ。大丈夫、信用しろよ？　ウーンと優しくするからさ……？」

言葉どおり、怜は優しく俺の髪を撫でながら、俺の目蓋や額、頬にキスの雨を降らせていく。降り注ぐ優しいキスの心地よさに、俺は少しだけ軀の力が抜けてきた。

「徹……いい子だな……」

大人しくなった俺に怜が囁く。囁きながら、怜の唇は俺の顎を捕らえ、そのままゆっくりと首筋へ下りていき、その一方で怜の大きな掌が俺の脇腹から腹、腹から胸を通って脇の下へとマッサージするように何度も俺の肌の上を滑っていく。俺は怜の温かい掌の動きに、子猫のようにうっとりと目を閉じた。不思議なほど、俺はもう恐くはなかった。怜の温もりが、染み入るように俺を満たしていくんだ……。

「あっ……？」

何度めかに怜の掌が俺の脇の下に上ってきた時、怜の両の親指が俺の乳首を押しつぶすように揉んだ。その途端、ビクンと電気が走ったような気がして、俺はドギマギと怜を見上げた。

「感じるか？」

当惑している俺を見下ろして、怜がクスリと笑った。そのまま何度か乳首を擦り上げられる。

「んっ、ん……」

呼び覚まされた感覚に俺が声を漏らし始めると、怜は軀をずらして俺に重なり、舌先で俺の右の乳首を舐め上げた。

「あっ、あんっ……！」

刺激で硬くなった乳首を濡れた舌先で嬲られると、何ともいえないうねりが俺の軀を走り抜けていく。

怜は更に舌を使いながら右手を下へ這わせると、確かめるように下着の上から俺に触れてきた。それはさっき直接触れられた時には恐怖しか感じなかったくせに、今は乳首を舐められただけで硬く勃ち上がりかけている。

「ふぅ、あぁあっ……！」

乳首に歯を立てられると、俺は掠れた声を上げて仰け反った。何だか軀中がゾワゾワする。まるで過敏症になったみたいだ。少しでも怜に触れられると、それだけで俺は軀がビクビクしてしまう。動けない。熱い。だから怜が俺のトランクスに手をかけた時にも、俺はビクンと軀を痙攣させただけだった。

「あ、んんっ……！」

剝き出しになった俺に、怜の指が絡みついてきた。緩く、そして強く……俺を包み込み、扱き上げる怜の掌の淫らな蠢き。意地悪な怜の指先が、俺の感じやすい先端の部分を摘むように擦った。

「んあっ、ああんっ……！」

与えられた強い刺激に、俺は鼻にかかった甘ったれた声を漏らして身悶えた。恥ずかしかった。だけど漏れだした声はとめられない。怜の淫らな指の動きのままに、俺は濡れた声を上げ続けた。どうしようもなく感じてしまう。そんな俺の反応に、フウッと唇の端に笑みを浮かべて、怜が俺の耳元に囁いた。

「いい子だ、徹、気持ちいいか？」

怜の言葉に、俺は首まで真っ赤になった。恥ずかしさに首を横に振ろうにも、怜の手の中の俺は、既に勢いよく『YES』と首を縦に振っていた。怜が喉の奥で低く笑った。

「よしよし、いい子だな？　ご褒美だ、もっと気持ちよくしてやるよ……脚、開いて、徹……」

「やっ……！」

怜は俺から手を離すと、膝で割った俺の両脚に手をかけて、そのまま一気に押し開いた。

左右に大きく開かせられた脚。その間に恥ずかしく勃ち上がっている俺。絡みつく怜の視線。脚を閉じようと必死に膝に力を入れても、脚にかかった怜の手はビクともしない。怜の目の前に曝される、そのあまりの恥ずかしさに、俺の目には涙が浮かんできた。

「ふふふ、こっちの徹も泣いてるぜ？」

先端に透明な涙を滲ませて勃っている俺を、怜がクスクス笑いながら指先でパチンと弾いた。

「やぁあっ……！」

「恥ずかしいか？　でも駄目だよ。脚を開いてないと可愛がってやれない」

怜は俺の膝を押し戻すと、顔を埋めてきた。

「ひぃやあぁあっ……！」

初めて知る衝撃だった。温かく濡れた怜の口腔深く、俺はすっぽりと呑み込まれていた。

「あっ、あっ、あっ！」

根元から先端へ向かって、吸いつくような怜の唇が俺を扱き上げる。きつく緩く絡みつく怜の舌。滲みだした涙を嬲るように舐め取って、尖った舌先が涙腺を探るように先端を抉る。吸われる。扱かれる。噛まれる。怜の唇に舌にそして歯に、俺は執拗に嬲られ苛められた。

「あぁんっ、やっ、やっ、やぁあ、んっぁ……！」

剝きだしの快感に身悶え、声を上げ続ける俺の後ろを、不意に怜の親指が探った。

「ひぃあっ……！」

縁をなぞるように擦られて、俺は狼狽えた。ジーンズの縫い目の上から擦られるのとはわけが違った。カッと襲ってくる羞恥に、俺は上半身を起こして怜を阻止しようとした。だけど俺が起き上がるより早く俺から口を離すと、怜は俺の太股を両手で抱えて俺の軀を引き下ろした。シーツに勢いよく擦れて、背中が熱くなった。だけど文句を言うヒマは与えられなかった。抱え上げて引き下ろした俺の脚を、怜はそのまま俺の頭のほうへ押し上げたんだ！　二つ折りにされて持ち上げられた俺の尻が、怜の目の前に曝された。

「みっ、見るなぁっ!!」

灼けつくような激しい羞恥。膝を曲げて何とか怜の視線から逃れようとしたんだけど、おむつを替えてもらう赤ん坊の格好になっただけだった。恥ずかしさのあまり、俺は気が遠くなりそうだった。

「やっ、やっ！　離してっ！」

だけど怜は俺の抵抗なんか気にもとめてくれない。脚をバタつかせる俺を無視して、怜は再び顔を埋めてきた。

「――――っ!!」

後孔を舐め上げられて、俺の羞恥心は破裂してしまった。見られただけでも気が遠くなるほど恥ずかしい場所を、怜の舌は何度も何度も舐め上げる。初めての刺激に竦み上がって閉じようとするそこを、怜の尖った舌先が濡らして、ゆっくりとこじ開けていく。

「んぁあんっ……！」

死にそうに恥ずかしいのに、何度も怜の舌に嬲られていると、むず痒いような奇妙な感覚が芽生えてきて、俺は脚をバタつかせるのをやめた。ヘンな気分だった。気持ちいいのとは違うんだけど……なんていうのか……いやじゃ……なかった。俺が大人しくなると、怜は再び舌を後ろから前へ戻した。

「ああんっ……！」

すっぽり口腔深く呑み込まれる直接的な悦びに包まれたのも束の間、俺の甘ったれた快感の喘ぎは、すぐに悲鳴に変わってしまった。お留守になった俺の後ろに、怜が指をねじ込んできたからだ。

「やだっ！　やめてぇえっ！」

俺は仰け反った。だけどたっぷりと濡らされた場所は、どんなに拒んでも簡単に侵入を許してしまう。怜の長い指は、さっき舌で嬲られた場所よりもずっと奥へ容赦なく挿ってくる。俺は怜の唇と舌に前をあやされながら、指で慣らすように後孔の奥、内襞をかき乱された。剥き出しの悦びと、それから嫌悪と紙一重のおかしな感覚が、俺の内で交錯した。やがて怜の指先が一点を擦り上げて、俺は信じられないような衝撃に腰を跳ね上げた。ショックが激しすぎて、その時の俺には、それが快感だとはわからなかった。

「ひぃぃやぁぁっ！」

だけどそれは間違いなく俺が初めて味わう深い快感だった。だって怜の指先がもう一度さっきの一点を擦り上げた瞬間、俺は全身に稲妻が走ったように痙攣して、怜の口の中で砕け散っていた。

「――――ああああああっ……！」

熱い。意識が飛ぶ。耳の奥がキーンとなる。軀に力が入らない。太股がビクビク痙攣する。全身がゾワ

ゾワと粟立つ。頭の中は、まるで照明弾が炸裂したみたいに真っ白だ。

すっかりぶっ飛んでしまった俺から口を離すと、怜は俺の脚を肩の上へ抱え直した。

「ひぃっ！　ひぃぃぃぃぃっ――――!!」

次の瞬間、俺は鋭い悲鳴を放っていた。指で押し開いた俺の後孔へ、怜が欲望の凶器を突き立ててきたからだ。軽い失神状態に陥っていた俺は怜のなすがままだったが、いくら濡らされて指で慣らされていても、指と怜じゃ比べものにならない。先端が俺をこじ開けて侵入してくると、強い圧迫感と、今日初めて味わう猛烈な『痛み』が俺に襲いかかってきた。

「いやぁあああぁ――――っ!!」

一瞬にして『痛み』が俺の全てを支配していた。

――――痛い、痛い、痛い、痛い、痛い……！

何とか怜の凶器に裂かれまいと、俺は全身に力を入れて怜の軀を押し戻そうと両手を突っ張った。だけど俺の抵抗を予想していたのか、怜はほんの少し軀を引くと、俺の腰を抱え直して挿入しやすい角度まで引き上げると、強引に押し挿ってきた。そのまま容赦なく二度、三度と突き上げて、悲鳴を上げ続ける俺の軀の奥へ、怜は無理やり全てをねじ込んでしまった。

「いっ、痛ぁぁっ……！」

内側から引き裂かれる鋭い痛み。息ができない。俺は子供のように泣きながら哀願した。

「痛いっ！　痛いよ、怜、お願い、やめてっ！　痛いんだっ、もう許して、怜っ、お願い、痛いぃっ！」

「力抜いて、徹、なっ？　いい子だから……ほら、もう全部入ったからそんな痛くないだろ？」

虫歯の治療にきて泣きだした子供をあやすように、怜は泣きじゃくる俺の髪を掻き上げてくれた。

「よしよし、いい子だな？　すぐ悦くなるから泣くなよ、徹……」

囁きながら、怜の指先が優しく俺の涙を拭ってくれる。怜はそのまま俺が苦悶の表情を解くまで、何度も俺の髪を掻き上げ、あやすように柔らかく頬を撫でてくれた。

後で考えると、怜を後孔に呑み込んだまま髪を撫でられてる俺って、どう考えても間抜けだよな？　だけど何たって可笑しいのは怜だよ。だって突っ込んだら、やっぱり自分の欲望に忠実に犯りまくりたかったんだろうに、怜ってば急に優しい歯医者の先生やるはめになっちゃってさ？　欲望に猛り狂ってる下半身と、俺をあやす上半身が同じ怜だなんて、ホント滑稽だよね？

「徹？　ほら、もう大丈夫だろ？」

怜の問いかけに、俺は唇を震わせた。こうしてじっとしていると、怜の言うとおり、俺を縛っていた挿入の時の激痛は消えていた。

「あ、怜ぁ……」

俺は震える声で、やっと怜の名前を呼んだ。怜が応えるように上半身を倒して俺を抱き締めてくれた。躯の角度が変わって少し痛かったけど、与えられた怜の温もりのほうが、俺にはずっとずっと大事だった。

「徹……」

俺の太股から尻を抱えるようにして、怜がゆっくり腰を動かしだす。

「ふぅああぁっ……！」

途端に、激しい痛みが俺の下半身の一点から叫びだす。俺は怜の首に腕を回して、必死に怜の腰の動きに耐えようとした。段々激しくなる怜に、俺は叫んだような気がする。泣いたような気も……それから暴れたような気もする。だけど結局、俺には怜がいつ達ったのかわからなかった。というのも、やっぱり『痛み』に耐えられなかったようで、俺は途中で失神してしまったみたいなんだ。だから次に気がついた時には、俺はシーツに包まれて丸くなっていたのだった。

「気がついたか？」

怜がバスルームから濡れた髪を拭きながら出てきた。ベッドに腰かけると、怜は俺の額に手を置いて俺を覗き込んできた。

「大丈夫か？　お前、俺が達くぞって時に気絶しちゃったんだぜ？」

やっぱり気絶しちゃったんだな、俺……途中から記憶が全然ないもん……。

「次からは俺が達ってからにしてくれよな、徹？　でないと、お前を心配する脳味噌と、暴走する下半身がバラバラになっちゃって、せっかくのありがたみが半減しちゃうからさ？」

俺の前髪を掻き上げて、怜が笑った。気絶した俺にビックリして抱き起こそうとしながら、下半身はしっかり達っちゃってる怜を想像すると可笑しくて、俺も噴き出してしまった。

「おっ、コイツ、思ったより元気じゃないか？　ちぇっ、初めてだと思ったから、最大限に優しくしてやったんだぞ？　こんなんならもっと思い切り犯ってもよかったな？　あぁあ、遠慮して損したなぁ……」

言いながら、怜が俺の上に伸しかかってきた。

「嘘だぁ！　怜ってば、特別なことなんかしないとか、痛くしないとか言ったくせに！　あんなに怖くて痛かったの、生まれて初めてだよ、俺！」

「でも、すごぉく悦かっただろ？」

俺の躯をシーツごとギュウッと抱き締めて、からかうように怜が俺の耳元に囁いてきた。

「あんな可愛い顔して『いやぁ』なんて悦がる坊や、俺だって初めてだぜ？」

「！！！　しっ、知らないよっ！」

恥ずかしさのあまり真っ赤になって暴れる俺を、怜は笑いながら押さえ込んだ。ホント、力じゃ怜に敵わないや、と思った瞬間、俺の鼓膜を怜の言葉が刺し貫いていた。

「好きだよ、徹」

「えっ？」

何が起こったのかわからなくて、俺はポカンと怜を見上げた。今……何て言ったの、怜は……？

「ちぇっ、何だよ？　何をそんな、意外そうな顔してるんだよ、お前は！」

怜は俺の反応に気を悪くしたのか、少し怒ったように不機嫌な声を出した。

「俺がお前を好きで、それで何か文句あるのかよ？」

押さえ込んでいた俺の躯を離すと、怜はベッドの端へ腰かける格好で俺に背を向けた。

「……好き……なの？　ホントに……？　怜は…好き……俺のこと……好き……？」

さっきの続きとばかり、不機嫌に濡れた髪をタオルで拭きだした怜の背中に、俺はぼんやりと呟いた。

何だかヘンだった。ホントは俺、まだ気絶したまんまで、これは夢なんじゃないのかな？　だって『好き』だなんて……！　怜が俺を『好き』だなんて……！　そんなの、そんなのとっても信じられないよ！

その証拠に、ほら、視界がぼやけてきて……俺には怜の背中がよく見えないよ……。

「……あ……きら……」

鼻腔の奥をツーンとしたものが走って、俺はぼやけた怜の背中に手を伸ばした。だけど俺の指先は怜の背中を掠って、怜が濡れた髪を拭いていたタオルの端っこを捕まえただけだった。目は益々霞んでしまっていて、俺にはもう何も見えなくなっていたんだ。

「こらこら、何ふざけてるんだ？　放せよ、徹、拭けないじゃないか？」

俺がふざけていると思ったのか、怜はクスクス笑いながら、俺に背を向けたままタオルを引っ張り返した。だけどタオルを手に俺のほうを振り向いた怜は、目を見開いたきり言葉を失ってしまった。

「――――……」

俺はぐしゃぐしゃに泣いていた。この前こんな風に泣いたのは、いつだっただろう？　恐いからじゃなくて、ましてや痛いからじゃなくて、それでもこんな風に泣いたのは……？

「うっうっ……うぇえっ……」

堪えきれない嗚咽が腹の底から溢れ出て、俺は全身を震わせて激しく泣いた。声を上げて泣きじゃくる俺を、最初は圧倒されて見ていた怜は、だけどすぐに優しく抱き締めてくれた。

「ああ、そうか……好きだよ、徹……俺はちっともわかってなかったんだな？　ゴメンな？　お前、誰かがそう言ってくれるのをずっと待ってたんだよな？　お前が好きだって……好きだよ、徹、もう我慢しなくていい……俺がいるから……大丈夫、もう痛くないよ……俺はお前が好きだ、大好きだよ、徹……」

「うえぇええっ……」

――――好きだよ、好きだよ、好きだよ……

まるで子守歌のように繰り返される優しい怜の囁きにあやされながら、それでも俺は泣き続けた。だって泣いても泣いても、まるで涙腺が壊れちゃったみたいに涙がとまらないんだ。ああ、こんなにたくさんの涙、いったい俺のどこに溜まってたんだろう……？

後から後から湧き上がってくる熱い涙と嗚咽を、俺は温かい怜の腕の中にいつまでもいつまでも吐きだし続けた。泣くのがこんなに優しくて温ったかいってことを、俺はこの日、怜の腕の中で生まれて初めて知ったのだった。

年が明けた――――。

「ちょ、ちょっと、怜！　いやだってば……！」

一日遅れの初詣に出かけた帰り、怜の部屋に入った途端、俺はいきなりベッドに押し倒されて面食らってしまった。怜は正月も元旦だけ実家に戻っただけで、二日の今日には首を長くしてお預けのポーズで待っていた俺のところへ戻ってきてくれた。それは嬉しいんだけど、いくら何でもまだ昼過ぎだぜ？

「何がいやなんだよ？　正月早々、家族を振り切ってきた恋人に、お前、冷たすぎるんじゃないか？」

「だってまだ昼過ぎだよ？　こんな明るいうちから……俺、やだよぉ……」

「お前って保守的！　セックスなんてやりたい時にやらなきゃ意味ないだろうが？」

「やだやだ、したくない！　痛いからやだ！　この前の時の怪我……俺、まだ治ってないんだからね！」

懸命に手足をバタつかせて、俺は伸しかかってくる怜に抵抗した。

「はぁ？　怪我だと？　そんなのお前、いったいどこに怪我したっていうんだよ？」

「ど、どこって……！　そ、そんなの決まってるだろっ！」

俺は真っ赤になって怒鳴った。だけどホントは嘘なんだ……初めて怜とした時は、それこそ本当に軀が内側から裂けたかと思うぐらい痛かったのに、裂けるどころか、その……切れてもいなかったんだ。

「嘘つけ！　どこも切れてなんかなかったぜ？」

抵抗する俺の軀を簡単に押さえ込むと、怜は俺のセーターを捲り上げながらケロリと言ってのけた。

「う、嘘って！　そ、そんなの……どっ、どうしてわかるんだよっ！」

あっさり嘘を見抜かれて、俺は目を白黒させてしまった。だけど……ホント聞くんじゃなかったよ。

「どうしてって、そんなの診たからに決まってるだろ？」

「ミタ……？？？」

言われた意味がわからなくて、一瞬、ポカンとしてしまったんだけど、怜の浮かべたニヤリっていう笑みに、俺は全てを理解した。

『診た！』だってぇぇ――――っ！

――――躯中の血管が全部ブッち切れて、脳味噌が沸騰するかと思うほどの羞恥に、俺は気を失いそうだった。だ、だって怜のヤツ……き、気絶した俺の脚を開いて……!! ああ、もう！ し、信じられないっ！

「だってお前、物凄く痛がっただろ？ 俺もバージンの坊やとするのは初めてだったし、徹が気絶したのにはホント、死ぬほど驚いたんだぜ？ まさか内臓裂なんてことはないと思ったけど……何ともないの診てホッとしたよ……」

言ってるうちに思い出したのか、照れたように笑いながら、怜は伸しかかるのをやめて俺の横へ転がった。二人並んでベッドに横たわる。さっきまでいやだったのに、躯が離れてしまうと俺は物足りなくなって、自分から怜に躯をすり寄せた。

「まったく、お前ってヤツは……少しは俺の気持ちも考えてくれよな？」

困ったヤツだ、とため息をつきながらも、怜はすり寄っていった俺の躯に腕を回してくれた。怜の脇に躯をすり寄せながら、俺はふと気がついた。

「ねぇ、怜……バージンは初めてって……ああいうことする人……今までにもたくさんいたの？」

口に出した途端、俺はひどく不安になってきた。怜はすごくかっこいい。優しくて温ったかい。今の今まで、怜は俺だけのものだと思ってたけど、そんなはずなかったんだ。

「ノーコメント」

怜は面倒臭そうに俺に背を向けた。向けられた怜の背中が『いるよ』と言っているような気がして、俺は不安を打ち消そうと、答えてくれない怜の背中を何度も何度も揺さぶった。

「ねぇ、いっぱいいたの？　ねぇってば、怜……」

「ちぇっ、しつこいなぁ……ああ、いっぱいいたぜ？　俺はモテるんだからな？　今だっているかもしれないぜ？　何せ徹にふられちゃったからなぁ……誰か他の子としちゃおうかなぁ……？」

追いすがる俺に、怜は妙に芝居がかった声で煩そうに答えた。からかってるんだって、すぐにわかる声だった。だけど俺は嘘でもいいから『いない』って言ってほしかったんだ。ホントにバカみたいだけど、その時の俺は、怜がそう言ってくれなくちゃ、どうしてもいやだったんだ。

俺は黙ったまま着ていたタートルセーターを脱いだ。セーターの首で髪がクシャクシャになった。

「する……するから、怜……だから他のヤツとしないで……お願い……」

自分から服を脱いでお願いするなんて、惨めでバカみたいだと思った。卑屈すぎて涙が出そうだった。

「おいおい、ちょっと、冗談じゃないぜ？　どうしちゃったんだよ、徹ってば、よしてくれよな？」

だけど予想外の俺の反応に、怜はすっかり面食らっちゃったみたいで、ジーンズのジッパーを下ろそうとしている俺に目を丸くしている。

「バカ、冗談だったら！　ああ、もう脱がなくていいよ！　まいったな、どうしてこうなっちゃうんだ？　お前だけだよ、徹！　他に誰かなんているはずないだろ？　考えてもみろよ？　他に誰かいたら、どこのどいつが正月早々、こんなド田舎にやってくるかよ？　昨夜は親父や集まった親戚どもと夜中まで飲んでたってのに、今朝は五時起きだぜ？　家じゃ今頃、俺がいないんでビックリしてるよ」

涙目になって唇を噛み締めている俺に、怜が慰めるように弁解する。

「それもこれも、みーんな、徹に会いたい一心なんだからな?」

だけど最後のほうはまた妙に芝居がかってきて、俺は笑ってしまった。

「ふふふ、機嫌直ったか? 何でも本気にしちゃうんだからな? まったく困った坊やだ……」

クスクス笑いながら、怜は再び俺の軀を押し倒してきた。

「ちょ、ちょっと、怜! ぬ、脱がなくっていいって言ったじゃないか!」

「言ったよ?」

だからどうした、と言わんばかりに、怜は俺の脱ぎかけのジーンズを脱がせにかかる。

「言ってることとやってることが違うじゃないかっ!」

「だから、自分で脱がなくてもいいって言ったんだよ? 俺が脱がせてやるから、ビギナーの坊やは経験者に任せて、気持ちよくなってればそれでいいの! 中級、上級と段々教えてやるからさ?」

正月二日の真っ昼間から、俺は結局……ヨレヨレになるまで怜にされちゃったんだよっ! これで初編なら、俺は一生中級には進まなくていいよ! 上級なんて考えたくもないっ!!

まあ、そんなわけで、俺は冬休みの間中ずっと……ヨレヨレだった。とにかく俺は怜に夢中で、他は何にも目に入らなくなってた。俺は自分だけの幸せに酔いしれていたんだ。だけど俺は間違ってた。俺には何もわかってなかったんだ。そして俺はこの後、いやってほど自分の無知を思い知らされるはめになったのだった。

幸せだった冬休みが終わって、俺の気分は最悪だった。だって学校が始まったら、当然、俺は怜と一日中いっしょになんかいられない。チクショウ、面白くない！　イライラする！

学校が始まって一週間もしないうちに、俺は怜と長く離れていると、突然、いても立ってもいられなくなるような不安に襲われるようになった。まるで映画に出てくる麻薬中毒者みたいだ。だって俺は、怜なしには半日といられなくなったんだ。

友達なんていらない。学校なんか行きたくない。俺から怜との時間を奪うヤツはみんな敵だった。たった一人の姉貴さえ、俺は邪魔で仕方なくなってきた。だって姉貴が店から帰ってくる前に、俺は怜とサヨナラしなくちゃならない。怜といっしょの時間はあっという間に過ぎて、次に怜と会えるまでの時間は、俺には永遠にも思えるほど長く感じられた。

俺はどんどん学校を休みがちになっていった。クラスの連中と話をするのも億劫だ。そんな俺に、あれほど俺をおちょくっては楽しんでた連中も、さっぱり話しかけなくなってきた。孤立無援の村八分。だけどそんなのは、俺にはどうでもよかった。俺を叱る先生達の説教も、俺にはまるで馬の耳に念仏だ。俺の耳には怜の声しか聞こえない。俺の目には怜の顔しか見えない。俺にはそれだけで十分だったんだ。

そんな中で、相変わらず俺にちょっかいかけてくるのはブチぐらいのもんだった。俺が完全にクラスの外れ者になっているのが、コイツの脳味噌にはインプットできないらしい。まったく、信じられないくらい鈍感なヤツだぜ！

とにかく、怜さえいてくれれば俺は他に何もいらなかった。姉貴も友達も学校も、みんな消えてしまえばいいって、俺は本気でそう思ってた。それほど怜の存在は、俺の心を鷲掴みにしていたんだ。

その日も、俺は午後から学校をサボった。

怜は誰もいなくなった薮下医院の診療台の上で俺を抱いた。ホテルの部屋以外で怜に抱かれたのは初めてで……俺ってやっぱり保守的なのかな？　こういうことをベッド以外で、ましてやいつもは歯を削ってもらう診療台の上でするなんて物凄く抵抗があって、いつもの三倍ぐらい派手に抵抗して、怜を喜ばせてしまった。怜ってちょっと変態っぽくないか？　本人はノーマルなんて言ってるけど怪しいもんだよ！

セックスは俺にとって、ホントに飴と鞭だ。飴は欲しいけど、やっぱり鞭は恐くて嫌いだ。だから怜は俺を抱くのに結構てこずる。てこずるのを楽しんでるみたいなとこも、多分にあるみたいだけどね？

「バカバカバカバカ！　怜のバカ！　もう！　二回もするなんて酷いじゃないか！」

「何だよ、お前もちゃんと二回達ったろ？　こんなの慣れさ、回数こなせば悦くなるって。下手な鉄砲数撃ちゃ当たるってね？　お前だって、最初の時よりは痛くなくなってきただろ？」

「今だって十分痛いよっ！」

真っ赤になって怒鳴る俺に肩を竦めて、怜は俺にシャツを着せにかかった。

「さあ、診療時間は終わりだ。シャツを着たら、今日はこれで帰るんだよ、坊や、いいね？」

「えっ！」

俺はびっくりして、シャツのボタンをはめる怜の顔を見つめた。

「ど、どうして？　まだ九時前だよ？　酷いよ、まだ何にもしてないのに……やるだけやったら帰れなんて、そんなのないよ！」

「やるだけやったらなんて人聞きの悪い……まぁ、そうもいうけどな……？」

「そうだよ！」

俺は絶対に帰るもんかと、怜の手を振り解いて床の上に座り込んだ。

「あぁあ、コイツ、まるでスーパーで駄々こねるガキといっしょだな？　ほら、立てよ、徹？　言うこと聞かない悪い子はお尻をぶつぞ？」

怜はおどけた調子で俺の腕を引っ張った。だけど俺は怜の腕を乱暴に振り払った。

「いやだっ！」

「こら、いい加減にしろ、怒るぞ？」

「やだやだやだ！　絶対にやだっ！　怒るんなら勝手に怒れよ！」

俺は甘えるのに慣れて、少し図に乗りすぎたのかもしれない。駄々をこねて喚く俺に、それまでおどけていた怜の表情が、サッと険しくなった。

「いい加減にしろ！　いいか、ベタベタダラダラはここまでだ！　徹、お前、明日から真面目に学校へ行け！　出席日数が足りなくなったり、補導されたりしてからじゃ遅いんだぞ？　学校が引けてからだって十分いっしょにいられるだろ？　いいな、徹、明日からちゃんと学校へ行くな？」

「いやだぁ――――っ！　俺は帰らない！　学校なんか行くもんか！　怜は俺が邪魔になったんだ！　もう俺といっしょにいたくなくなったんだ！　嫌いだ！　そんなこと言う怜、嫌いだ！　大嫌いだぁっ！」

俺はヒステリックに怒鳴り散らしていた。迸る激情。真っ赤に染まる視界。俺の内で、何かがブッツリと切れていた。

「うわぁあ――――っ！」

怜が何か言おうとしているのが見えた。だけど俺は耳を塞いで叫んでいた。

――――いやだ！　何も聞きたくないっ！

耳も目も、みんな塞いでしまわなくちゃ、何か取り返しのつかない恐ろしいことになりそうで、俺は夢中でその場を飛びだしていた。一分でも一秒でも早く、できるだけ遠くへ逃げなくちゃ……！　俺は得体の知れない化物に追われるように、メチャクチャに走り続けた。

「あっ！」

突然、脚がもつれて視界が逆転する。

「うわぁ――――っ！」

叫びながら、俺は飛び込むような勢いで地面に叩きつけられていた。一瞬、息がとまった。だけど軀は叩きつけられた勢いのまま、ゴロゴロと下へ向かって転がり落ちていく。底なしの穴に落ちていくみたいだった。だけど俺は唐突に、ドスンと底に叩きつけられた。そこは底なしの穴じゃなくて、真っ暗な町外れの土手だったんだ。

軀中がズキズキ痛む。動けない。まるで軀中の骨という骨がバラバラに折れてしまったみたいだった。俺はやっとの思いで暗い地面に軀を起こした。

「ううっ、うぇえっ……」

俺は堰を切ったように泣きだした。痛む肘や膝を庇うように抱え込んで、俺は転んだ子供そのままに声を上げて激しく泣いた。俺はいつからこんな泣き虫になったんだろう？　泣いたって仕方ないのに……ここには俺を慰めてくれる人なんかいないのに……それなのに、どうして俺は泣くんだろう？　わからなかった。だけど泣かずにはいられなかった。溢れ出る涙にまかせて、俺はひたすら泣き続けたのだった。

「――――寒い……」

どのくらい泣き続けていたのか、俺は襲ってきた急激な寒さに身震いした。凍みるように冷たい二月の夜だった。涙のかれた俺は、自分が下着とシャツしか身につけていないのに、その時初めて気がついた。思い出したように、胸の奥がキュウッと痛んで酷い孤独感が沸き起こってきた。

「――――恐い……ここは恐くて寒い……暗いよ、怜……痛いんだ……軀中、痛い、痛いんだ、怜……助けて、怜……痛い、痛いよぉ……」

俺はヨロヨロと立ち上がると、真っ暗な土手を歩きだした。恐くて、痛くて、もうそこにはいられなかった。

「――――怜ぁ……」

自分が逃げだしてきた当の男の名前を呼びながら、俺は当てもなく歩き続けた。呼びたくても、俺には他に呼べる名前なんかなかったからだ。

そのままどこをどう歩いてきたのか、どのくらい時間が経ったのかも、俺にはわからなかった。だけど帰巣本能ってヤツなんだろうか？　ただ気がつくと、俺は自分の家の前に立っていた。

「……姉……ちゃん……？」

何だか全てに現実感がなかった。台所の入り口に立った俺は呆然として、食卓テーブルに突っ伏している姉貴の姿を見ていた。テーブルの上には酒の瓶が何本か転がっていた。

『姉ちゃんが……酔っ払ってる……？』

ぼんやりとした違和感が俺を襲った。姉貴が酔っ払うなんて、そんなはずなかった。だって仕事柄、毎晩のように飲むっていうのに、俺は酔った姉貴の姿なんか一度も見たことなかったんだ。

壁の時計に目をやると、十二時を少し回ったところだった。こんな早い時間に帰宅するなんて、絶対におかしい。今日は店を休んだのか？　訳がわからず、ただただ姉貴の姿を見ていた俺は、突然、姉貴に名前を呼ばれて驚いた。

「徹……？　徹なの……？」

姉貴がテーブルから顔を上げた。俺を見る目が据わっている。俺は唐突に現実に引き戻された。ぼんやりなんかしている場合じゃなかった。姉貴の様子は普通じゃない。今更ながら、俺は慌てた。

「ど、どうしたんだよ、姉ちゃんってば……こんなに……飲みすぎだよ……？」

オロオロしながら、それでも俺は姉貴の手から飲みかけのコップを取り上げようとした。

「何よっ！　離しなさいったら、この恥知らず！　アンタなんかに指図される覚えはないわっ！」

「ね、姉ちゃん……」

俺は呆気に取られてしまった。てっきり酔い潰れているんだとばかり思っていた姉貴が、物凄い剣幕で俺の手を払い除けたからだ。酔っ払いの迫力にすっかり気圧されてしまった俺の胸ぐらを、姉貴は逆に摑まえて自分のほうへ引き寄せた。勢いで姉貴の手からコップが飛んで、派手な音を立てて床に転がった。

「何なのよ、アンタのこの格好はいったい！　ズボンも穿かずに、いったいどこへ行ってたのよっ！」

俺は姉貴の剣幕に声も出なかった。もっとも声が出たところで、ズボンを穿いてない訳なんか話せるはずもなかったんだけど……。

「言えないの？　言えるわけないわよね？　それじゃあ、アタシが言ってやるわ！　アンタ男のくせに、藪下の若い医者と！　男と付き合ってるんだって！」

俺は言葉を失った。顔から血の気が引いていく。ショックだった。カクンと膝の力が抜けて、俺は床にしゃがみ込んでしまった。

「アンタって子はよくも、よくも……！」

怒りにワナワナと震えながら、姉貴は座り込む俺の襟首を絞め上げた。凄まじい形相だった。

「バカにして！　アンタってば、アタシが何にも知らないと思ってるんでしょ！　知ってるわよ、徹！　アンタ、最近、ちっとも学校へ行ってないんだって？　このままじゃ、進級できないかもしれないんだって？　何でなのよ、徹、アンタだって知ってるはずよ？　ここは田舎なのよ！　ちょっとでも変わったことがあればすぐに噂になるの、アンタだって、いやってほど知ってるはずじゃない？　それなのにアンタってば、毎日毎日学校へも行かずに何してるのかと思えば、藪下へ入り浸りだっていうじゃない！　それにこれっ、この格好ったら……！　アンタ、あの医者と……よりにもよって男なんかと！　汚らわしい！　なんてバカなのよ！　いい加減、目を覚ましなさい！　どうせアンタなんか、あのロクでもない医者に騙されて、遊ばれてるだけなんだから！　アンタなんか、あの汚らわしい男に……」

「うわぁああっ――――っ!!」

耳元にがなりたてる姉貴の嫌悪と悪意に満ちた声に、俺の内で何かが切れた。自分でも信じられないほどの怒りが迸って、俺は姉貴の軀を力いっぱい突き飛ばした。

「うるさいっ！　黙れ、黙れっ！　姉ちゃんなんかに何がわかるんだ！　俺の勝手だ！　怜のこと、姉ちゃんなんかにゴチャゴチャ言われたくないよ！　大きなお世話だ！　黙ってろよっ！」

俺は大声で姉貴に食ってかかった。姉貴に暴力なんて、それこそ生まれて初めてだった。当然、コテンパンに逆襲されると思っていたのに、逆襲どころか、姉貴は呆気なく床に転がってしまった。ハァハァと自分の暴力に興奮して息を荒げながら、俺は突っ伏したきり動かなくなってしまった姉貴に慌てた。

「ご、ごめん、姉ちゃん……突き飛ばすつもりなんて、俺……あ、あの、大丈夫？　ごめんよ、俺……」

姉貴を抱き起こそうと俺がオロオロとその肩に手をかけると、突然、姉貴が物凄い金切り声を上げた。

「ね、姉ちゃん……？」

それは凄まじい声だった。だけど俺にはそれが信じられなかった。だって姉貴は泣いていたんだ。声を上げて、姉貴は狂ったみたいに泣き叫んでいたんだ。

「うあぁああ――――――っ!!」

「姉ちゃん!」

驚きに、思わず姉貴の肩を強く握り締めた俺の手を振り払って、姉貴はテーブルクロスの端を鷲掴みにして物凄い勢いで引き下ろした。

――グワッシャア――――ン!

途端に姉貴の叫びと同じくらいヒステリックな音を立てて、テーブルの上の物が次々と床になだれ落ちていく。

「いやぁ――――っ! いやぁ――――っ!」

泣き叫ぶ姉貴の姿は、文字どおり狂っているように俺には見えた。

「やめてくれよ、姉ちゃんっ!」

叫びながら、手当たり次第に床に落ちた物を壁や戸棚に投げつけていく姉貴の狂態の凄まじさに、俺は叫んでいた。恐かった。まるで姉貴が姉貴でなくなってしまったみたいだった。戸棚のガラスが割れ、皿やコップが派手に砕け散るヒステリックな破壊音が、俺の恐怖心を更に掻き立てていく。

「いやぁあ――――っ!」

俺は両耳を覆って、それでも目は閉じられなくて、叫びながら取り憑かれたように破壊行為を繰り返す姉貴の姿を、一面にガラスや瀬戸物の破片が散乱する床に腰を抜かしたように情けなく蹲ったまま見つめていた。俺には他にどうしようもなかった。

――ガチャァ――――ン……

やがて最後の破壊音が響いて、台所は急に静かになった。床を埋め尽くす粉々に砕け散った嵐の残骸。投げつける物を失った姉貴は、糸の切れた操り人形みたいにがっくりと床に突っ伏して、再び激しく泣きだした。だけど姉貴の泣き声は、さっきまでの狂った叫び声とは全然違っていて、何ともいえず淋しく、俺の胸を締めつけるような哀しい号泣だった。

やるせない怒りと哀しみ、そして激しい喪失感。暗い土手に一人泣いていたさっきまでの自分の姿に、目の前で泣いている姉貴の姿がピッタリと重なった。それは俺が初めて目にする、弱々しくて淋しくて哀しい姉貴の本当の姿だった。

腹の底から絞りだすように全身を震わせて泣いている姉貴の姿をただじっと見つめたまま、俺はどのくらいそこに座り込んでいたんだろうか？　激しく揺れていた姉貴の肩がやがて小刻みになり、遂にピタリと動かなくなった。

物音ひとつしなくなった台所の冷たい床に、姉貴と俺は随分と長いことじっと蹲ったままでいた。疲れていて、軀じゃなくて気持ちが凄く疲れていて、俺達はどちらも動けなかったんだ。まるで時間さえもがとまってしまったような倦怠感と虚無感が俺達を覆っていた。

「――徹……？」

だけど錆ついたような静寂を破ったのは、不意に身を起こした姉貴の小さな呟きだった。俺のほうを見るでもなく、姉貴はぼんやりと遠くを見つめたまま囁くように喋り始めた。

――――それは俺が初めて聞く、姉貴の本当の声だった……。

徹、アンタ憶えてないよね？　アンタが初めて家へ来た日のこと……あれは確か十月だったっけ？　雨が降ってて、アンタを抱いてきた女の人、あれがアンタの母さんだったんだろうね？　傘もささずに来たのかずぶ濡れで、アンタは火がついたみたいにビービー泣いてた。あれからもう十七年も経つなんて、何だかウソみたいだよ、ホント……。

それにしても、どうしてこんなことになっちゃったんだろうね、徹？　やっぱりアタシ達の父さんがロクデナシだったからなのかな？　ふふふ、父さんってホント、アンタが家へ来る前からの筋金入りのロクデナシだったから、騙されたアタシやアンタの母さんが悪かったのかな？　だってアタシが物心ついた頃には、父さんと母さんの仲はもう最悪だったんだよ？　もう毎日毎日罵り合いの繰り返しで、アタシの母さん、写真で見ると結構美人だったのに、嫉妬に顔が醜く歪んじゃっててさ？　お世辞にも優しいなんていえない顔だったな。だけど生まれたばっかのアンタを見た時の母さんの顔ったら……アタシ、忘れないよ？　赤ん坊のアンタを物凄い形相で睨みつけて、あれは、あんな顔は……！　まるで鬼だったよ、母さんの顔。あれはアタシの母さんの顔じゃなかった。だけどあれが母さんの本当の顔だったんだね？　だって母さんってば、ホントにアタシの母さんじゃなくなっちゃったんだ。アタシを置いて、母さん一人で出てっちゃって……母さんはアタシを捨ててっちゃったんだもんねぇ……。

アタシ、小っちゃい頃から父さんも母さんも大嫌いだった。だけどアタシも子供だったから、どっかで期待してたんだよね？　父さんも母さんも明日になったら仲直りして、それでアタシを遊園地に連れてってくれるんだって……うふふ、バカみたい。ホント、馬鹿だったよね？　そんなのみーんな夢に決まってるじゃない？　明日になっても、明後日になっても、父さんはやっぱりロクデナシで、母さんなんかアタシを捨てて出てっちゃって……十歳のアタシに残ったものなんて、ピーピーお腹空かせて泣いてる赤ん坊の徹だけだったんだから、笑っちゃうよね？

ねぇ、徹って、アタシがつけた名前なんだよ、知ってた？　十歳のアタシが書けた一番難しくて偉そうな字だったから、それでアンタに徹ってつけたんだ。大きくなったら、アンタが偉い人になれますようにって、そう思ってアンタの名前、徹にしたんだ。

なのにアンタってば、毎日毎日泣いてばっか。アタシの気も知らないで泣いてばっかいるアンタが、アタシ、アタシ……ホントに堪らなく大嫌いだった。だって泣きたいのはアタシだったんだもの。アンタがいなけりゃ、アンタさえいなけりゃ、母さんはアタシを置いていったりしなかった。アタシを捨てたりしなかったって、そう思うと赤ん坊のアンタが許せなかった。勝手に泣いてればいいんだ、お腹空かせて死んでしまえばいいんだって、本気でそう思ったんだ、アタシ……それなのにアンタって子はやんなるぐらい元気よくってさ？　全身で主張するんだよ、お腹空いた、ってね？　あんまり泣いて煩いから、哺乳ビンを口にギュッて突っ込んでやったら、急に静かになっちゃって……夢中で吸うんだよ？　小っちゃい口で一生懸命、チュウチュウチュウチュウってね？

アンタをこう、腕に抱いてさ？　チュウチュウやってるのを見てたら、段々……コイツも、徹もアタシと同じだって思えてきて……徹も母さんに置いてかれて、捨てられちゃったんだなって、そう思ったら、アンタが堪んなく可哀相になってきて……アタシが守ってやらなきゃって、アタシしか徹にはいないんだからって、アタシ、本当にそう思ったんだよ？　アタシが徹の母さんになってあげなくちゃってね？

だけど遙子がやってきてわかったんだ。徹は別にアタシじゃなくってもいいんだって……アタシ、遙子が死ぬほど嫌いだったけど、遙子に懐いた徹はもっと、もっと……！　アタシ悔しかった！　悔しくって哀しくって、もうどうにもならなかった！　徹がその気なら、アタシだってもう徹なんか知らないって思った。もう自棄クソだったんだ、アタシ。

結局、家飛びだして東京行って……だけど高校中退のアタシにできる仕事なんかなくって、とどのつまり、ちょっと怪しげな店で歳誤魔化して働いて、男に引っかかっちゃったんだよね、笹岡って男にさ？　アタシが十九の時だった。笹岡ったら、田舎にアタシ名義の家があるって聞いて、それでアタシに優しくしてきたんだ。遙子と同じだよ、笹岡は……だけどアタシ、人から優しくされるのなんて久しぶりで、何もわからなくなっちゃってた。悪い男だって知ってたけど、アタシは笹岡に夢中だったんだ。だから笹岡の言いなりになって、田舎へ帰って家を処分しようって決めたんだ。

田舎へ帰るのは三年ぶりだった。アタシ、思ってたんだよ？　アタシが家を売るって言ったら、父さんと遙子のヤツ、どんな顔するだろうって。ビックリしてオロオロする父さんと遙子を、笹岡といっしょに笑ってやろうって思ってたんだ。それなのに家へ戻ったら父さんも遙子も消えてて、空っぽの家に徹が一人ぼっちで死にかけてた。汚れたシーツに包まって餓死しかけてるアンタを見た時……アタシ、アタシ、もう心臓がとまりそうだった。ホントに、本当にあの時ほど後悔したことってなかった。あぁ、徹を置いていったりするんじゃなかった。徹がアタシの思いどおりにならないからって、徹を置いていくなんて……！　母さんに置いていかれてあんなに哀しかったアタシが、今度は自分の都合で徹を置いていったなんて……アタシ、自分で自分が本当に許せなかった！

病院の廊下でアンタの処置を待ってる間中、アタシ祈ったよ、もう二度と徹を一人にしませんから、どうか徹を助けて下さいって……。それなのに徹ったら、まったくやんなるくらい丈夫だよね？　点滴うって三日もしたらすっかり元どおりになっちゃってさ？　ふふふ、憶えてる？　アンタってば、開口一番、姉ちゃん、腹減った、って言ったんだよ？

笹岡のヤツ、アタシが徹と暮らすから家を売るのは少し考えるって言ったら、アッという間にドロンしてくれちゃってさ？　ああ、本当にアタシって馬鹿。笹岡が遙子と同じだって気づいてたけど、やっぱりどっかで期待してたんだから……まぁ、家を売る前に笹岡の本性見えて助かったよね？

あの後、アンタを連れて東京へ行ってもよかったんだけど、アタシ、アンタを置いてったここで、この家でアンタとやり直したかった。ロクデナシの父さん、アタシを捨てた母さん、人の家の不幸を噂ばっかするくせに、餓死しそうな徹を助けてくれなかった田舎町の近所の連中、みんなみんな許せなかった。みんなを見返してやりたかった。

だからアタシ、東京のアパート引き払って戻ってきた。アタシには徹さえいてくれればきっとやり直せるって、そう思ってこの町に戻ってきたんだ。だから町の連中の白い目なんかに絶対負けない。アタシがスナックで働いてるからって、徹に不自由なんか絶対させない。アタシ、ムキになって働いて、でも徹の朝ごはんとお弁当は作ってやらなきゃって……きっと普通の家はそうするんだからって。アタシも学校へ行って、母さんにお弁当作ってほしかったから、だから徹にはアタシが母さんにしてほしかったこと、全部してやろうって……高校をちゃんと出して、それから大学へも行かせてやろうって。

わかってる。こんなアタシ一人の意地と思い込み、徹には迷惑だよね？　アタシは徹を置いて逃げた自分を正当化しようとしてただけなんだ。負い目と義務感だけで徹と暮らして、徹にアタシの理想を押しつけて……こんなの家じゃないよね？　どんなに繕ったって、一度できた裂け目はどうしようもないのにね？

ゴメンね、徹……アタシはまた同じことをしようとしてるんだ。徹がアタシの思いどおりに学校へ行かなくなって、アタシじゃない誰かを、遙子の時みたいに藪下の医者を求めたのが許せなかった。逆上して酔っ払って泣き喚いて……自分のことは棚に上げて、徹に当たり散らすなんて呆れるよね？　バカだよね？　ゴメンね、徹……アンタが誰かを好きになるのを責める資格なんて、アタシにはないんだ。徹の気持ちなんて、アタシには……アンタの言うとおり、アタシにはわかんない。今までわかろうともしてなかった。ゴメンね、徹……もうやめよう、こんな嘘ばっかの暮らし……徹のためになんて嘘ばっか……全部、アタシの思い込み。アタシ一人のエゴなんだ。ゴメンね、徹。許してね、徹……。

喋りながら姉貴は泣いていた。静かに泣く姉貴の肩は細くて頼りない。今まで本当に強い人だとばかり思っていた。だって姉貴はいつだって勇ましくて、俺の尻を叩いてばかりいた。しっかり者で美人で頭がよくて、いつも自信に満ち溢れて輝いていた。俺はいつだって姉貴が羨ましかった。姉貴の半分でも要領よく、頭の回転が速くなりたいって思ってた。姉貴みたいに強くなりたいって……！

『本当だよ、姉ちゃん……俺、本当に姉ちゃんが……！』

俺は胸の奥がキュウッと締めつけられて、でも何も言えなくて……俺は床を這って姉貴の傍へ行くと、しがみつくみたいに姉貴の軀を抱き締めた。

「姉ちゃん……！」

俺は絞りだすように姉貴を呼んだ。だけど言葉はそれ以上出てこなくて、出てこない言葉の代わりに、俺の目からはドッと涙が溢れだしてきて、俺はただ力いっぱい姉貴を抱き締めて泣いた。

俺は今まで姉貴の何を見てたんだろう？　この世にたった一人きりの肉親の姿が、こんなにも長い間いっしょに暮らしてきた姉貴の気持ちが、俺には何ひとつわかってなかった。淋しくて哀しくて、必死に痛みに耐えていた姉貴の心を、俺は見ようともしてなかったんだ。

繰り返される両親の争いを、子供だった姉貴はどんな気持ちで見てたんだろう？　自分を捨てて去っていく母親の後ろ姿を、姉貴はどんな思いで見送ったんだろう？　俺と違って十歳だった姉貴には、捨てられる自分がはっきりとわかったはずだ。どんなに哀しかっただろう？　辛かっただろう？　それなのに姉貴は俺の面倒を見てくれた。俺を可愛がってくれた。そんな姉貴よりも、目の前の餌にシッポを振って遥子に懐いた俺を、姉貴はどんな思いで見たんだろう？　どんな思いで、十六歳の姉貴は東京へ出ていったんだろう？　十六なんて、今の俺よりガキだ。要領よくなんて生きられたはずないじゃないか！　今だって、一人で店を切り盛りする姉貴の苦労を、毎朝俺のために起きだしてくる姉貴の思いを、俺は何ひとつ考えもせず、自分のことだけで頭がいっぱいだった。怜に夢中になって、俺は姉貴を邪魔だとまで思ってたんだ！　俺は最低だ！　親父なんかより、俺のほうがよっぽどロクデナシだったんだ！

「姉ちゃん、姉ちゃん……俺……！」

俺は渾身の力を込めて姉貴の軀を抱き締めた。後悔が、そして熱い思いが心の底から溢れてきて、姉貴を抱き締める俺の腕は激しく震えていた。

怜に抱かれて優しくされて、俺は幸せだった。怜の手が俺に触れる度に、俺は永遠にそうされていたいと願った。どうして姉貴も俺と同じだって、そうわかってやれなかったんだろう？　誰よりも身近にいたのに、どうして姉貴の痛みや淋しさを、俺は思いやれなかったんだろう？　もっともっと優しくなれたはずなのに、俺は自分勝手で姉貴の痛みがちっともわからなかった。自分一人痛がりで、俺は他人の痛みに鈍感なヤツだったんだ。

『あぁ、姉ちゃん……姉ちゃん……』

俺は姉貴を慰めてやりたかった。怜が俺にくれたみたいな温もりと安らぎを、姉貴にも俺はあげたかった。怜が俺にしてくれたみたいにそっと、俺も姉貴の痛みを癒してやりたかった。怜みたいな優しいやり

方で、俺も姉貴の淋しさを埋めてやりたかったんだ。

だけど俺は怜じゃない。俺は役に立たない泣き虫の痛がりだ。俺にできるのは、ただ姉貴の軀にむしゃぶりついて泣くだけだった。俺は怜のようにはなれない。俺には怜みたいな優しさも強さもないんだ。それでも俺は、ありったけの思いを込めて姉貴を抱き締めるのをやめられなかった。

『怜、怜、怜ぁ……』

俺はどうしたらいいのかわからなくて、泣きながら心の中で怜を呼んでいた。

『怜、怜……俺、どうしたらいいんだ？　怜、俺は……』

怜の名前を呼びながら、俺は一晩中、姉貴の軀を抱き締めて泣き続けたのだった。


朝の光は本当に希望を与えてくれるもんだと思った。

一晩中抱き合って、後悔と哀しみに泣いていた俺と姉貴は、冬の朝日の中で妙に照れた笑みを浮かべて見つめ合っていた。泣いたせいで、二人とも目が腫れて酷い顔になっていたけど、何かがふっきれたような、了解みたいなものを互いに感じ合っていた。辛くて長い夜だったけれど、俺達はほんの少し歩み寄って、本当の自分達と向かい合えたのかもしれなかった。

「お腹空いたね、徹？」

「うん、スゲェ空いてる！　姉ちゃん、飯にしようよ！」

「もう！　この欠食児童め！」

俺の額を小突いてクスクス笑う姉貴の笑顔が眩しかった。俺は昨日までよりもずっとずっと姉貴を好きになっている自分に気がついた。笑う姉貴のきれいな横顔を見ながら、俺は姉貴もきっと俺と同じ気持ちなんだと思った。

『――俺達は家族なんだ……』

俺はフライパンに並ぶ二人分の目玉焼きを見ながら、今日は学校へ行こうと思った。

久しぶりの学校は、やはり予想どおり、かなり居心地の悪いものになっていた。

俺は一日中、何も考えずに過ごすのに集中した。一度外れ者になれば、そう簡単には元どおりにならないのはわかっていたし、かといって、このまま学校を辞めるなんて、姉貴を思うとできそうもない。元はといえば身から出た錆だ。我慢するしかないだろう。

そんなことよりも、当面の俺の心配は怜だった。昨夜はヒステリーを起こして飛びだしてきてしまったけれど、もし怜が本当に俺といるのがいやになったんだったらどうしよう？　あの晩、怜に別れを切りだされそうで、それを聞くのが恐くて、俺は夢中で怜のところから逃げだしてきたんだった。もし怜に嫌われてしまったとしたら……？　それは考えただけでも全身が凍りつきそうに恐ろしい悪夢だった。怜に捨てられるなんて、そんな絶望には耐えられない。俺は切れそうに唇を噛み締めて、全身を強ばらせた。

「中田くん？　ねぇ、中田くんてばどうしたの？」

突然、目の前に太ったブチの顔が現れて、俺はビックリした。いつ見ても鬱っとうしい顔だ。コイツはいつだって、俺の気持ちなんか全然おかまいなしに話しかけてくるんだ。

「ねぇ、休んでた間のノートとってあるからあげるね？　あの、わかんないとこあったら……」

ブチは鼻の頭に汗をかきながら、顔を赤くして喋り続ける。俺は必死になって喋り続けるブチの顔をぼんやり見つめていた。

『ホント、トロいぜ、ブチのヤツ。他の連中はみーんなシカトで、俺に構うヤツなんかいないっていうのに、コイツときたら……』

だけど俺にはわかっていた。こんな俺に、前と変わらず話しかけてくれるのはブチだけなんだ。休んだ俺を心配して、家に電話してきてくれたのもブチだけだった。ブチは、人を噂の種にするだけの近所の連中とは違う。ブチは本当に俺を思ってくれているんだ。昨日まで、俺にはそれがわからなかった。わからずに、俺は好き放題にブチを傷つけてきたんだ。

俺はなんて勝手なヤツなんだろう？　怜に少し冷たいこと言われただけで、自分は死にそうに辛いくせに、俺を好きだって言ってくれたブチには平気で酷いこと言ってばかりいたんだ。どうしてブチが傷つかないなんて思ってられたんだろう？　俺はブチの気持ちには応えてやれない。だけど俺を好きだって言ってくれたブチに、俺はもっと何か違う態度をとれたはずだ。きちんと断るくらいの誠意があってもよかったはずなんだ。俺がブチをみんなの笑い者にしていい理由なんてどこにもなかったのに……俺は思いやりの欠けらもない最低なヤツだったんだ。

「ありがとう、ブチ……」

俺は礼を言って、ブチからノートを受け取った。ブチは目を丸くして、それから嬉しそうに何度も何度も頷いた。真っ赤になって照れたように笑うブチを、俺はほんの少しだけ可愛いと思った。俺達のやりとりを見ていたクラスの連中が、一斉にヒューヒューとはやし立てたけれど、俺は全然構わなかった。

「うるせぇな！　悔しかったら、お前らも女にノートとってもらえってんだ！」

俺はすっかりいつもの調子で、俺をからかうクラスの連中に怒鳴っていた。


それからの俺は毎日毎日学校へ通い、試験や授業をすっぽかした先生達に詫びを入れて回り、補習やレポートのお情けを山ほど頂戴した。俺は遅くまで学校に居残り、家へ帰っても宿題やレポートの山と格闘するはめになったけれど、何とか進級もできそうな見込みになってきた。

姉貴とも、俺はすっかり以前と変わらない暮らしをしている。本当はちょっと違っているけど、お互いに少し気恥ずかしいから、それは表には出さないで過ごしているんだ。

見た目には元どおり、何ひとつ変わらない田舎町の暮らし。だけど本当は元どおりなんかじゃなかった。誰にも言えないけれど、怜との関係だけが、俺の生活から欠け落ちたままになっていたんだ。

あんなに毎日いっしょに過ごしていたのに、俺はもう一週間も怜に会っていない。本当は怜に会いたくて、怜に触ってほしくて、俺は気が狂いそうだった。声が聞きたい。顔が見たい。軀中の細胞が、怜を求めて悲鳴を上げている。俺の心は怜を失う恐怖に押し潰されて、今にも窒息してしまいそうだった。

それでも、俺は怜に会いに行けないでいた。だって俺は、怜に会うのが堪らなく恐かったんだ。怜に会って、それで決定的な一言を言われてしまったら？　あの晩の続きの言葉を聞かされてしまったら？　そんなことになったら、俺は本当に怜を失ってしまうんだ！　それだけは、それだけは死んでもいやだった。

そして怜からは何も言ってこない。会えないままに、どんどん時間だけが過ぎていく。考えてみれば、今までだって俺が一方的に怜に纏わりついていただけで、怜から俺を訪ねてきたなんて一度もなかったんだ。こんな風にして、自然消滅みたいに俺は怜を失ってしまうんだろうか……？

『怜、怜……会いたいよ、怜……』

夜毎、俺は怜の名を呼びながら、切なさと淋しさに一人シーツを涙で濡らし続ける。凍える心を抱き締めて、一人冷たいベッドに丸くなって夜を過ごす。怜に会えるのは夢の中だけだった。夢の中でなら、俺は好きなだけ怜に甘え、満足するまで怜に抱き締めてもらえた。

『怜、怜、大好きだよ、怜……』

たとえ夢破れる夜明けには、いっそうの淋しさと哀しみが待っているとしても、俺は怜の夢を見る夜の甘い誘惑には勝てなかった。怜への激しい飢えと渇きを癒すには、夢見るほかにどうしようもなかったからだ。

毎日が、あの暗く淋しい夜の土手のような日々だった。いったい、いつまでこの切なく苦しい闇が続くんだろうか？　終わりのない永遠の闇に、俺は一人、必死に歯を食いしばって耐えていた。

ところが、朝日は唐突に夜の闇を引き裂いた。永遠に続くかと思えた切なく哀しい俺の苦しみは、始まった時同様、怜によって呆気ないほど簡単に終わりを告げたのだった。

「徹!」

突然、夕暮れの校庭に響いた声に、俺は自分の耳を疑った。

『まさか……まさか怜……?』

恐る恐る振り向いても、俺は自分の目が信じられなかった。だって怜が校庭脇の小道に停めた車の窓から顔を出して、俺の名前を呼んでるんだ。

『ウソだよ、だって、だって、そんな……?』

俺は震えていた。あんまり怜に会いたいと思いすぎて、俺は幻覚を見ているんじゃないだろうか? こんな風に都合のいい場面、前にも夢で見たことなかっただろうか? これは夜毎訪れる甘い夢の続きなんじゃないだろうか? 俺は自分で自分が信じられなくなっていた。

だけどそれは現実だった。補習帰りのすっかり暗くなった校庭で、俺は車に乗った怜に呼びとめられていたんだ。

「徹!」

聞こえていないと思ったのか、怜が俺の名を呼びながら車を降りてきた。

『怜だ! 怜だ! 怜がこっちへやってくる!』

俺は叫びだしたい衝動に駆られながら、金縛りにあったみたいにその場を動けない。

「おい、徹……?」

怜が俺の目の前に立っていた。あんなにも会いたいと願った怜の顔が、今、俺の目の前にある。

「怜っ……！」

怜の手が俺の肩に触れた瞬間、俺は魔法が解けたみたいに、全身でぶつかるように怜の軀に抱きついていた。

「徹……」

「怜、怜、怜っ……！」

すっかり日の落ちた校庭で、俺達はお互いの軀を言葉もなく、ただ貪るように抱き締め合っていた。

「徹……」

怜が耳元に熱く囁く。甘い吐息が頬に触れて、俺は怜が触ったところから溶けてしまいそうに、軀中が熱く燃えていた。怜の掌、怜の唇、怜の目、そして怜のセックス……怜の全てが恋しかった。

「あっ、怜、怜、怜ぁっ……！」

俺はそれしか知らないみたいに、怜の名前だけを呼びながら昇りつめた。幸せだった。怜を受け挿れる痛みさえも、俺には歓びだった。

「徹っ……！」

「あ、怜ぁっ……！」

二人同時に弾け飛んだ瞬間、俺は真っ白になっていた。

「ごめんな、一週間も放ったらかしにして」

終わった後も怜の胸に頭をもたせかけたままの俺の肩に、怜がゆっくりと腕を回しながら呟いた。怜の大きな掌が俺の肩先を優しく撫でていく。温かくって気持ちいい。俺は返事をする代わりに、怜の胸に鼻を擦りつけて、その首に腕をギュッと巻きつけた。ピッタリと怜の厚い胸に重なってその鼓動を聞いていると、この一週間の不安が嘘のように消えていく。

「お前が飛びだしてった晩、あの後すぐに電話があったんだ。藪下の爺さんが危篤だって……」

俺は顔を上げて怜を見た。怜の指が俺の前髪を掻き上げる。

「死んだんだ、一昨日の晩」

俺は再び怜の胸に顔を埋めた。怜は俺の頭を抱いて、優しく俺の髪に指を絡ませながら続けた。

「まぁ、歳も歳だったしな？　死ぬ前に、お袋や俺と会えてホッとしたんじゃないのかな？　明日が通夜で、明後日が告別式。なんと藪下医院でやるんだぜ？　爺さんの希望でね、長年開業した医院で、近所の人に送られたいんだってさ？」

『藪下医院で？　近所の人に……？』

俺は無言のまま目を瞬かせた。だって俺は不思議だったんだ。長年暮らした町から近所の人に送られたいって？　爺さんはあの町が好きだったっていうのか？　爺さんは、俺にも見送ってほしいって思ったんだろうか？　だって俺は、歯医者の意地悪爺さんが大嫌いだったんだぞ？

俺の中で藪下の爺さんは『歯医者の意地悪爺さん』という一行で片付けられていた。それ以上でもそれ以下でもなかった。だけど本当の爺さんは、早くに奥さん亡くして、一人娘に出ていかれて、それでも一人で何十年も田舎町で歯医者をして……死ぬ間際まで孫の顔も素直に見られない、頑固で淋しい人だったのかもしれない。本当はとっても淋しい……そう思うと、急に俺は胸の奥がキュウッとしてきた。

「俺もお葬式……行ってもいいかな？」

俺は怜の胸に顔を埋めたまま、小さな声で聞いてみた。生きていた頃の爺さんは大嫌いだったくせに、死んだ途端に掌を返すように爺さんの淋しさに思いを馳せている自分が少し恥ずかしかった。本当はこんな俺に爺さんのお葬式に顔を出す資格なんかないのかもしれないけど、それでも俺は爺さんに最後のお別れをちゃんと言いたいと思ったんだ。

「ああ、来てくれよ、きっと爺さん喜ぶぜ？　何たって徹は、爺さんの長い開業歴でも泣き虫ナンバーワンの思い出深い患者だっただろうからな？　爺さんも徹の虫歯を残して死ぬのは心残りだっただろうよ？」

怜は笑いながら俺の髪の毛をクシャクシャに掻き回した。

「さてと、おい、徹、そろそろ帰らないと姉さんが帰ってくる時間だろ？　送ってくから起きようぜ？」

「えっ？　あ、うん、そうだね……あ、でも送らなくていいよ。一人で大丈夫だから……」

「バカ、何が大丈夫なんだよ？　お前が平気でも、俺のほうが心配でやってられないだろ？　俺みたいな危ないヤツが世の中にはいっぱいいるんだぞ？」

「プッ……！　やだな、怜ってば！」

「何だよ？　人が真面目に心配してるのに笑うヤツがあるかよ？」

「だって怜ってば、自分が危ないヤツだって自覚してるんだもん。笑っちゃうよ！」

「ちぇっ、さっきまでメソメソしてたくせに、俺の挙げ足を取るとはいい根性してるじゃないか、泣き虫の徹クン？　そうだよ、俺はとぉっても危ないヤツなんだからなっ！」

「わぁあっ！　やめてよ、怜ってば、くすぐったいよっ！」

「アハハ……さぁ、冗談抜きでホントに起きるぞ？　これ以上お前とこんなことしてたら、朝になっちゃうからな？　危ない遊びはまた今度ゆっくりな？」

ニヤニヤ笑ってウインクする怜に促されて、俺はようやくベッドを下りた。


真夜中の暗い田舎道を、俺を乗せた怜の車のヘッドライトが明るく照らしている。

「怜、ありがと、ここでいいよ」

家までもうちょっとというところで、俺は車を降ろしてもらおうと怜に声をかけた。怜は車を徐行させて停めると、俺の顔をチラッと見て、それから思案顔でハンドルに目を落とした。

「あ、あの、怜……？」

このまま車を降りてしまってもよいものかどうか俺が迷っていると、怜が不意に俺のほうへ向き直って、妙な問いかけをしてきた。

「徹、お前の姉さんって……いつも酔っ払って帰ってくるのか？」

俺は怜の質問にキョトンとしてしまった。こんなところで何を言いだすのかと、怜の意図が摑めなかったからだ。だけど怜はそれ以上は説明してくれない。俺は仕方なく質問されたままを答える。

「あ、あの……酔っ払ったりしてないよ、姉ちゃんは……そりゃ、飲んでるけど、姉ちゃんは酒強いし、だって商売してるほうが酔ってちゃ仕事になんないだろ？」

「そうか……酔ってないか……」

俺の答えに、怜は暫く、酔ってないか、と繰り返し呟いていたが、突然、意を決したように車を発進させた。ここで降ろしてもらえるとばかり思っていた俺はビックリしてしまった。

「あ、怜っ！　ここでいいったら！　ここで降ろしてよっ！」

俺は怜の腕を引っ張って懇願した。

あんまり家の近くで降ろされては、姉貴に見られるかもしれない。姉貴と俺は、あの夜以来、本当にうまくいってる。だけどそれは俺達姉弟の間だけの話なんだ。怜についてはあの夜以来、一度も俺と姉貴の間では話されていない。一種タブーみたいなものかもしれない。だって姉貴は俺が男と付き合ってるなんて汚らわしいって、恥知らずだって怒鳴ったんだから。

「怜！　ねぇ、怜ってば！」

俺の焦りを知ってか知らずか、怜はとうとう俺の家の真ん前に車を停めてしまった。玄関には明かりがついている。姉貴が帰ってきてる証拠だ。姉貴が気づきませんように、と祈るような気持ちで、俺はそうっと車を降りた。

「あ、怜っ……！」

そのまま怜におやすみを言おうと振り向いた俺は、ホントにビックリ仰天してしまった。だって怜ったら、自分も車を降りて、俺の先に立って玄関へ入っていこうとしてるんだ。

「だ、駄目だよ、怜！　ね、姉ちゃんに見られるっ！」

俺はすっかりパニックだ。それなのに怜ってば、焦りまくる俺を無視して、さっさと玄関ドアを開けてしまったんだ。

「あ、あ、怜っ！」

俺は我を忘れて、大声で怜の名前を叫んでしまった。

それから後の展開は、今思い出しても心臓が爆発しそうだ。玄関ドアにへばりついてオロオロする俺をよそに、怜はこともあろうに姉貴と直接対決しちゃったんだ。

「初めまして、向井怜です。突然で申し訳ありませんが、俺は徹が好きで、徹とはこれからも付き合っていくつもりです。ご理解頂けないのは仕方ありませんが、このことで徹を責めないでやって頂けませんか？　俺はあなたに詰《なじ》られようが憎まれようが一向に構いませんが、徹は違います。徹はあなたをとても大切に思っています。そのあなたに責められたら、徹は俺とあなたの間で泣くことになる。それでもどうしても駄目だとおっしゃるのでしたら、そりゃ、徹は俺が慰めますが、なるべくなら俺としても徹を泣かせたくないと思ってますから……だって可哀相でしょう？　それでなくても徹は俺にベッドで泣かされてるんですから、あなたにまで泣かされたんじゃ、涙が乾いてるヒマがないでしょう？」

涼しい顔の怜に、立て板に水の爆弾宣言をされて、さすがの姉貴も唖然とした様子だった。もちろん俺だって顎が落ちそうなくらいビックリしちゃってた。だってベッドで泣かせてるなんて、怜ってば、どこをどう押したら、そんな恥ずかしい話を人前でできるんだ！　だけどその時の俺は、そんなことよりも、姉貴があの夜みたいに怒って、怜に物を投げつけるんじゃないかってほうがずっとずっと心配だったんだ。

だけど俺の心配は見事に裏切られた。実際、それは裏切られたどころの騒ぎじゃなかった！　こんなことなら、いっそ姉貴が怜に花瓶でもぶつけてくれたほうがよっぽどマシだったかもしれない。だって姉貴ときたら怒りだすどころか、怜に輪をかけた涼しい顔で、とんでもないセリフを言い放ったんだ！

「ふぅん？　あなた、徹にはもったいないくらいのいい男だわね？　うふふ……ねぇ、あなた、もうわかってると思うけど、徹は並はずれて痛がりなのよ。泣かせるのは一向に構わないけど、壊さない程度にしてやってよね？　これでもアタシの大事な弟なんだから、抱く時は優しくしてやってちょうだいね？」

「ねっ、ねっ、姉ちゃんっ！」

あぁ、俺は姉貴という人がホントにわからなくなってきた！　だけどそれに平然と応える怜のことも、俺は全然わかってなかったに違いないっ！

「ええ、大丈夫、十分優しくしてますよ？　だってどこも壊れてないでしょう？」

「さぁ、どうだか？」

羞恥のあまり全身火だるまになってる俺をよそに、この美男美女はお互いの顔を見つめ合って、ニヤリと意味深な笑みを交わし合っていたのだった!!

葬式の朝はよく晴れた青空が広がり、既に春を思わせる暖かい日差しが田舎町を包んでいた。葬儀は爺さんの希望どおり、藪下医院で執り行われた。たくさんの花輪と大勢の弔問客。考えてみれば、藪下医院はこの町にたった一軒の歯医者だったんだから、爺さんに歯を治療してもらった経験のない人なんて、この町にはいないんじゃないかと思う。

俺も姉貴と連れ立って焼香の列に並んだ。正面の花に囲まれた遺影は偏屈そうな顔をした、俺のよく知っている藪下の爺さんのものだ。

『やっぱり爺さんは爺さんだな……』

そんな当たり前のことに感心しながら、俺は焼香に続いて姉貴といっしょに喪主席へ挨拶にいった。この度は、というお決まりのお悔やみを述べている姉貴の後ろで頭を下げながら、俺は初めて見る怜の両親に興味津々だった。学生結婚だというだけあって、怜の両親は本当に若くて、とても怜のような大きな息子がいるようには見えなかった。お父さんも怜に似てカッコいい人だったけど、俺の目を釘づけにしたのは、何といっても怜のお母さんだった。

『わぁ……キレイな人だなぁ……』

小柄で色白で、怜のお母さんは喪服に緩く結い上げた髪がなかったら、本当に少女のように華奢で可憐な印象の人だった。もちろん藪下の爺さんには少しも似たところはない。

『なんて温ったかくて、優しそうな女の人なんだろう……』

俺はすっかり怜のお母さんに見惚れてしまっていた。お葬式の席だから決してにっこりとは笑わないんだけれど、それでもその穏やかな眼差しからは、怜のお母さんがいつも微笑みを絶やさない人だってことが伝わってくる。本当に春の陽だまりみたいに柔らかくて優しい雰囲気でいっぱいの人だった。

「お袋、この子が中田徹くん。昨夜話した子だよ。徹、俺のお袋」

突然、怜が俺をお母さんに紹介したので、すっかりポォーっとなっていた俺はビックリしてしまった。だいたい昨夜話したって、いったい俺のどんな話をお母さんにしたんだよ！　俺は真っ赤になりながら、こんにちは、なんて間の抜けた挨拶をして頭を下げた。

「こんにちは。そう、あなたが徹くんなの？　うちのお父さんの治療って痛かったんでしょう？　ごめんなさいね、頑固なお爺さんで。今時麻酔もしないで歯を削るなんて信じられないわよねぇ？　でも、怜の治療は痛くなかったでしょ？　それで許してあげてね？」

怜のお母さんが小首を傾げて柔らかく微笑んだ。思ったとおりのすごく素敵な笑顔で、俺はすっかりドギマギしてしまった。

「徹、爺さんの顔見てやってよ？」

そんな俺の様子にクスクス笑いながら立ち上がると、怜は俺の背中を押して祭壇の裏手へ連れていってくれた。遺族でもないのにいいのかなって思ったけど、お棺の中を見るのなんて初めてで、不謹慎にも俺はワクワクしてしまった。

死体というものを初めて見た。もっとおどろおどろしいものかと思ってたけど、そうでもなくて、俺はちょっと拍子抜けだった。

「ねえ、怜、これって何が入ってるの？」

俺の目を引いたのは、菊の花に埋もれた白装束の爺さん胸の上に乗っている、白いハンカチみたいな布に包まれた細長い箱みたいなものだった。

「うん？　ああ、それね……ふふふ、何だと思う？　徹が大好きなものだぜ？」

ニヤニヤしながら、怜は俺の肩に腕を回して俺の顔を覗き込んできた。俺が大好きなもの？？？　さっぱりわからなくて、俺は怜を見上げて目を瞬かせた。

「わかんないか？」

降参して俺が大きく頷くと、怜はニヤリと笑って肩を竦めた。

「探針だよ。この中には爺さん愛用の探針が入ってるんだ」

タンシン？？？　まるで聞き覚えのない単語に、俺は首を捻った。タンシンって、いったい何なんだ？

「ククッ……わかんないか？　歯の治療の時に使う鉤針みたいな、こういうヤツだよ？」

怜に言われて、俺は、あぁ、と思い当たった。俺が大好きなものだってぇ！　冗談じゃない！　タンシンっていうのは、あのいやぁな銀の引っ掻き棒のことだったんだ!!　露骨に顔をしかめた俺を、怜が可笑しくて仕方がないって顔で、肩を震わせて笑っている。

「アハハ……ごめん、そんな怒るなよ、徹？　ハハハ……」

俺がムッとしてそっぽ向くと、怜は笑いながら俺の肩に回していた腕に力を入れて、俺の軀をギュッと自分のほうへ抱き寄せた。死んでるとはいえ、なんか爺さんの前であんまりイチャつくのはよくないような気がするのは、果たして俺だけだろうか？

「探る針って書いて、それでタンシンって読むんだよ？ 徹もそうだけど、あれを恐がる患者が多いんだよね？ まぁ、尖った針で痛いとこ探られるのは、徹でなくたっていやだよな？ でも探針を突っ込まれて痛い思いしなくちゃ、虫歯だって気がつかないってのも事実でさ？ 実際、痛みを感じてからじゃ、かなり深い虫歯になってるから、治療もそれなりに痛いわけ。その時はちょっと痛くっても、気がつかないよりはマシだろ？ 深くなった虫歯の治療がどれくらい痛いかは、徹が一番よく知ってるもんな？」

「そ、そうだね……」

俺は顔を引きつらせながら、それでも一応は怜に頷いてみせた。だけどホントはそのほうがマシだなんて少しも思ってなかったんだ。だって探針を口の中へ突っ込まれた時の痛みを思い出しただけで、俺は思わず背筋がゾォーッとしちゃうほど、探針ってヤツが大嫌いなんだから仕方ないよ。それにしても怜はちょっと俺にくっつきすぎじゃないか？ いくら爺さんの死体だけで人目がないとはいえ、こんなに顔をくっつけて耳元に囁かなくたって、話ぐらいできるだろうに。

「ね、ねぇ、怜……？」

俺は何となくいやな予感がして、怜から少し軀を離そうと身を捩ろうとした。だけど何だっていやな予感っていうのは当たっちゃうんだろうな？ 逃げようとする俺の腰をグッと捕まえて、怜のヤツ、とんでもないことを俺の耳元に囁いてきたんだ！　もう、怜ってば信じられないよ！

「もっともさ？　徹が俺に突っ込まれて痛かったのは、探針だけじゃなかったよな？　もしかして探針より、こっちのほうが痛かったか？」

「あ、あ、怜ぁっ!!」

スルリと大きな掌に尻を撫でられて、俺は真っ赤になって怜に怒鳴った。

「好きだよ、徹」

だけど俺が怜を突き飛ばすより早く、怜は俺の軀をギュッと抱き締めて、喚こうとする俺の唇を塞いでしまった。そして思いがけない口づけにポウッとなってしまった俺の耳元に、怜は今度こそ悪魔顔負けの甘い誘惑の声で囁いていた。

「徹、そろそろ中級編に進もうな？」


正午の出棺を見送った後で、俺は町外れの土手へ向かった。そこから火葬場の煙突が見えるからだ。三月の声をきいて、のどかな土手にはタンポポが咲いている。俺は土手に腰を下ろして、青い空と流れる小さな川の面を見ながらぼんやりと考えていた。つい十日前の夜、俺は怜に捨てられるかと思って、ここで一人泣いていた。こうして暖かい日差しの中に座っていると、そんなことさえ何だか随分と遠い昔の出来事のように思えてくるから不思議だ。

「あっ、煙だ……」

火葬場の煙突から立ち上り始めた煙に、俺は一瞬、ドキリとした。死体を見た時には特に何も感じなかったのに、俺は今頃になって爺さんの死を実感し始めていた。俺は怜や、怜のお母さんにばかり気をとられていて、結局、爺さんにはロクにお別れも言ってなかったんだった。

「ホントに死んじゃったんだね、爺さん……さよなら……灰になって、もう会えないんだね……」

らしくもなくシュンとして目を閉じた俺の目蓋の裏に、不意に銀色に光る探針が浮かんで、俺はハッとした。あのお棺の中に入っていた爺さんの探針も、爺さんといっしょに天に昇っていくんだろうか？ 不気味に光る恐ろしく尖った銀の引っ掻き棒――あれは俺にとって、苦痛の象徴みたいなものだった。あの恐ろしい探針を口の中へ突っ込まれまいとして、俺は必死に口を閉ざしてばかりいた。口を閉ざしてみたところで、怜の言うとおり、何の解決にもならなかったのに……。

『俺ってホント、ダメな痛がりだな？ どうしようもないや……』

本当に、俺はいつだって自分の痛みにばかり敏感すぎるほど敏感で、他人の痛みがちっともわかっていなかった。痛いのがどんなに恐くていやなものか、人一倍知ってるくせに、俺は他人の心も自分と同じように傷ついて痛むんだってことを知らなかった。知らないどころか、知らないままに、今までずっと、俺はいろんな人を傷つけていたんだ。

『姉ちゃん、ごめんね……ブチも、それから爺さんも……』

火葬場の煙突から細くたなびく煙を見ながら、俺は強くなりたいと思った。痛みに怯えて、痛みから逃げだしてばかりいるのではなく、痛みと真正面から向き合える強さが、俺は欲しいと思った。

『そうしたら俺も優しくなれるかな？　怜みたいに、俺も優しくなれるかな？　優しくなりたいよ、怜、優しくなって、人の痛みを思いやれるようになりたいよ、俺……いつか誰かの痛みを丸ごと包み込んでやれるくらい優しく……』

こんなこと、ほんの数ヵ月前には思いもしなかった。

痛みに怯えて縮こまっていた俺を変えたのは怜だ。怜が俺の痛みを癒してくれたんだ。怜っていう探針が、俺の心を探ってくれたから俺は……。

――探針を突っ込まれなきゃ、痛みに気づかない……

怜の言葉が耳にこだまする。あれは本当に虫歯のことを言ってたんだろうか？

『痛かったよ、怜の探針……痛かったけど、俺……ちゃんといろんなことに気がついたよね？　ちょっとだけだけど俺、ちゃんと気がつけたよね……？　大丈夫だよね……？』

俺は無性に怜に会いたくなった。怜に会って、大丈夫だよ、って頷いてほしくなった。きっと怜なら、優しく微笑んで、大丈夫だよ、徹、って俺を抱き締めてくれるだろう。だけど俺は、すぐに自分は甘えてるな、と思った。少しだけ胸が痛んだ。

『俺はいつまで怜に甘えていられるんだろう……？』

俺には何の約束もない。これからも俺と付き合っていくつもりだって、怜はそう言ってくれたけど、爺さんが死んでしまって、怜はもうこの町にいる理由がなくなってしまった。遅かれ早かれ、怜はこの町を出ていってしまう人間なんだ。その時がきたら、俺はいったいどうしたらいいんだろう？　怜はどうするつもりなんだろう?

不安がないといえば嘘だった。だけど桜の季節まで後もう少し。何とかなる、いや、何とかするさ、と俺は思った。だって怜の顔を思い浮かべただけで、不思議な勇気と希望の光が、俺の胸の奥から湧きだしてくるんだ。

「よし、大丈夫だ!」

俺は勢いよく土手に立ち上がった。

暖かい春の日差しが、土手から煙突の煙を見上げる俺とタンポポに優しく降り注いでいた。

鬼子母神の春

『会いたい！

会いたい！

会いたい！

もう限界だぁっ――――！』

徹はパジャマの胸を掻き毟って、ベッドから転がり落ちた。

時計は夜中の三時を回っている。だが徹は迷わなかった。今はただ苦しくて、その胸の苦しみを和らげてくれる男の声を、一刻も早く聞きたかった。

徹は受話器を取り上げると番号を押した。電気もつけない真っ暗闇でも、徹の指は正確に番号を探し当てることができる。

――トゥルル、トゥルル、トゥルル……

胸の奥から迸る恋しさがケーブルを伝って走りだす。だが夜の向こうの受話器は取られず、徹の思いは倍の速さでケーブルを跳ね返されて戻ってくる。果てしなく鳴り響く呼びだし音に、徹は身を捩って歯軋りした。

――ガチャ……

「怜ぁ――――っ！」

徹は思わず叫んでいた。受話器が取られて、電話回線が今、何百キロという距離を瞬時に飛んで、徹を遠く離れた恋人と繋いでくれたのだ。

『――……ト……ォル……？』

低く掠れた恋人の声が徹の鼓膜を直撃する。

「怜っ！　怜っ！　怜っ！」

込み上げてくる興奮と歓びに、徹は恋しい男の名前を連呼した。だが受話器の向こう側は、徹の歓喜に両手を広げては応えてくれなかった。

『…………』

短い沈黙の後、微かなため息が漏れ、やがて恋人が夜具から身を起こす衣擦れの音がした。

「……あ……きら……？」

受話器の向こう側に耳をそばだてる徹の胸に、微かな不安が過ぎった。

『……徹……どうしたんだ……？　だいたい何時なんだよ、今……？』

怜の声には安らかな眠りを妨げられた者の、明らかな不機嫌さが混じっていた。

『おい、徹、三時だぞ、三時……それも火曜、いやもう水曜か……ったく、どうしたっていうんだ？　まさか声が聞きたくなったから電話したなんて言うなよな？』

「怜……」

徹は唇を噛み締めた。怜の言葉は正に徹の図星だった。恋しくて、ただただ恋しくて、徹は怜に電話したのだった。

「ごめん……だけど俺、怜の声が……ごめん、こんな時間に……仕事、忙しいのに……」

言葉を詰まらせながら謝る徹の耳に、ああ、とだけ短く応える怜の声が響く。

『怜……!』

目を閉じて、徹は心の中で叫んでいた。切なくて、胸の奥が堪らなく熱くなった。本当は今すぐ会いたい。会って、その腕に抱き締められたい。首にしがみついて、その唇に口づけたい。怜の存在を全身で感じたい。声だけなんかで満足できない。実体のない声など聞いてしまったら、徹は却って激しく怜に飢えてしまう。それがわかっていて、それでも電話せずにいられないのは、徹が怜に恋をしているからだ。

初めての恋――徹にとって、怜は何者にも代えがたい、全世界を意味していた。

『怜……!』

声にならないギリギリの心の叫び。遠く離れたきり、もう何ヵ月も会わずにいる怜を思う時、徹は恋しくて恋しくて、いつだって気が狂いそうになる。

『今すぐ触れて確かめられたら……そしたらこんな気持ちにはならないのに……』

徹は唇を噛み締めた。

怜が徹の住むこの田舎町を離れて八ヵ月。怜は今、母校でもある東京の大学病院で働いている。一応は勤務医という形になるのだろうが、大学病院というところは就業時間も不規則で、徹などには想像もつかないほど多忙かつ厳しい職場環境にあるらしい。

――俺なんか、他に比べりゃまだマシなほうさ? 外科や内科の連中なんか、マジで死人が出そうなノリなんだぜ? 患者より、アイツらのほうがよっぽど不健康な顔してるんだから笑っちゃうぜ?

顔色が悪いのを心配した徹に、怜は以前そんな風に言って笑ったことがあったが、時間的な拘束を含めて怜は冗談抜きでかなりのハードワークを強いられているらしい。少なくとも患者の虫歯を削ってさえいれば安泰の、田舎の町医者とは雲泥の差であるのは間違いない。

もちろん徹にだって、そんな怜に真夜中の電話が迷惑なことくらいわかっている。だがそれでも、徹は我慢できなかったのだ。

「なぁ、徹……用がないなら切るぞ？　このところオーバーワークで死にそうなんだ……来月の学会に教授が出席するんで俺も……」

耳に押しあてた受話器から、怜の声が聞こえてくる。だがついさっきまであんなにも恋しかったはずの怜の声が、今は徹の心を傷つける。

『わかってる……俺の我が儘だ……これは俺の我が儘だ……だけど俺は怜が……ホントに怜が……』

徹は切れそうなほど強く唇を噛み締めた。切ない遠距離恋愛。もどかしくて不安で、離れている距離と時間が徹を苦しめる。怜にも自分と同じように苦しんでくれとは言わない。だがせめて、徹は苦しくて不安で切ない自分の気持ちを、怜にもわかってほしかった。

『それなのに……それなのに……！』

怜への恋しさが、徹の胸の奥で理不尽な怒りへと猛烈な勢いで変貌していく。徹の目に涙が溢れた。猛りだす自分の気持ちを、徹は自分でも抑えきれなかった。

「怜なんか嫌いだっ！　どうして声が聞きたいって思っちゃいけないんだよ？　俺は怜の声が聞きたいん

だ！　怜に会いたいんだ！　会いたい、会いたい、会いたいっ！　死ぬほど怜に会いたいんだよぉっ！」

気がつくと徹は怒鳴っていた。哀しくて切なくて腹が立って、徹は我慢できなかった。

「怜のバカ野郎ぉ――――っ！」

そして怒鳴るだけ怒鳴ると、徹は勢いよく受話器を叩きつけて電話を切った。

「チクショウ！　チクショウ！　チクショウ！　っ……うぅっ……っく……」

受話器を叩きつけた勢いのまま、徹はベッドに突っ伏して喉を震わせた。

「うぅっ……怜っ……怜ぁっ……」

哀しくて、悔しくて、それでもやっぱり怜が恋しくて、徹は泣いた。

「会いたいよ、会いたいよぉ……もう一生俺の言うこと聞いてくれなくてもいいから、今だけ俺の言うこと聞いてほしかったんだ……会いたいのに……今すぐ会いたいのに……怜……」

徹はシーツを強く握り締めて呻いた。胸の奥が熱くて、どうしようもなく痛かった。

「痛い……痛いよぉ、怜ぁ……！」

徹にこの胸の痛みを教えたのは怜だった。

『俺を変えたのは怜だ……怜が俺を……』

徹は怜に恋をした。どうして男の自分が男の怜に恋をしてしまったのか、徹自身にもわからない。だが初めは大嫌いな歯医者の男だったはずの怜が、いつの間にか徹にとってかけがえのない大切なただ一人の人になっていた。

そして――――徹は変わった。徹は気づいたのだ。それまで自分の心が満たされていなかったことに、どうしようもなく飢えて渇いていた自分の心に、徹は気づいてしまったのだ。

『怜に愛されるまで、俺には淋しいって気持ちも、哀しいって気持ちも、それから何かを大切だって思う気持ちも……何もわかってなかった。知らなかったんだ。気づかなかったんだ……だって俺は……』

徹は愛され、そして愛する歓びを知った。熱さを知った。痛みを知った。徹にそれを教えたのは怜だ。怜が徹の心の目を開かせたのだ。

『怜、怜、怜……！』

目覚めてしまった今、もう徹には怜なしの生活など考えられなかった。

――大丈夫、後一年で卒業だろ？　心配しなくても、一年なんてあっという間さ？

別れの時、不安に怯える徹を抱き締めて、怜はその耳元に優しく囁いてくれた。

――どうせ大学は東京だろ？　大丈夫、浮気なんかしないからさ？　ちゃんと徹を待ってるよ！

泣く子を宥めるように、徹の耳元に何度も何度も呪文のように繰り返された怜の甘い囁き。

――愛してるよ、徹……ずうっとずうっと、お前だけを待ってるよ……

以来八ヵ月、徹は怜の囁きだけを心の支えに暮らしている。片田舎の高校生と都会の歯科医の不安定な遠距離恋愛。

『怜ぁ……怜……会いたいよぉ……怜ぁ……』

怜を信じていないわけではなかった。自分よりも八つ歳上の恋人の、大人の事情というのもわからないではなかった。そして今は将来のためにも受験勉強に専念すべきだという自分の立場も、徹には十分すぎるほどよくわかっていた。

だがやはり、会いたいと思う気持ちは抑えられない。今すぐ会って、この目で、この手で確かめ合いたい。そう思う気持ちの前には、理屈も理性も何の役にも立ちはしない。

『怜ぁ……』

徹は泣きながら目を閉じた。独りぼっちの冷たいベッドで、恋人と会うためには眠らなくてはならなかった。夢の途中で怜に会えることだけを願って、徹はゆっくりと眠りの底へと落ちていった。

――――コツン、コツン……コツン……

暁の窓を風が叩いているのか、徹かな連続音が眠っている徹の鼓膜に響いてくる。

『……な……に……？　風……？』

徹は寝返りをうった。肩口から霜月の明け方の冷気が忍び入ってくる。

――――……コツン……コツン……

『何だ……？』

今度こそはっきりと音が聞こえて、徹はベッドに身を起こした。

――――コツン……

『石……？　誰かが小石を窓ガラスにぶつけてる……？』

徹は勢いよくカーテンを捲った。窓の外に広がる冬の明け方。鉛色の空と朱色の雲。徹はうっすらと靄《もや》のかかる鈍色の窓の下に目を凝らした。

『……あ……きら……？』

徹は一瞬、夢の続きを見ているのかと思った。男が下から二階の窓の徹を見上げていた。黒いコートの衿を立て、両手をポケットに突っ込んで白い息を吐いている男の姿────それは間違いなく、ついさっきまで徹の夢の中に現れていた恋しい怜の姿だった。

「怜っ！」

徹は窓を開けた。身を乗りだした徹に、怜が唇の端に笑みを浮かべて軽く右手を上げた。

「怜！　怜！　怜ぁ────っ！」

徹は駆けだした。部屋を飛びだし、階段を駆け下り、玄関ドアを開け放った。

「怜ぁ────っ！」

「徹っ！」

パジャマのまま裸足で飛びだしてきた徹を、怜は両手を広げて抱きとめた。

「怜、怜、怜ぁっ！」

「ったく、早く気づけよな？　凍死するかと思ったぜ！　後五分してもお前が気づかなかったら、帰っちまおうかと思ってたんだぞ？」

「怜、怜、怜！　ホントに怜だっ！　会いたかったよぉ、怜っ！　あぁ、帰るなんて言わないでよ！　ねぇ、ずっと窓の下に立ってたの？　怜ってば、どうして呼び鈴押してくれなかったんだよ？　押してくれたら、すぐに飛んできたのにっ！」

「バァカ！　お前の姉さんが、早紀さんがいるのに、そんなことできるわけないだろ？」

「ねぇ、寒いだろ？　中へ入ってよ、今ストーブを……」

「いや、いいよ、バタバタして早紀さんを起こしちゃマズいだろ？」

自分を家の中へ招じ入れようとする徹の腕を逆に引っ張って、怜は乗ってきた自分の車の助手席へ徹の軀を押し込んだ。

「怜？」

「二人で夜明けのドライブってのも、中々悪くないだろ？」

キョトンとしている徹にウインクして、怜は車を発進させた。

「ねぇ、怜？　ホントに怜なんだよね？」

助手席から、徹は運転する怜を食い入るように見つめた。泣きながら落ちた眠りの底で見た夢の続きのような気がして、徹には目の前にいる怜の姿がまだ信じられなかった。

「ああ、俺だよ。どっかの困った坊やが真夜中に電話してきたかと思ったら、泣きながら会いたいって怒鳴ったっきり一方的に電話を切るから、おかげでこっちはもう寝るどころの騒ぎじゃないよ」

前を見たまま、怜が左手で徹の項を抱いた。

「怜……」

指の長い大きな怜の掌の感触に酔ったように首を竦めて、徹は怜の掌に頬ずりした。

「ったく、お前ときたら……」

子猫のような徹の仕草に苦笑しながら、怜はそのまま徹の軀を自分の胸に抱き寄せた。

「早くどっかに停めないと事故りそうだな？」

安心したように自分の首に抱きついてきた徹の背に腕を回してやりながら、怜は苦笑混じりにアクセルを踏んだ。

「時間がないからな？　文句はなしだぞ？」

町外れの鎮守の森に車を乗り入れた怜が、抱き締めた徹の耳元に囁いた。

「文句……？」

ニヤリと笑みを浮かべて、そのまま車を降りようとする怜に、徹は首を傾げた。

「お、降りるの？　で、でも俺……」

車を降りた怜に反対側の助手席のドアを開けられて、徹は困ったように怜の顔を見上げた。慌てて飛びだすあまり、徹はパジャマ姿のままで、上着はおろか靴さえ履いていない裸足だった。とても十一月の早朝に、恋人と散歩できるような格好ではない。

「そのままで大丈夫だよ。歩かないし、すぐに暖ったかくなるからさ？」

「あ、怜？　ちょ、ちょっとっ！」

躊躇う間もなく膝の下と脇の下に怜の腕が差し入れられて、徹は小さな子供のように抱き上げられて助手席から外へ連れだされてしまっていた。

「あ、怜、やだよ！　抱っこなんて、俺！」

いくら人気のない町外れの鎮守の森だからといって、いい加減明るくなってきた屋外で、いい歳をした男が、いくら恋人にだからといって抱っこされて歩くのには、徹は抵抗がありすぎた。

「だから文句はなしだって、言っただろ？」

怜は手足をバタつかせる徹を腕の中に抱え直した。だが怜のほうでも、徹を抱っこして散歩をしようというつもりはないようだった。

「あ、怜ぁ？」

車の前に回って、ボンネットの上にお座りするような格好で下ろされて、徹は目をパチクリさせて怜の顔を見上げた。

「ずっとエンジンかかってたから、冷たくはないだろ？」

薄い唇の端にニヤリと笑みを浮かべて、怜が徹の顔を覗き込んだ。

「う、うん……？」

なるほど徹が乗っかったボンネットはエンジンの余熱で思いのほか暖かかった。だが徹は訳のわからない不安を漠然と感じて落ち着かなかった。

「あ、あのさ、怜……？」

徹は無意識にボンネットの上のほうへ両手をついて軀をずり上げた。

「徹……」

「あ、怜！　ちょ、ちょっと……！」

覆い被さるように襲ってきた怜に、徹の感じていた漠然とした不安は見事に現実のものとなっていた。

「や、やめろったら、怜っ！　何考えてんだよ、こんなとこでっ！　はっ、放せったらっ！」

「こら、暴れるなよ、徹？　何考えてるんだ、は俺のセリフだぜ？　お前は夜中の三時に俺を叩き起こして、不眠不休で四時間もドライブさせたんだぞ？　タダで帰れるわけないだろぉが？」

暴れる徹の軀を、怜はボンネットの上に押さえ込んだ。

「いっ、いやだっ！」

強引に重なってくる怜の軀に、徹は両腕を突っ張って必死に抵抗した。上から徹を見下ろす怜の顔が笑っている。

「相変わらず保守的だな、徹は？　アウトドアはお気に召さないか？」

「チクショウッ！　怜のバカ野郎っ！」

無駄を承知で徹は怒鳴った。怜がその気になってしまった以上、徹には怜を拒める術などないのだ。こうなってしまってからの抵抗が、むしろ怜を悦ばせるものでしかないのを、徹は今までの経験でイヤというほど知っていた。

徹にしても、求める気持ちは怜に負けないくらい強かった。だがそれはあくまでも気持ちの上での話であって、身も蓋もない直接行為には強い抵抗があった。それが早朝の屋外で、ましてや怜と再会したのは十分前、それも三ヵ月ぶりとあっては尚更だった。

「いやだ、怜！　放せったらっ……！」

徹は身を捩って、伸しかかってくる怜に背を向けた。だが拒むつもりでボンネットに腹ばいになった徹の軀は、却って怜には好都合だった。

「あ、怜っ！」

着替えもせず、パジャマ姿で飛びだしてきた自分を、徹は呪った。火のついた怜の欲望から身を守るのに、パジャマなど何の役にも立たなかった。裸でいるのも同然だった。

「あっ！　や、やめっ……！」

怜の指先がウエストのゴムにかけられたかと思うと、徹は桃の皮でも剥くようにツルリとパジャマのズボンを剥ぎ取られていた。

「やっぱり寒いか？　可愛いお尻に鳥肌が立っちゃってるな？」

硬質なその手触りを楽しむように怜の掌に尻を撫でられて、徹は羞恥にカッとなった。

「怜のバカッ！　やめろったら！　朝っぱらから発情してんなよっ！　この変態っ！」

ボンネットに俯せに押さえ込まれたまま、徹は手足をバタつかせて憎まれ口を連発した。

「言ったな、コイツ！　あんまり可愛くないこと言ってると、そっちこそ朝っぱらから強姦されるぞ？」

「ひぃあぁあっ！」

言うが早いか、怜がその長い指を一本、後孔深く捻じ込んできて、徹は鋭い悲鳴を上げた。

「いっ、痛い！　やめて、怜っ！　痛いっ！」

骨張った長い指が内部を抉るように蠢く。急激な痛みに、徹はボンネットに爪を立てて仰け反った。

「いやぁっ、怜っ！　痛ぁいぃっ！」

「暴れるな！　いい子だから、大人しくしてろ……！」

こんな時、いつもは決まって与えられるはずの優しい囁きもキスもなくて、徹はただ渇いた場所に指だけを二本に増やされた。

「いっ……！　ぁあぁあっ……！」

突き挿れられた指の太さに慣れる間もなく、その狭い後孔に乱暴な指の抽挿が開始された。慣らされているというよりは、指自体で犯されているような容赦のない指の動きだった。

だがやはり、指は指でしかなかった。

「徹っ……！」

「ひぃやぁあぁ――――っ！」

唐突に勢いよく指が引き抜かれたかと思った瞬間、徹は今度こそ本当の怜に犯されていた。

「やっ！　やぁあぁっ……！」

後孔を引き裂くように侵入してくる怜に、徹は背を仰け反らせた。あまりにも性急なその勢いに、徹は突き挿ってくる怜を受けとめきれなかった。

「ひぃっ！　ひぃいいっ！」

呑み込みきれずに痙攣する徹の後孔を、だが怜は無理やり貫いて押し挿ってきた。

「やっ！　やっ！　痛いぃ――――っ！」

凌辱に悲鳴を上げる徹の後孔を無視して、怜は狂ったように激しく抽挿を叩きつけてくる。徹は文字どおり犯されていた。否も応もなかった。徹は激しい苦痛と凌辱から逃れようと、夢中でボンネットを掻き毟った。だが、どんなに徹が嫌がって暴れても、怜は攻撃の手をまるで緩めようとしない。抽挿は激しさを増すばかりだ。

「いやだぁあ――――っ！」

やがて一際深々と後孔に突き挿ってきた怜の肉に、徹は叫んだ。瞬間、徹の背後で怜の軀がブルッと痙攣した。

「あっ！　あぁあっ！　あぁあっ……！」

徹の内襞の奥深くで、呑み込まされた怜が勢いよく迸った。叩きつけるように注ぎ込まれる衝撃に、徹は全身で痙攣を繰り返した。頭の中が真っ白になった。

「――――ハァ、ハァ、ハァ……」

耳元に感じる怜の荒い息遣い。一瞬意識を飛ばしかけた徹に、一番最初に戻ってきたのは聴覚だった。

「徹……」

耳たぶを掠める囁きと共に、怜がゆっくりと徹の背後から離れていく。それと同時に襲ってくる内襞をズルリと嬲って抜きだされていく淫らな感触。

「……っん……んぁあっ……んっ……」

それまで壊れた人形のように動けなかった徹が、怜の動きに微かな喘ぎを漏らした。

「色っぽい声出すなよ、徹、それにここも……痛くてイヤなんだろ？」

「あんっ……んんっ……」

抜きだされかけたものを途中でとめられて、徹は再び喘いだ。刺激された後孔が生理的に収縮して、徹の意志とは関係なく怜を締めつけてしまう。

「あ……ぃ、痛ぁ……」

「痛いだけじゃないだろ？」

「んぅっ……！」

悦しむように焦らしていた怜が、やっと後孔から抜けきって、徹は心棒を失ったように再び脱力した。

「痛いだけなら、触りもしないのにイッちゃったりしないもんな？」

力の抜けた徹の脚の間から前に触れて、怜が喉の奥で笑った。

「……………」

徹は言葉もなかった。痛みしか感じなかったはずなのに、徹の軀は自分でも気づかぬうちに弾け飛んでボンネットを汚していた。

「ふふふ……前も後ろもビショ濡れで、これじゃ風邪ひいちゃうな、徹？」

言われて徹は、怜の放ったものが内襞に留まりきれずに、凌辱に痺れた後孔から内股を伝って流れだしたのを知った。

「待ってろ、今、拭いてやるから」

車の中からタオルを取って、怜が徹の後ろへ戻ってきた。

「さてと、徹？　前と後ろ、どっちからキレイにしてほしい？」

「……っく……うぇえっ……」

「徹……？」

少々、いや、かなり強引な交渉の言い訳と照れ隠し程度の、軽い冗談のつもりだった怜は、俯せになったままの徹が突如漏らした嗚咽に驚いた。

「お、おい、徹……？」

「えっ、えっ……っく……ひぃいっく……」

喉の奥から絞りだされるような嗚咽が、やがてはっきりとしたしゃくり上げに変わって、徹は俯せにボンネットに転がったまま背中を震わせて泣きだした。

「と、徹……！」

すっかり焦ってしまったのは怜のほうだ。

「おい、泣くなよ。ごめん、悪かったよ……痛かったか？　ごめんな、三ヵ月ぶりだったのに無茶させちゃって……お前、人一倍痛がりだったもんな？　ごめん、徹、もう泣くなよ」

怜はボンネットの上から泣きじゃくる徹を抱き起こして、掻き口説くようにその耳元に優しく囁いてやった。

「ごめん、ごめん、久しぶりだったから恐かったか？　もう痛いことはしないから、そんな震えるなよ？」

「……っく……あ……怜ぁ……」

「よしよし、徹、いい子だな？」

自分の首に抱きついてきた徹の首筋に口づけてやりながら、怜はボンネットに腰かけて、小さな子供にしてやるように徹の軀を抱き締めてその背中を撫でてやった。

「好きだよ、徹。いい子だから、もう泣かないでくれよ、なっ？」

この春には高校を卒業しようという歳の徹に、他人が聞いたらそれこそ赤面して呆れてしまいそうな甘ったるい囁きを、怜は繰り返す。繰り返してやりながら、怜は徹の頬を伝う涙の筋を唇で拭ってやった。

「怜ぁ……」

痛みとショックに怯えていた徹の軀が、怜の腕の中で徐々に解けていく。虫歯の治療に来て泣きだした子供をあやすように自分を慰めてくれる怜。徹はこんな時の怜が好きだった。怜がこんな風に接してくれる人間はこの世に自分一人きりだと思うと、徹は限りなく安心して幸せな気持ちになれるのだった。

「あぁあ、まるで赤ん坊だな、徹は？　言っとくけどな？　俺は歯医者で保父じゃないんだからな？　わかってるか、お前？」

泣いた後の、赤くなって甘ったれた目で自分を見上げる徹に、怜は笑ってその唇に触れるだけの軽いキスをしてやった。

「わ、わかってるよ、そんなこと……」

照れて口を尖らせた徹だったが、ふと見上げた怜の顎の線が、最後に会った三ヵ月前よりもずっとシャープな印象に変わっているのに目を奪われた。

「あ、あれ……？　怜、疲れてる？　何だかちょっと……痩せたんじゃない？」

「えっ？　そうか？　そんなことないと思うけどな……？」

「ううん、痩せた！　絶対、痩せたよ、怜は……」

怜は前よりもまたカッコよくなったみたいだ――本当はそう言いたかったが、徹は喉元まで出かかった言葉を飲み込んだ。それは怜と会う度に徹が感じ、そしてやはり口には出せない言葉でもあった。

「ハハハ、そうか？　そりゃ、寝てない上に朝っぱらから徹とハードな屋外プレイじゃ、さすがの俺も疲れるだろうさ？　だけどあの程度じゃ、痩せて見えるほど徹に搾り取られたとは思えないけどな？」

「なっ！」

それなのにこんな時、徹の気持ちを知ってか知らずか、怜はいつも徹が赤面して絶句してしまうようなセリフばかり言って笑うのだ。

「だってそうだろ？　まだたったの一回なんだぜ？」

「もうっ！　知らないよ、怜なんか！　俺が怜が痩せたって言ったのは……！」

だが無邪気に声をたてて笑う怜に憤慨しながらも、徹にはわかっていた。なったみたい、ではなく、怜は本当に、会う度にどんどんカッコよくなっていくのだ。そして、なぜ怜が以前にも増してカッコよくなってくのかという理由も、徹にはわかっていた。

通った鼻筋とくっきりとした二重の切れ長の瞳。男にしては整いすぎた感のある、元々が冷涼な水際立ったこの歯医者の容貌に、どんどん磨きをかけていくものとは――――

――――徹には会えないし、ホント忙しくってやってられないよ……

そんなことを会えば困り顔で言うくせに、怜が今の生活を心底楽しんでいるのを、徹は知っていた。怜はやはり都会に生きる大人の男なのだ。怜は充実しているのだ、と徹は思う。緊張感溢れる都会の生活が、そしてやり甲斐のある仕事の責務が、怜を生き生きと輝かせているのだ。それは退屈な田舎町の代用歯科医だった時には獲《え》られなかった精神的な充足と、気力の充実が生みだす光に違いなかった。

『俺がこんなに淋しくて切ないと思ってるのに……それなのに怜は俺がいなくても……』

恨めしく思わないといえば嘘になるが、それでもこんな風にカッコいい怜に無邪気な笑顔を向けられると、それだけで徹は嬉しくなってしまう。なぜなら、どんなに都会での機能的な生活が性に合っているとしても、怜はきっと都会の生活では滅多にこんな風には笑わないのだ、と徹は思うからだ。怜がこんな無防備な笑顔を無条件に向ける相手は、ごく限られた少数の人達だけに違いない。そして徹はその中でも一番、そんな怜の笑顔を思う存分享受している相手に違いなかった。

――――何でかな？　どうも俺は人から誤解されやすくってさ？　チビ達にはウケがよくって、虫歯を削って痛い目に遭わせても、すぐに好かれるんだけどなぁ……？

以前、怜は徹にそんな風に言って首を傾げたことがあった。チビ達を連れてきてる若いお母さん達にも十分好かれてるじゃないか、とも思ったが、徹には何となく怜が誤解されやすい理由がわかるような気がしていた。つまり怜は容姿、経歴ともにカッコよすぎてとっつきにくいのだ。

水際立って整った冷たい感じさえする美貌の青年。三代続く裕福な都会の開業歯科医の一人息子。あまつさえ怜本人は医大を卒業後、すぐにアメリカの大学での研修医に教授から推薦されるほど優秀な頭脳の持ち主なのだ。エリートへのやっかみか、或いは一人っ子独特の怜自身の奔放さのためなのか、怜は時として第三者から特異な印象を持たれて敬遠されることがあった。その薄い唇の片端を少し上げて笑う怜独特の癖が、必要以上に怜を皮肉で人を食った感じの人間に見せているのかもしれない。

だが怜本人は、悪戯っ子のガキ大将がそのまま大きくなったような、まるで気取りのない男だ。おまけにその外見に似合わず、怜は大の子供好きだった。虫歯のチビちゃん達に無条件で好かれるのは、子供達に大人の持つような先入観や価値観がないからなのだろう。子供はいつだって、きれいな包装紙よりも、箱の中のお菓子がおいしいかどうかだけに興味があるのだ。そして怜の中身は、その身を包む華麗な包装紙よりも勝っていた。だから最初は怜を誤解して敬遠する人達がいたとしても、最終的には誰もが怜の外見と内面のアンバランスな魅力に微笑むのが常だった。ただ人々が微笑むまでには結構時間を要するのも事実で、怜はやはり一般的な見方でいえば、優秀でとっつきにくい美青年ということになってしまうのだった。

『だけど俺はホントの怜を最初っからちゃんと知ってる！』

怜の無邪気な笑顔を見る度に、徹は少し誇らしい気持ちになる。たとえそれが虫歯のチビ達と同じレベルの優位性だとしても、徹は怜を輝かせている都会の暮らしの中の誰よりも自分は優位だと感じることができるのだった。

――実は小児歯科の専門医になりたいんだ

例えば知らない人が聞いたら信じられないような怜の将来の希望も、徹になら百パーセント頷けるものだ。もちろん怜と親しい人達なら誰しも、お前にはピッタリの職業だ、と言うのだろうが、それでも徹ほどそれを実感している者はいないだろう。何せ徹が怜に恋をしたのは、人並み外れた痛がりの徹が、怜に虫歯の治療をしてもらったのがきっかけだったのだから他とは説得力が違うというものだ。

――虫歯の治療にきてピーピー泣く子供を抱いてあやしてやるの、何せ俺は得意だからな？

徹としては面白くないのだが、虫歯の治療で恐慌状態に陥って泣きだした痛がりの徹をからかって、今でも怜は時々そんなセリフを言って笑うのだ。もっとも『抱いて』のくだりだけは、小さな子供にしてやるのとは、徹の場合、だいぶ違ったやり方でされてしまったのだが……。

「怜のバカ。順番が逆だよ……」

「ん？」

ついばむような優しいキスを徹の頬や目蓋に繰り返していた怜は、徹の呟きに片眉を上げてその顔を覗き込んだ。

「何が逆だって？」

「……もうっ！　知らないよっ！」

口を尖らせてプイッと横を見る徹に、怜は苦笑した。どうやら可愛い坊やのご機嫌斜めはすっかり直ったようだ。

「いいじゃないか、別に逆だってさ？　好きだって囁いて、抱き締めてキスして、それから突っ込むのが正しいやり方だなんて、いったい誰が決めたんだ？　突っ込むとこから始めたって俺が徹を愛してることには変わりないんだから、それはそれでいいじゃないか？　違うか？」

「つ、つ、突っ込むっ……！」

あまりにも直接的で明け透けな怜に、徹は真っ赤になって口をパクパクさせた。

「はいはい、わかりましたよ、わかったから、そんな怒るなよな？　何たって徹は俺と違って保守的だからな？　常識を踏まえて手順を踏んで、それからことを運ばなきゃイヤなんだよな？　わかったよ、それじゃ今度からは挿れますって宣言してから挿れさせてもらうよ。それで文句ないだろ？」

「なっ！」

自分をからかってニヤニヤ笑う怜に、徹は切れた。

「っ痛てぇ！　こら、徹っ！」

いきなり拳を振り上げた徹に、怜は面食らった。

「バカバカバカッ！　怜のバカァッ！」

「な、何だよ、いったい！」

「会いたかったんだからなっ！　俺は怜に会いたかったんだからなっ！　死ぬほど、ホントに死ぬほど会いたかったんだからっ！　そっ、それなのに……それなのに怜はっ……！　何が突っ込むだよっ！　何が宣言してから挿れさせてもらうだよぉっ！　怜は全然わかってない！　俺の気持ちが全然……！」

「と、徹……」

「嫌いだっ！　怜のバカ野郎！　怜なんか大嫌いだっ！」

拳で胸を叩かれながら、怜はベソをかきながら、それでも怒っている徹の顔に微笑んだ。

「こら、痛いよ、徹、暴れるなったら……」

叩きつけてくる徹の拳を捕まえて、怜は胸の中に徹の軀をすっぽり抱き込んだ。

「あぁあ、せっかく泣きやんだと思ったのに、また泣かせちゃったよ。やっぱり俺は小児歯科医には向いてないのかもしれないなぁ……」

怜はぼやきながら、抱き込んだ徹の髪に顔を埋めた。寝癖のついた徹の柔らかい髪からはシャンプーのほのかな残り香がした。怜は徹を抱く腕に力を込めた。

「愛してるよ、徹、からかったりして俺が悪かったよ……だけど徹、わかってくれよ……俺だって気持ちはお前と同じなんだ……」

囁かれて、徹は顔を上げた。見上げた視線の先に怜の自分を見つめる真っすぐな眼差しがあって、徹はわけもなくドキリとした。

「俺だって、これでも結構しんどい思いして我慢してるんだぞ？」

徹に見つめ返されて、怜は照れたように笑って目を伏せた。

「仕事しててさ、なんかの拍子にふっと時間が空くだろ？　そうすると決まって頭に浮かぶのは徹のことばっかさ。会いたいなぁとか、抱きたいなぁとか……こんなの初めてさ。まるで片思いの中学生みたいにドキドキしてお前のこと考えてるんだ。暇ができるといろいろ考えちゃうから切れ目なく仕事入れてさ？　会いたい気持ちを抑えてた。それなのにお前が夜中に電話なんかしてくるから、我慢に我慢を重ねてた気持ちが切れちまった。お前の顔見て、お前と二人っきりになったら、もう自分を抑えられなかった。欲しくて欲しくて……気がついたら……突っ込んでた。手順なんか踏んでる余裕、全然なかったよ……」

「怜……」

照れているのか、珍しくはにかんだように笑う怜の頬に、徹はそっと触れた。

「俺も……怜、俺も欲しかったよ……ホントは怜が……凄く、凄く欲しかったよ……」

「ああ、わかってるよ」

怜は自分の頬に当てられた徹の手をとって、その指先に口づけた。

「でも、それも後ちょっとの辛抱だよな？　冬が過ぎて、また春になったら、そしたらいつでも会えるようになる。ホントに後ちょっとの辛抱だ……」

「うん……」

徹は目を伏せて、怜に口づけられた自分の指先を見つめた。

「後たったの四ヵ月だ、我慢できるだろう？」

徹は怜を見上げた。

「できないか？」

徹を見下ろす怜の優しい眼差し。徹は切なくなって、唇を震わせた。

「できるよ、俺……だけど、だけど、怜……ホントに……本当に俺を……怜は……」

「ん？」

「本当に怜は待っててくれるの？　俺は怜を信じていいの？　ホントに怜は俺を……」

胸の奥から溢れだすどうしようもない不安に震える徹の唇を、怜は自分の唇で塞いだ。

「困った坊やだな、徹は？　そんな心配、本気でしてたのかよ？」

瞳を潤ませて頷くのを睨んで、怜は指先で徹の鼻を摘んだ。

「こら、怒るぞ？　別れるつもりなら、爺さんが死んでこの町を出る時に別れてるさ。捨てるつもりの坊やのために、こんなド田舎まで寝ないですっ飛んでくるほど、俺はヒマじゃないんだからな？　わかってるか？　こら！」

おどけたつもりが、鼻を摘んだ徹の瞳からドッと大粒の涙が溢れだすのを見て、怜はもうお手上げとばかりに笑いながら徹の軀を抱き締めた。

「おいおい、また泣くのかよ！　頼むからもう泣かないでくれよ！　俺、ホントに小児歯科医になれる自信がなくなってきちゃったよ！」

「だって……！」

「ああ、愛してるよ、徹！　人並み外れて痛がりなとこも、臆病なくせに強がりなとこも、甘ったれで泣き虫なとこも、それから……愛されるのに慣れない恐がりなとこも……みんな好きだよ、徹……」

恋人の甘い囁きと熱い口づけ、そして抱き締めてくれる強い腕。再び重なってきた怜の唇に、徹は蕩けそうな悦びに身も心も包まれていた。


「それで？　他に何か言うことは？」

風呂上がりのバスローブ姿の早紀が腕組みして、玄関先に気まずく立ち尽くす徹と怜の顔を交互に見比べながら言った。

時計は既に午前十一時を回っている。早朝七時前に徹がパジャマで飛びだしてから、四時間が経過した計算になる。早朝の失踪が姉の早紀にばれているのは覚悟していたとはいえ、徹は玄関を入った途端に風呂上がりの早紀と鉢合わせしたのには、すっかり肝を潰してしまっていた。

「ね、姉ちゃん、起きてたんだ……？」

「あら、いつだってアタシはアンタの朝ごはんとお弁当のためにちゃんと起きてるわよ？　もっとも今日はアンタの学校が休みだったなんて知らなかったわねぇ？　早起きして損しちゃったわ？」

「…………」

濡れた髪を掻き上げた早紀にジロリと睨まれて、徹は首を竦めて押し黙った。無断で学校をサボった理由を早紀に詰問されたら、何と答えてよいものやら徹にはさっぱり見当もつかなかった。まさか怜と今の今まで抱き合っていましたとは、口が裂けても言えない徹だった。

「まったく、しようのない子だわね？　徹、もういいからシャワー浴びてらっしゃい！」

「う、うんっ！」

早紀に言われて、徹は一目散に風呂場へ駆けだした。パジャマの下の徹の軀は、あの後も回数がわからないほど繰り返された情事の痕跡で、自分でも気持ちが悪いくらい汚れていた。隠しようのないこととはいえ、早紀に気づかれてしまったかと思うと、徹は恥ずかしかった。

「怜さん、あなたも突っ立ってないで上がったらどう？　どうせこの時間からじゃ、仕事は休みなんでしょ？　徹といっしょにシャワー浴びてらっしゃいよ？　アタシ、これから食事するの。いっしょに食べるんなら、アタシの大事な弟と、たった今までヤッてましたって顔、洗ってきてちょうだい、いいわね？」

素っ気なくもきつい言葉を残して背を向けた早紀に、怜はまいったね、と笑うしかなかった。


「まったく、早紀さんにはかなわないな？」

風呂上がりの洗面所で髭をそりながら、怜が隣に立つ徹にウインクした。

「何言ってんだよ、怜なら姉ちゃんといい勝負だよ？　姉ちゃんを言い負かしたヤツなんて、俺、今まで怜しか見たことないもん」

「俺が早紀さんを言い負かしたって？」

「うん、ほら……怜が初めて姉ちゃんに……俺のこと好きだって言ってくれた時……」

「ああ、あれね……」

思い出したように、怜が喉の奥で笑った。

――ご理解して頂けないのは仕方ありませんが、俺は徹が好きで、徹とはこれからも付き合っていくつもりですから……

弟の徹がこともあろうに男と付き合っていると知って烈火のごとく怒った早紀を、飄々と言いくるめたのは怜だった。徹は今でも時々、母親が違うだけあって自分とはまったく違うきつくて艶やかな美人の早紀と、見た目クールで皮肉な美男の怜が丁丁発止とやり合った時のことを思い出す。

――これでも大事な弟なんだから、抱く時には優しくしてやってよね?

――優しくしてますよ? どこも壊れてないでしょう?

対決を締め括った美男美女の最後のセリフ。そして互いに交わされた意味深な微笑み。思い出す度、徹は赤面せずにはいられない。

もちろん早紀のほうに、若い頃からの経験と商売柄、男同士に対する禁忌が世間一般よりは少なかったのが一番の要因だろうが、最終的に早紀が折れて怜を受け入れたのは、早紀が怜という男を気に入ったからという理由にほかならない。怜のほうでも早紀とは馬が合うようで、徹を挟んで出会った二人は、時として徹抜きでも古くからの顔見知りのように親しげに見えた。

裕福な開業医の一人息子と、片や狭い田舎社会にあって知らない者が誰もいないほど有名な醜聞一家の元家出娘。一見して何の共通点もない二人の間に、徹はどこかしら似通った何かを感じる時がしばしばあって不思議なのだった。

「なぁ、徹？　お前って髭そらないのか？」

カミソリだけは見つけたものの、髭そり後のローションなど男性化粧品らしいものが何一つない洗面台に、怜は少しばかり呆れていた。

「そ、そらなくもないけど……」

徹は口籠った。本当のことを言えば、徹には髭をそる必要など皆無なのだ。身長は百六十を気持ち越える程度だし、筋肉のキの字もついていない軀つきは華奢で、お世辞にも男らしいとは言い難い。さすがに顔立ちが少女のようだ、などということはないが、それでもニキビ一つないゆで卵のようにツルリとした色白の徹の顔には、髭などはえたためしがなかった。十八歳という年齢からすると、徹は発育不良の感が否めない。それが子供の時に経験した餓死寸前の栄養失調に関係があるのかないのかは、徹自身にも定かではないのだが。

「そうだよな？　こんな赤ん坊みたいな肌に、髭なんかはえるわけないよな？」

怜は徹のプリリとした頬っぺたを指先で摘んで引っ張った。

「や、やめろよぉっ！」

口を尖らせて怜を睨む徹の瞳は、今でこそ泣いた後で少し腫れぼったいが、普段は黒目の大きな子供っぽいドングリ眼だ。

「なぁ、今気がついたけど、お前の睫毛って、マッチ棒が五本くらいのりそうだな？　髭にいく養分が全部睫毛に行っちゃったんじゃないのか？」

自分の長い睫毛を凝視する怜の顔が、まるでキスする時のように近づいてきて、徹は慌てて頭を後ろへ引いた。せっかく情事の痕跡を洗い流したばかりだというのに、キスなどされたら、またぞろ妙な気分になってしまいそうだ。

「ハハハ、そんな警戒するなよ？　大丈夫だよ、あれだけ犯れば、いくら俺だって満足したよ！」

「あ、怜っ！」

「なぁ、徹？　お前、大丈夫か？」

「だ、大丈夫って、なっ、何が？」

真っ赤になった耳元に近づいてきた怜の唇に囁かれて、徹は思わずビクリと軀を強ばらせた。

「ここだよ？」

吐息のような声が囁いたかと思うと、スエットを穿いた徹の尻の狭間の奥へ、怜の長い指がスルリと忍び入ってきた。

「っ！」

「切れてはなかったみたいだけど、一応診ておこうか？　俺の専門は上の口のほうだけど、徹だけ特別、下の口も面倒見てやるぜ？」

瞬間、ビュンと空を切った徹の拳を間一髪避けて、怜は大笑いしながら徹を抱き締めた。

「アハハハ……！　そんだけ元気なら心配ないか？　いつもは二回でも痛がってイヤがるくせに、今日は随分と情熱的だったもんな？　お尻が壊れちゃったんじゃないかって、これでもちょっとは心配してたんだぜ？　痛くないのか？」

「怜の色情狂！　痛いに決まってるだろっ！」

「だってお前、イヤがらなかったじゃないか？　イヤだって言ったのは一回目だけだっただろ？」

「イヤって言ってもやめないくせにっ！」

「ハハ！　そりゃ違いない！」

可笑しくて仕方ないといった調子で笑う怜の顔を、徹は下から睨みつけた。

『何が情熱的だよ！　俺だってまだ自分の躯が壊れてないのかどうか、わかんないっていうのにっ！』

痛いとは言ったものの、実際には徹の後孔はすっかり痺れてしまっていて、今のところまだ痛みさえ感じられる状態ではなかった。一度にこんなに何度も躯を開かせられて受け挿れさせられたのは初めてで、徹には痺れの去った後の後孔がどんな風に痛むのか、想像もできなかった。

「なぁ、徹？　この前会ってから三ヵ月ぶりだっただろ？　お前の卒業まで後四ヵ月あるから、四ヵ月お預けしたら、お前、今度は何回犯らせてくれるのかな？」

「あ、あ、怜ぁっ！」

「愛してるぜ、徹。俺が本当にお前を待ってるかだの、本当に愛してるかだの、余計な心配してるヒマがあったら、可愛いお尻の四ヵ月後を心配してろよ？　いいな？」

「怜……」

ふざけて笑っているくせに、自分を見つめる怜の瞳の色だけが妙に真剣で、徹は胸の奥が熱くなってくるのを感じた。

『――大丈夫だ、信じられる。俺は怜が言うのなら、どんなことだって信じられる……だって俺は怜を愛してるんだから……』

湯気に曇った古い洗面台の鏡に、そっと口づけを交わし合う恋人達の輪郭が、ぼんやりと映しだされていた。


そして春――

徹は早紀と並んで、長年住み慣れた、今はすっかり荷物が運びだされて空っぽになった家の前に立っていた。

「……なんか、あっという間だったね？」

「ホントね……」

徹が高校を卒業したら家を売って、徹の学資と早紀の店の借金返済に当てる。もうずっと以前から決めていたことなのに、いざその時が来てしまうと、早紀にも徹にも何ともいえない感慨が溢れていた。

「だけど徹ったら、よくあの成績で東京の大学に現役で合格したわよね？　恋する一念ってヤツなのかしら？　学校や予備校の先生よりも、怜さんに感謝したほうがよさそうよね？」

「チェッ！　姉ちゃんてば……」

徹は口を尖らせて赤くなった。実際この一年、徹は自分でも信じられないくらい一生懸命受験勉強に頑張ったが、それは早紀の言うとおり、怜への恋する一念の賜だった。

「家が思ったより高く売れたから、学資の心配はしなくていいわ。仕送りも少しはしてあげられると思うけど、お小遣いくらいはアルバイトする覚悟でいるのよ?」

「俺、仕送りなんていいよ。姉ちゃんのほうこそ、店の近くにマンション買ったんだろ? 俺、ちゃんとバイトするし……」

「何言ってるのよ、アタシの心配しようなんて百年早いわよ。そんな口はちゃんと大学を卒業して、自分で給料取ってきてからにしてちょうだいよね? だいたい要領の悪いアンタにできるバイトなんて高が知れてるわよ。一時にあっちもこっちもなんてアンタにはできないんだから、バイトはほどほどにして、ちゃんと勉強するのよ? 怜さんに会うためにだけ東京の大学へ行くわけじゃないでしょう?」

「うん、うん……」

いつもながらの早紀の物言いに、徹はただただ頷いた。

「何もなくても、時々は連絡するのよ? それから困ったことがあったら、すぐ言ってね? 面倒がらずにきちんと食事するのよ? 身の回りに気を配ってね? アンタはお酒に弱いんだから一気なんて絶対ダメよ! それから……」

きつくて艶やかで、およそ家庭的な雰囲気などない早紀が、まるで母親のように細々と心配事を言い募っている。徹は目頭が熱くなってきた。

「ちょっと、ヤダ！　アンタったら、何泣いてるのよっ！」

「なっ、泣いてなんか……」

徹は手の甲でグイと目を拭った。狭い田舎社会。いつも徹の家の醜聞を眉をひそめて噂し合うだけの鬱っとうしい隣人達。恐ろしく排他的で、そのくせ吐き気をもよおすほど干渉的な近隣の連帯感。徹はこの田舎町が大嫌いだった。今の今まで、徹は一刻も早くこの煩わしい田舎町を出て、怜の待つ東京へ行きたいと思っていた。

だが今、徹を襲っているのは何ともいえない寂寥感だ。およそ楽しい思い出など何もなかったこの町での暮らし。親に捨てられ、ついには餓死しそうにまでなったこの家。だがここは早紀と暮らした、この世にたった一つしかない徹の家だった。この田舎町こそが、徹にとっても早紀にとっても、たった一ヶ所帰ることができる場所、故郷だったのだ。

「なくなっちゃうんだね……俺達の家……」

徹は声を詰まらせた。この先帰る場所を失って、徹は早紀という限りない拠り所までを失おうとしている。今更ながらに、徹は自分がどんなに早紀を頼り、早紀に守られて生きていたのかを思い知らされていた。早紀のいない見知らぬ場所での生活に、徹は今初めて限りない不安を覚えていた。

「やぁね、この子ったら……」

よしてちょうだい、と徹の頭を小突く早紀の声にも微かな涙が混じっていた。

「徹ったら、これが今生の別れみたいに言わないでよ、ちょっと離れて住むだけじゃないの？　だいたいこの家がなくなったって、アタシ達が姉弟なのには何の変わりもないでしょう？」

　早紀に肩を抱かれて、徹はウンウン、と何度も何度も頷いた。

「辛いことがあったら、いつでも帰ってきていいのよ？　アタシのいるところが徹の家なんだからね？どこにいてもアタシがいるのを、忘れないでね？　いいわね、徹？」

「姉ちゃんっ……！」

　早紀の細い肩に顔を埋めて泣きながら、徹はこの田舎町で泣くのはこれが最後だと思った。明日からは新しい生活が、東京での新しい生活が徹を待っていた。


――ガタン……

　停車した電車に、徹は立ち上がった。

――気をつけてね、徹……

　電車に乗り込む徹に、早紀がそう言った声が今も耳に残っているのに、徹は今、見知らぬ駅の雑踏にたった一人で投げだされていた。

　徹は唇を嚙み締めて、肩にかけたナップザックのベルトをギュッと強く握り締めた。広い構内をこだまする、徹にはよく聞き取れないアナウンスの声。そして足早に交差していく無表情な人の群れ。全てが徹とは無関係で、生きるスピードが違っていた。こんな通路の真ん中に、とり残されたように立ちどまっているのは徹一人きりだ。まるで徹の時間だけが広い駅の中でとまっているようだった。

『ヤダな、なんか俺……』

徹を立ちどまらせているのは奇妙な疎外感だった。自分だけが酷く場違いな感じがするのはなぜだろうか？　吸い込んだ空気の匂いまでが違うような気がして、徹は動けなかった。このまま回れ右して、早紀のいる田舎町のあの家に帰りたい――そんな思いが徹の胸を掠めた。

『バカだな、俺って……もう姉ちゃんはあそこにはいないのに……』

徹は足を踏みだした。とにかく今は進むしかなかった。

『あそこを出て怜の傍へ行くって――そう決めたのは俺なんだから……』

気持ちに弾みをつけるように、徹は改札を目指して小走りに駆けだした。

「えっと、南口から出て……ええっと……？」

駅から歩いて十五分。入寮案内のパンフレットにはそう書いてあるのに、徹は迷って、学生寮の場所を探し当てるのに五十分もかかってしまった。

「なんだよ、ここだったのかよ……」

鉄筋コンクリートの白い四階建ての学生寮を前にして、徹はため息をついた。この建物の前はさっきから何度も往復していたのだが、それはどこかの会社の社宅とか公団といったイメージで、徹にはとても目指す学生寮だとは思えなかったのだった。

建物の入り口に小さく『青葉第二寮』と書かれているのをもう一度確認してから、徹は入り口のドアを押した。ドアの向こうには形ばかりの狭いロビーがあって、正面に管理人室の窓口が見えた。きれいに塗り直された白い外壁と違って、ドアの内部はだいぶ古びた感じがした。

「あの、すみません。俺、いや僕、中田です。中田徹です……」

管理人室の窓口を覗き込んだ徹に、中でテレビを見ていた五十年配の男が振り向いた。

「誰？　入寮希望者？　中田だって？」

管理人らしい男が引っ張りだした書類を老眼鏡をかけて捲っている。

「中田、中田と……ああ、あった、あった。キミね、もっと早く手続きしてくれなくちゃ困るんだよ。明日が入学式だっていうのに申し込みだけで手続きしてなかったのはキミだけなんだからね？　まったく、じゃ、この書類に記入して……」

「はぁ、すみません……」

徹が肩にしたナップザックを下ろして差しだされた書類に記入している間に、管理人の男は薄っぺらい小冊子と部屋の鍵を用意していた。管理人は早く仕事を済ませて、いいところだったテレビ番組に戻りたいといった風だ。

「これが寮の規則。まぁ、細かいことは追い追いわかるから読んでおいて。それからこっちが部屋の鍵。部屋は三階の三〇二だから」

管理人は階段はあっち、とだけ指さすと、徹に背を向けてそそくさとテレビ番組に戻ってしまった。

「あ、あの……」

管理人の不親切というよりは、あまりにも事務的で無関心な様子に、徹は何か大事なことを聞き忘れているような気がして不安になった。だが確認したいことも、言っておきたいことも、すぐには思いつかなくて、徹は仕方なく小冊子と鍵を持って教えられた階段を上っていった。

三階には長い通路を挟んで、まったく同じドアが互い違いに向かい合って十二あった。どの部屋にも表札はなく、ただドアに番号だけが記されている。

「三〇二はと……？　あった！」

通路の奥から二つ目のドアが目指す徹の部屋だった。徹は鍵穴に鍵を差し込むと、ドアを開けて部屋の中を覗き込んだ。正面に割と大きな窓がある、六畳ほどの空間にベッドと机、そして作りつけのクローゼットが一つ。徹は部屋の中へ足を踏み入れた。

「ふーん？」

徹は空っぽのクローゼットの扉を開けて中を覗き込み、それからまだ剥き出しのマットレスしか敷かれていないベッドに引っ繰り返った。前の住人はタバコを喫う男だったのだろう。見上げた天井は煤けて黄ばんだ色をしていた。これから四年間、多分住むだろう寮の部屋は、まだ徹にはよそよそしくて、さっきの管理人の男と同様に無関心で素っ気なかった。

「ここが俺の部屋……かぁ……？」

徹は起き上がった。床に荷物が置かれていた。早紀が前もって送っておいてくれた布団や衣類等、当座必要な身の回りの品々だった。徹はとりあえず、布団袋の紐を解いて中から布団を引っ張りだした。剥き出しのマットレスの上に布団を広げ、使い慣れた枕を置くと、よそよそしかった部屋が、少しだけ徹に打ち解けてくれたような気がした。

徹は再びベッドに転がった。そのまま枕に顔を埋めて深く息を吸い込むと、閉じた目蓋の裏に早紀の顔が見えた。

『姉ちゃん……』

不意に涙が出てきそうになって、徹は慌ててベッドに起き直った。淋しい気分になっているのは窓から見える夕焼けのせいだ。

「へへへ、やんなっちゃうな、ったく……」

照れ隠しのように、徹は誰もいない部屋に呟いた。

「明日から大学が始まるのに、入寮してなかったの俺だけだって……早く荷物片付けて慣れなくちゃ……寮とか、それから大学にも……」

だが、そう言って荷物を片付け始めた徹の指先は震えていた。どうしようもなく心細くて不安だった。歯を食いしばっていないと、しゃくり上げてしまいそうだった。

カアッ、カアァァッ——夕日に赤く染まった窓ガラスに、不意に黒い鳥の影が過ぎって、徹はわけもなくビクッとした。

「ひっく……」

ただそれだけで、なぜだか徹は限界だった。徹は小さくしゃくり上げると、手にしていた衣類を投げだして立ち上がった。淋しくて、そして恐くて、徹はすぐにでも部屋を飛びだしたい、誰でもいいから知っている人の顔を見たい、と強く思った。人恋しくて不安で、徹はもう切れそうだったのだ。

ビィ――――ッ！

「うわぁっ！」

だから突然、部屋に鳴り響いた音に、徹は思わず大声を上げてしまった。

ビィ――――ッ！

ビィ――――ッ…………！

三度目の音が鳴り響いて、徹はやっとそれがドア横の壁に埋め込まれたインターフォンの呼び出し音だと気がついた。

「はっ、はいっ？」

ボタンを押した徹が上擦った声でやっと応答すると、インターフォンからさっきの管理人の男の声が返ってきた。

「中田くん、お客さんだよ。親戚の人が会いにきてるから下りてきて」

「しっ、親戚って……お、俺にですかっ？」

徹は我が耳を疑って聞き返した。徹には早紀以外に家族はもちろん、親戚など一人もなかったからだ。

だが事務的で素っ気ない管理人は用件だけを徹に伝えると、さっさとインターフォンを切ってしまった。

「親戚って……？」

何かの間違いだろう、と思ったが、それでもこの部屋から出る口実と目的ができて、徹は急いで部屋を飛びだした。

「怜っ！」

だが狭いロビーのだいぶくたびれたソファーに座っている男を見て、徹は階段から叫んだ。

「よっ、久しぶり、元気だったか？」

軽く右手を上げて、唇の端を少し上げて笑みを浮かべる怜に、徹は残り六段の階段を飛び下りていた。

「怜っ！　怜っ！　怜ぁっ！」

「シィッ、シィッ！　声がデカいって！　いくら嬉しいからって、こんなところで俺に抱きつくなよ？　従兄弟のトオルくん？」

「い、従兄弟？」

「そっ！　説明するのが面倒だったから、管理人に従兄弟だって言ったんだ。後でなんか言われたら、うまく口裏合わせておけよ？」

「うんっ！」

怜に言われて行動ではなんとか思いとどまってはいるものの、徹の気持ちはほとんど怜の首にかじりついて泣きださんばかりだった。

「これから出られるか？　卒業祝いと入学祝いだ、いっしょにメシでも食おうぜ？」

「うんっ！」

立ち上がった怜に、徹は東京に着いて初めての満面の笑みで応えていた。

寮の玄関口を出て、薄暗くなってきた通りを、徹は怜と連れ立って駅へ向かって歩いた。

「あれ？　桜……？」

不意にヒラヒラと目の前に散ってきた薄桃色の花びらに、徹は驚いて顔を上げた。見上げた先には満開の桜の枝が大きく迫りだしていて、徹は呆気にとられた。

『どうして、こんな大きな桜の木に気がつかなかったんだろう……？』

そこは徹が寮を探して何度も通り過ぎたはずの、猫の額ほどの小さな公園だった。

「どうした、徹？」

突然立ちどまった徹に、怜が振り向いた。

「桜が……」

「桜？　ああ、もうお仕舞いだな？」

徹の立っている場所まで戻ってきて、怜が徹と同じように桜の木を見上げながら言った。

「そうか、お前の田舎じゃ、まだ桜は蕾だもんな？　東京のほうが暖かいからな……」

怜が徹の肩をそっと抱いた。

「うん、そうだけど……さっきはどうして気がつかなかったのかなって思って……」

徹は怜のウエストに軽く腕を回して怜を見上げた。

「気がつかなかったって？」

「うん、寮を探してて、ここの前何度も通ったのに、俺……」

不思議そうな顔をしている徹に、怜がクスリと笑った。

「怜？」

「徹、お前、寮の場所がわからなくて不安だったんだろ？」

笑う怜に、徹はドキリとしながらもムッとして押し黙った。

「知らない場所に独りぼっちだし、日は暮れてくるし、自分だけ帰る場所がないような気分になってきて恐かったんだろ？」

「ち、違うよ！　お、俺はっ……！」

図星を突かれて口を尖らせる徹の肩を、怜はわかったわかった、と軽く叩いて笑った。

「お前、一つのことに気をとられると、もう他は目に入らなくなるからな？　不器用で心配性で、おまけに酷い淋しがり屋だもんな？」

「あ、怜っ！」

本当は何もかもが怜の言うとおりなのだが、素直に淋しくて不安だったのだ、と認めれば、怜にもっと笑われてしまいそうで、徹は痩せ我慢していた。だが怜は笑ったりしなかった。

「俺が迎えにいってやればよかったな？」

「怜……」

自分を真っすぐに覗き込む怜の眼差しに魅き込まれそうになって、徹は思わず涙が出そうになってしまった。

「……大丈夫だよ、徹……早紀さんはいないけど、ここには俺がいるから……だからお前は独りぼっちじゃない……俺が傍にいるから……」

囁きながら、ゆっくりと怜の唇が重なってきて、徹は胸の奥の強ばりが嘘のように柔らかく解けていくのを感じていた。すっかり日の落ちた公園の大きな桜の木の下で、恋人達は静かに四ヵ月ぶりの口づけを交わし合っていた。

夕闇に舞い散る白い桜の花びらが、うっとりと怜の腕の中で瞳を閉じた徹の頬を優しく撫でて、音もなく地面に落ちていく。このまま時間がとまってしまえばいいのに、と徹はぼんやりと思っていた。

「徹、こら、起きろったら。こんなところでそんな安心しきった、いつでもOKって顔されても困るんだよ。いくら俺だって、こんな住宅街のド真ん中の公園で、お前を押し倒すわけにいかないだろぉが？」

「なっ！」

ところが微睡《まどろ》むようにすっかり安心しきって怜の胸に軀を預けていた徹は、耳に飛び込んできた怜の囁きにガバッとばかり飛び起きた。まさか本当に押し倒されるとは思えなかったが、前歴からいって怜に油断は禁物なのだった。

「ハハハッ！　何をそんな露骨に驚いてるんだよ？　大丈夫だって言ったろ？　いくら俺だって、こんなとこでお前を強姦したりしないさ！」

「そっ、そんな、そんな、怜の言うことなんか当てになるもんかっ！」

「アハハ、やっぱ、前科一犯は信用ないか？」

「怜っ！　もう、いいっ！　俺、帰る！」

笑う怜に、徹は真っ赤になって怒鳴った。

「ああ、こら、待てよ、徹！」

毎度ながら自分の冗談に本気で怒って背を向ける徹の首に、怜は笑いながら腕を回すと、おぶさるようにその背中に抱きついた。

「はっ、放せったらっ！」

「イヤだね、放してなんかやらない」

「あっ！　怜っ……！」

徹は首を竦めて声を震わせた。からかっているのだとばかり思っていた怜の唇が首筋に這わされ、ゆっくりと右手が太股の内側を探ってきたからだ。

「ちょ、ちょっと、怜っ！　あっ……！」

怜の手の動きをとめようとして、徹は小さく悲鳴を上げた。たったそれだけのことなのに、背筋がゾワリとして、勝手に呼吸が乱れてしまう。

「どうした、徹？　何を震えてる？」

「ダ、ダメ！　怜、こんなのっ……！」

膝に震えがきて、徹は切迫した声を上げた。このままでは怜に押し倒される前に、自分から地面に倒れ

込んでしまいそうだった。

「ハハハッ！　おふざけはここまで！」

だがそこで、怜は唐突に徹の軀から手を引くと、その背後から離れてしまった。急速に掻き立てられた興奮から、今度は突如として投げだされて、徹は目を白黒させた。

「ゴメン、また徹をからかっちゃったな？」

だが再び徹がカッとなるより先に、怜は桜の木のすぐ横手にあるベンチに腰を下ろして謝ってきた。

「だけど、放してなんかやらないって言ったのは、あれは結構本気だよ……なんていうのか、俺もちょっと……その、不安だったからさ？」

照れたように前髪を掻き上げてから、怜は、お前も座れよ、と徹に手招きした。

「だってお前ときたら遠距離恋愛やってた時には、こっちがうざったくなるほど、会いたい、会いたい、会いたいだったくせに、いざとなったら、ウンともスンとも言ってこないんだからな？　今日だって俺が寮に訪ねていったのは、お前が知らせてくれたからじゃないだろ？　俺が早紀さんに電話して、それでお前が今日からこっちだって知ったんだ。ったく、冗談じゃないぜ？　待ってた俺の身にもなれよな？」

「ご、ごめん……あの、俺……」

怒っているというよりは呆れているといった感じの怜に、徹はたどたどしく説明を始めた。大嫌いだったはずの田舎町に感じた去りがたい思い。人手に渡って二度と帰れなくなる家に感じた淋しさ。そして何よりも、徹は早紀と離れる不安と哀しみに、身を切られる思いだったのだ。

「ごめん、だけど俺、怜に会いたいって、いつも思ってたよ……けど俺、姉ちゃんと別れるのも……」

気持ちの半分もうまく伝えられなくて、徹は言葉のもどかしさに焦れた。言葉を継げば継ぐほど、何かしら言い訳めいてきて、徹は益々言葉に詰まった。どう言ってみたところで、徹が何の説明もなく怜に連絡を取らなかったことに変わりはないのだ。

『もし、立場が逆で……待っても待っても怜が連絡くれなくて……俺から連絡しても怜が何も言ってくれなかったら…俺、きっと……』

自分の不安と淋しさにばかり怯えて、少しも怜の気持ちを考えられなくなっていた自分の身勝手さを、今更ながらに徹は思い知らされていた。会いたい、ただそれだけで真夜中に電話した徹の我が儘に、夜通し車を走らせて会いにきてくれた怜――

『俺は怜に甘えてばかりだ……自分の気持ちばっかり怜にぶつけて……怜の優しさに甘えて、怜の温もりに俺は……俺は一年前とちっとも変わってない。ちっとも強くなってない。ちっとも優しくなんか……』

胸の奥がキュッと締めつけられて、徹は唇を噛み締めた。

「ごめん、怜……ごめん……」

「バカ、泣くヤツがあるかよ。別に怒ってるんじゃないんだ、俺は……」

他に言う言葉が見つからなくて、込み上げてくる嗚咽といっしょに、ごめん、とだけ短く繰り返す徹の首を、怜はギュッと抱き寄せた。

「大丈夫だよ、心配しなくてもお前の気持ちはよくわかるから……言ったろ？　ただちょっと、俺は不安だったんだよ」

自分は怜に甘えてばかりいる――――そう思ったのもつかの間、怜の腕に抱かれ、その囁きに鼓膜を優しく愛撫されていると、徹はそれだけで自分の気持ちが柔らかく安らいでいくのを感じていた。怜は抱き寄せた徹の髪に顔を埋めるようにして言葉を続けた。

「お前のことだから、高校を卒業したらその日のうちにでも俺のとこへ転がり込んでくるかと思ってたのに、転がり込むどころか、電話してもいつ出てくるのか予定もはっきりしないしさ？　お前は俺に、本当に待ってるのかだの、本当に愛してるのかだの、不安がって聞いたけど、不安に思ってたのは俺だって同じなんだぜ？　何せ俺の恋人は高校生で、思い込みも激しい分、気も変わりやすいお年頃だからな？　まさかあのド田舎で新しい恋人を見つけたとも思わなかったけど、土壇場になって俺のとこへ来るのが恐くなっちゃったんじゃないかって……お前、結局、俺のとこには来ないで寮に入ったし、もしかして徹は俺と別れたいのかなぁって……」

「ちっ、違うっ！」

囁きの愛撫に身を委ねていた徹は、思いもかけない怜の言葉に飛び上がってしまった。どこをどう押したら、自分が怜と別れたい、などという考えが湧いてくるのか、徹には信じられなかった。

「違う！　違うよ、怜っ！　俺は一度だって怜と別れたいなんて思ったことないよっ！」

「当たり前だ、そんなの思われてたまるかよ？」

「あ、怜ぁ……？」

目一杯の握り拳で怒鳴った徹は、怜の素っ気ない反応に面食らってしまった。怜はベンチの背もたれに腕を伸ばして、脚を組んだまま少し軀を反らして笑いだした。

「ハハハ、俺にだってそんなバカなこと、あるわけないのはわかりきってたさ。だけど俺はやっぱり不安だなぁって思っちゃったんだよ。思っちゃった自分が癪に障ったから、それで徹にちょっとばかり意地悪しちゃったんだよなぁ……」

「意地悪って……俺に？」

徹はいよいよ面食らって首を傾げた。

「そう、単なる俺の意地悪。徹が何時に着くのか、早紀さんから聞いて知ってたのに、徹を迎えにいってやらなかった。泣き虫で淋しがり屋の坊やに、我ながら大人げない意地悪しちゃったなぁって、今は反省してます。ごめんな、徹？」

「怜……」

「ハハハ、カッコ悪いな？　こんなガキみたいな仕返しするなんてな？　みっともないから徹には黙ってようかと思ったんだけど……カッコ悪い俺も……たまには悪くないだろ？」

囁きながら甘く耳たぶを噛んできた怜に、徹は頬を染めて小さく呟いた。

「どんな怜だって大好きだよ……」

「ああ、俺もだよ、徹……」

徹の髪に自分の長い指を絡ませながら、怜も優しく囁き返した。

「……なぁ、徹？」

暫しそのまま甘く徹の髪を玩んでいた怜が、やがて声のトーンを少し変えて呟いた。

「カッコ悪いついでに……俺、お前に聞きたいんだけどさ……？」

「何？」

珍しく歯切れの悪い言い方をする怜の顔を、徹はキョトンとした目で見返した。怜はそんな徹から目を逸らして、人さし指で自分の鼻の頭を掻いた。

「……あのさ、俺が聞きたいのはさ、なんていうのか、その……お前がどうして寮に入ったのかってことなんだけど……」

視線を逸らしたまま話し続ける怜が、徹にはひどく不自然で決まり悪そうに見えた。

「さっきも言ったけど、俺、冗談抜きで徹は俺んとこに転がり込んでくると思ってたから、徹が寮に入るって聞いた時には、正直、ビックリしちゃってさ……」

相変わらず横に座る徹とは視線を合わせないまま、怜は何度も自分の前髪を掻き上げては言葉を探している風だった。

「広くはないけど、二人でも十分なんだぜ、俺んとこ……実際、友達といっしょに住んでたこともあったけど、特に問題もなかったし……徹の大学へも電車一本だから、便利さではここと大して変わらないと思うし……それに、なんたって俺んとこに住めば部屋代がかからないだろ？」

「お金の心配なら大丈夫だよ？」

姉の早紀しか頼る者のない自分の経済面を怜が心配しているのだと思った徹は、裕福とはいえないまでも家を売った金で当座の心配はないのだ、と真顔で怜に説明した。

「金のことは、いや、それもあるけど……」

だが徹の生真面目でもっともな説明に、怜はいよいよ言葉に詰まってしまった。いつもは早紀顔負けに口の立つ怜が、仕舞いにはうまく喋れない幼児のように押し黙ってしまう始末だ。

『まいっちゃったなぁ、ったく……どう言ったらいいんだ……？』

実をいうと怜は迷っていた。徹から本当のところを聞きだしたいのは山々だが、それには怜自身、徹に本当のところを白状しなくてはならないからだ。

『いくら何でも、そんなのカッコ悪すぎて言えないぜ……』

本当のところを知りたいと思う気持ちに、つまらない怜のプライドがブレーキをかけていた。

「……あの……怜……？」

だが不思議そうに自分を見つめていた徹の顔に、やがて困惑の色が浮かぶに至って、怜はとうとう白状せざるを得なくなった。

『ちぇっ、このまま話をウヤムヤにするほうがよっぽどカッコ悪いぜ！』

怜はつまらない自分のプライドを忘れることにした。

「つまりさぁ……徹が、じゃなくってだな……あぁ、もうっ！　お前じゃなく、俺のほうが徹といっしょに住みたかったんだよ！　あぁあ、俺って最低！　ホント、カッコ悪いぜ」

もうお手上げとばかり、怜がベンチの背に仰け反って両手で顔を覆った。

「ったく！　俺一人で徹といっしょに暮らせるってワクワクしてたのかと思うと、情けなくって、なんか腹立ってきた！　言っとくけどな、大学病院ってのは生活不規則でメッチャ忙しいんだよ！　就業時間なんてあってないようなもんだし、毎週末必ず休みってわけじゃないし、いくらお前が東京出てきたからって、いっしょに暮らしてでもいなきゃ、そうそう毎日は会えないんだからな！　そこんとこ、お前、全然わかってないだろっ！」

「あ……怜ぁ……？」

徹はすっかりビックリしてしまって、今度は膝に突っ伏して頭を抱えている怜の背中を、ただポカンと口を開けて眺めていた。こんな風に怜が言うのは初めてだった。いつだって、今すぐ会いたい、と駄々をこねて喚くのは徹の専売特許だったのだ。

「あぁ、スゲェ恥ずかしい……徹、自慢じゃないけど俺って凄ぉくモテるんだぜ？　今までだって追っかけられたり押しかけられたりは数々あっても、自分から誰かを追っかけたり、ましてや狙った相手に逃げられたなんて一度もないんだ。なのに徹にはすっかり肩透かし食わされちゃって大ショックだよ……徹も俺と暮らしたいと思ってるって、何の疑いもなく信じてたからなぁ、俺……まいったなぁ……なぁ、徹、何でだ？　何で俺と暮らすのイヤなんだ？　自信過剰のヤな野郎だと思うかもしれないけど、やっぱり納得いかないんだよ、俺は……」

上体を折って膝に頭をつけた姿勢で、怜は首だけを捻って徹を斜めに見上げて続けた。

「こんなに誰かといっしょにいたいって思うの、これが初めてなんだよ。だから徹、教えてくれないか？　俺の何がイヤなんだ？　俺といると何が不安で寮に入ったんだ、お前？」

　上目遣いに自分を睨んでいる怜の目つきが、まるで拗ねた子供のように思えて、徹は何だか胸の奥が熱くなってきた。

「……ヤじゃないよ、俺、全然ヤじゃない、ホントに俺……俺、怜といっしょに暮らしたいってずっと、ホントにずっと思ってたもん……」

「ウソつけ」

「ウソじゃないよっ！」

　徹に背中を揺さぶられて、怜は俯せていた上体を起こした。

「じゃ、どうして徹は寮に入ったんだ？　本当に俺と暮らしたいって思ってたんなら、どうして寮に入る必要なんかあったんだよ！」

　怜は徹の腕を少し乱暴に摑んで揺さぶった。

「そっ、それは姉ちゃんに言われたから……」

「姉ちゃん？　姉ちゃんって早紀さんか？　早紀さんが俺とは住むなって言ったのか？」

　早紀と聞いて、怜は右手で自分のこめかみから額を押さえた。自分と徹の関係をすっかり受け入れてくれたものとばかり思っていたが、やはり早紀は徹の姉だ。もし早紀が世間体や弟の将来を危惧したのだとしたら、怜にはそれを責められないだろう。

「そうだよなぁ……冬の明け方に大事な弟を町外れの鎮守の森に連れだして、散々強姦したあげくに学校をサボらせるような男、信用しろってほうが無理だよなぁ……」

四ヵ月前の自分の無茶な行為を思い出して、怜はため息をついた。

「ご、強姦なんて！　俺、怜に強姦されたなんて思ってないよ！　そりゃ、最初のはちょっと恐かったけど……でもあれは……」

「でも多分あれで、俺は早紀さんの信用を失って嫌われたわけだろ？　つまり俺は自分で自分の墓穴を掘ったわけだ？」

「ち、違うよ、怜！　全然違うったら！　姉ちゃんは怜を嫌ってなんかないよ！　姉ちゃんは怜が凄ぉく気に入ってるんだから！　俺、姉ちゃんと怜が二人で楽しそうに喋ったりしてると、時々イライラしてヤキモチ妬きたくなるくらい、そのくらい姉ちゃんは怜を気に入ってるんだからっ！」

徹は一気に捲くしたてた。怜に早紀を誤解してほしくなかった。そしてもちろん、怜と暮らさずに寮に入った本当の訳も、怜にはきちんとわかってほしかった。

「違うんだよ、怜……姉ちゃんに言われたからっていうのは……違うんだ……」

徹は無意識に右手の親指の爪を噛んでいた。怜に誤解されずにうまく説明できるかどうか、徹には自信がなかった。噛み締めた爪先から、不安がジワリと口の中に広がって徹の舌を痺れさせる。怜は不安そうに爪を噛んでいる徹の右手を、自分の左手でそっと包んで引き寄せた。

「落ち着けよ、徹、勝手に話の先回りしたりして俺が悪かったよ。なぁ、話してくれよ、今度はちゃんと聞くから。大丈夫、ちゃんとわかるよ。わかるまで聞くから、だから話してくれ、徹」

そのまま怜に、噛んでいた親指の爪に口づけられて、徹は微かに震えながら話し始めた。

「約束したんだ、三つ。姉ちゃんと別れる時に俺、約束した。お金で怜を頼ったりしないってことと、怜といっしょに住まないってことと、それから怜以外の人とも付き合うって……」

徹は怜の手に包まれた右手で、早紀と交わした三つの約束を指折り数えた。指を一本折るごとに、早紀の心配そうな、そしてどこかしら哀しい瞳の奥の揺らめきと、約束を囁いた早紀の少し掠れた淋しそうなアルトの声が蘇ってくる。

――約束して、徹、お金のことで怜さんに甘えないって。頼りだしたら対等じゃなくなって、気がつかないうちに二人の関係まで歪んじゃうから……

――約束して、徹、このままなし崩しに怜さんの部屋に転がり込んだりしないって。いっしょにいたい気持ちはわかるけど、それでもやっぱり自分の足で立てるようになるまではダメよ。抱っこしてもらうのは楽だけど、それじゃ一生、徹は自分の足で歩けなくなっちゃうから……

――約束して、徹、怜さん以外の人にも目を向けるって。友達とか先輩とか、世の中には怜さん以外にもたくさん人がいるの。怜さんだけにのめり込んで、他の人を切り捨てたりしないで……

「姉ちゃん、十六で家飛びだして東京に出て、歳誤魔化して働いてたんだ……きっと辛いこととかイヤなこととかいっぱいあって……信じてた人に騙されたり……俺、約束してくれって言った時の姉ちゃんの気持ちが、俺を心配してくれる姉ちゃんの気持ちが……」

――――ごめんね、徹……アンタ、怜さんのところへ行くの楽しみにしてるのに……ヤなことばっかり言って……ごめんね、徹……

自分を抱いて泣いた早紀の細い肩を思い出して、徹は胸が痛くなった。

「ごめん、怜……姉ちゃん、怜を疑ってるんじゃないんだ……ただ……うまく言えないけど、俺……俺も姉ちゃんも……ごめん、怜……だけど、だけど……」

「徹……」

「俺、怜が好きだよ？　凄く、凄く大好きなんだ……だから、だからこそ俺、しっかりしなくちゃダメなんだと思うんだ。俺、いつも怜に頼って、怜に甘えてばっかりいるけど……だけど俺、今すぐは無理でも、俺……強くなってもっと大人になって……いつか怜と肩を並べていっしょに歩けるようになりたいんだ……姉ちゃんもきっと俺にそうなってほしいって……だから俺……だから俺……」

真っすぐな瞳で自分を見上げて必死に言葉を継ぐ徹の姿を、怜は感動にも似た思いで見つめていた。

『傍にいて、いつでも抱き締めてやれるくらい傍にいて、一生お前を守ってやろうなんて……そんなのただの、俺だけの勝手な思い上がりだったんだな……徹、お前は……』

甘ったれの泣き虫で、おまけにひどい淋しがり屋の、ただただ可愛いばかりの赤ん坊だとばかり思っていた怜の子猫は、いつの間にか乳離れして、自分の足で外の世界へ踏みだそうとしている。

「徹、お前は強いよ、俺が思ってたよりも、もうずっと大人だよ……」

「怜……」

「徹の言いたいことも、それから早紀さんの気持ち……わかるよ、徹。とてもよくわかる……ふふふ、そうか、俺だけが徹をハイハイするのがやっとの赤ん坊だと思い込んでたんだな?」

怜は笑って、徹の肩に腕を回してその軀を抱き寄せた。

「あ、赤ん坊は酷いよ! そりゃ、俺は……怜から見たらガキかもしれないけど……!」

「ああ、そうだな? これじゃ、まるきりウサギとカメだな? 徹をバカにしてダラダラ怠けてると、いつの間にやら徹に追い越されて泣きを見るってことだよな? 俺も徹を見習って、もっともっとしっかりしなきゃ、ウサギがカメに押し倒される事態を招くってわけだ?」

「ちぇっ、カメだなんて、赤ん坊より酷いじゃないかっ!」

「ハハハ、だけどひっくり返されたら最後、起こしてもらうまで起き上がれないのは、カメの専売特許だろ? それってまるで、俺に押し倒された時のお前とそっくりじゃないか? 違うか、徹?」

ニヤリと笑ったかと思うと、怜はベンチの上に徹を押し倒して、その軀の上に覆い被さった。

「バッ、バカ野郎っ!」

「まっ、せいぜいガンバッテ早く大人になろうな、徹? もう少し育ってくれれば、こっちのほうもちょっとは上達するかもな?」

押さえ込んだ徹の鼻の頭をペロリと舌先で舐めながら、怜は確かめるように右手で徹の中心をジーンズの上からギュッと押さえた。

「あっ、怜ぁっ!!」

「喚くな、チビカメ、続きはまた後でな？」

チュッとその鼻先に口づけて、怜は笑いながらパッと徹の上から離れて立ち上がった。

「さて、行くとするか？　すっかり遅くなっちゃって、徹、腹減っただろ？　お前、何食いたい？　どっか行ってみたいとことかあるか？」

「い、行ってみたいとこって言われても……」

体勢を立て直してベンチに座り直した徹は赤くなりながら首を傾げた。

「まぁ、特になければ、そうだな……？」

行く先に思いを巡らしている風の怜に、乱れた髪やシャツの衿を直していた徹は、ふと思いついて言ってみた。

「あの、店とかじゃないけど、俺、怜の部屋に行ってみたい」

「俺の部屋ぁ？」

「うん、ダメ？」

「ダメじゃないけど……お前ってば随分と発言内容が大胆になってきたんじゃないか？」

「えっ？」

「だって俺の部屋に行きたいっていうのは、さっきの続きがしたいってことだろ？」

「ちっ、違ぁーうっ！」

ニヤニヤ笑いを浮かべる怜に、徹が頭から湯気を立てて怒鳴ったのは言うまでもない。

駅から徒歩十分――

駅前に広がる賑やかなショッピングアーケードを通り抜けながら、徹は人通りと車の多さ、そして立ち並ぶ店の多さに目を見張っていた。

「東京って、どこの駅で降りても大きな街があるんだね？」

感心している徹に、怜は微笑んだ。

「徹、ご希望の俺の部屋はあそこ、信号渡ってすぐのあれだよ」

「えっ、どれ？」

徹が怜の指さした方向に目をやると、駅前に隣接する住宅街の一角、レンガ色の八階建てマンションが見えた。

「ちらかってるけど、どうぞ？」

生まれて初めて実物を見たオートロックシステムのマンションの五階。開かれた怜の部屋のドアを、徹は怜に肩を押されて中へと足を踏み入れた。

「あぁあ、徹が来るってわかってたら、もうちょっと片付けておくんだったなぁ……初めて恋人を部屋に呼ぶには、ちょっとちらかりすぎだよなぁ……」

出し放題になっている自分の靴を足で横へ押しやりながら、怜は、上がれよ、と顎をしゃくった。

「お邪魔しまぁす……」

「ハハ、挨拶なんかしたって誰もいないぜ?」

徹はキョロキョロしながら怜の後に続いた。玄関から居間へ続く廊下は明るい色のフローリングで、アイボリーの壁と天井の色もあいまって、窓のないマンションの廊下の圧迫感をなくしている。

「ねぇ、これって怜の趣味なの?」

廊下の壁にかけられている四枚連作のステンレスの額縁を、徹は順番に眺めながら言った。額縁の中に納まっているのは、どれも同じ作者のものと思われるモノクロのリトグラフだ。色がついていない分、目立たないが、モチーフはどれも、思わず相好をくずしたくなるほど可愛らしい子猫達だった。

「あぁ、そうだよ? 好きなんだよ、小っちゃくて可愛いヤツ……」

リビングから答える怜に、徹は、ふーん、ともう一度四枚のリトグラフを眺めてから、怜のいるリビングへ向かった。

「わぁ……」

徹は一目見て足の踏み場のないリビングに驚いた。十数畳ほどのリビングもやはり廊下と同じフローリングで、部屋の真ん中に多分エスニック調と思われるモカオレンジのラグマットが敷かれていた。多分エスニック調、徹がそう思ったのは、ラグマットの上に新聞や雑誌、CDジャケットなどが撒き散らされていて、マットの模様がはっきりとは確認できなかったからだ。

「何か……台風の後みたい……」

ありとあらゆるものが出しっぱなしの、置きっぱなし、実に散らかり放題のリビングに、徹は呆気にとられていた。ローアングルのリビング、といえば聞こえはいいが、直接床に置かれたテレビやオーディオは、どうかすると落っこちているように見えるし、床の随所に置かれた、赤、緑、黄、白など色とりどりのクッションも、どちらかといえば好き勝手に投げだされている、といった感じがする。象のプリントが面白いそれらのクッションカバーがタイのものであることを、徹は後になって知った。

「とりあえずは座りたいよな?」

そう言って、怜は壁ぎわに置かれた座椅子のように低い作りのソファーを指さした。だがやはりエスニック調と思われるファブリックに覆われたソファーは、これまた雑多な物に覆われていて、すぐには座れそうもなかった。

「怜ってもしかして、とんでもなく不精者?」

ソファーの上とその周りを片付けている怜の横顔に、徹は問いかけた。

「違う、って言っても、この有様じゃ説得力ないよな?」

とりあえずは物をどかしたソファーを、座れよ、と顎でしゃくりながら、怜が言った。

「不精っていうより、整理整頓に興味ないんだよ、俺。ちらかってても別に困らないしさ?　こう見えても料理とかは結構マメだし、洗濯とアイロンがけには自信があるかな?」

確かに徹が知るかぎり、怜は服装に関しては常に清潔でおしゃれだった。背中にシワの寄ったジャケットとか、磨かれていない靴といったものは、怜とはまるで無縁のものだった。この部屋を見てしまったからには考え直さなくてはならないだろうが、徹は今まで怜のことをマメでキレイ好きだと思っていたのだ。

「徹、コーヒーでいいか?」

「いいよ、怜、なんにもいらないから。俺、もうお腹いっぱい! はちきれそうだもん!」

ここへ来る前に連れていってもらったフランス風田舎料理の店で食べた熱々のポトフで膨らんだ胃を、徹は突きだすようにしてさすって見せた。

「ハハハ、はちきれないように、ちゃんと後で運動させてやるよ? 一晩中ね?」

「怜っ!」

笑いながらキッチンへ消える怜の背中に怒鳴りながら、徹は改めて部屋の中を見渡した。

「ホントにヘンなの……不精で面倒クサがりってわけじゃないんだよなぁ、怜って……」

窓際に所狭しと置かれた観葉植物の鉢やプランターを、徹は一つ一つ覗き込んだ。適度な大きさと湿り気のある土に植えられたそれらには、ツヤツヤと葉っぱが生い茂っている。水やりはもちろん、怜が植えかえや肥料など細々と植物の世話をしているのが一目でわかる。

「ふーん……あ、なんか手伝おうか、怜?」

鼻先を掠めたコーヒーのいい匂いに、徹はキッチンへ向かった。だがキッチンへ入った徹は、再び驚いてしまった。コーヒーサーバーを手にした怜が立っているキッチンは整理整頓がバッチリの、正にピッカピカ。まるでショウルームに展示されたキッチンのようだったのだ。

「ねぇ、怜……どうしてここのキッチン、こんなにきれいに片付いてるの……?」

グチャグチャだったリビングとのあまりの落差に、徹は呆れていた。

「だって食べ物扱うとこは衛生的じゃなきゃまずいだろ？　それに機能的じゃないと料理ってやりづらくて困るんだよ。包丁や火も使うからゴチャゴチャしてると危ないしな？」

こともなげに言う怜に、キッチンの十分の一でもいいからリビングにも注意を向ければいいのに、と徹は思ったのだった。

「徹、そこからカップ出してくれるか？」

「えっ？　あ、うん、どれでもいいの？」

「ああ、徹の好きなヤツでいいよ」

言われて覗き込んだカップボードの中に、徹はまたまた驚いた。キッチンの一角に置いてあるだけあって、ボードの中が整然としているのはもちろんだが、その食器類が男の一人暮らしとは思えないほどキレイなのだ。色や模様、形も様々な洋食器や和食器達。それらは箸置きの一つに至るまで同じものは二つとなく、まるでお店のディスプレイのように大きなボードの中に所狭しと飾られている。

「これ……みんな怜が自分で集めたの？」

「あぁ、そうだよ、別に女と暮らしてるわけじゃないから安心しろよ？　まぁ、趣味みたいなもんかな？　俺、料理も好きだけど、それをのっける器のほうがもっと好きなんだよ。気に入ったヤツに出くわしたら、もう買わずにはいられないんだよな。ほら、こっちの棚も食器で埋まってるんだぜ？」

そう言った怜が自分の後ろ側にある食器棚の扉を開けると、そこからも同じようにキレイな食器達が得意げに顔を出した。

「……なんか怜って……よくわかんない……」

「そうか？」

首を傾げる徹に、怜も笑って首を傾げた。

「で？　徹、どのカップにする？」

「う、うん、えーとぉ……じゃ、これにする」

徹は一番最初に目についたピーターラビットの絵柄のついたマグカップを手に取った。

「ウェッジウッドか、じゃ、俺も徹と同じのにするかなぁ」

だがそう言って怜が手に取ったのは、グレイッシュブルーに白く繊細な模様の焼きつけが施されたカップアンドソーサーだった。

「同じって……どこが同じなの？」

「ん？　ああ、作ってるメーカーがね、ウェッジウッドっていって同じなんだよ」

キョトンとしている徹に、怜がコーヒーを注ぎながら教えてくれた。

「……なんだかやっぱり……わかんない……」

リビングに戻ってソファーに怜と並んでコーヒーを飲みながら、徹はさっきキッチンで言ったのと同じセリフを呟いていた。

「だからさ、徹が来るって最初からわかってたら、俺だってもうちょっとキレイに片付けてたさ。今日は予定外だったから仕方ないだろ？」

足の踏み場もない雑然としたリビングに、徹がただ単に呆れているのだと思った怜は、別にいいじゃないか、と肩を竦めた。

「うん……でも、そうじゃなくって……」

だが徹に、わからない、と呟かせている奇妙な感じは、怜が思っているようなのとはまったく別の次元のものだった。それは徹にとって、一人立ち竦んでしまった、あの初めて降り立った都会の駅で味わった違和感と、とてもよく似た感覚だった。

「俺……怜のこと……何にも知らなかったんだなぁって……そう思って……」

徹は手の中のピーターラビットのマグカップに視線を落として呟いた。可愛い子猫のリトグラフ、キレイな外国製のコーヒーカップ、よく手入れされた観葉植物の鉢、エスニック調に揃えてあるのにグチャグチャなリビング、そして対照的にピカピカのキッチン――それら一つ一つが、徹が初めて目にする本当の怜の生活だった。まだ他の部屋は見ていないが、どの部屋の扉を開けても、きっと徹の知らない怜が顔を出すに違いない。

怜が祖父の代用歯科医として徹の住む田舎町にいた時には、それが短期であったこともあって、怜は隣町のビジネスホテルに寝泊まりしていた。徹が怜と初めて結ばれたのも、やはりそのホテルの部屋でだった。もちろん、徹はその後も怜の部屋を何度となく訪ねていたのだが、やはりホテルの部屋はホテルの部屋でしかない。そこには怜の生活の匂いといったものがまったく感じられなかったのだった。

改めて考えてみると、徹は不思議なほど怜という男を知らないのだった。怜がよく見るテレビ番組は何だろうか？　どんな音楽を聞き、どんな本を読むのだろうか？　怜が好きな色は？　例えばそんなことさえも、徹は知らなかった。怜の祖父の葬式で、駆け落ちの学生結婚だったという怜の両親の顔だけは見た徹だったが、怜が育った家庭や家族の様子など、詳しいことは何一つ知らなかった。怜と親しい友人の名前一つ、徹には挙げられない。

『そんなはずない……！　だってこんなに好きなのに……怜のこと、何にも知らないなんて……そんなバカなことって……！』

徹は唇を噛み締めて、食い入るように手の中のマグカップを見つめた。初めて足を踏み入れた怜の領域で、徹は初めて垣間見た見知らぬ怜の横顔に、言い知れぬ不安にとり憑かれていたのだった。

『違う、違う！　俺は知ってる！　俺は怜を……知ってるはずだ……！』

知らないはずがなかった。独りきりの淋しい夜、全世界と引き替えにしても会いたいと願った怜を、徹が知らないはずはなかった。

『怜は、俺の怜は温かくて優しくて、だけど強くて、とっても熱くって……どこまでもどこまでも深く俺を受け入れて包んでくれて……』

徹はあらん限りの怜を思い起こそうとした。

――包み込む優しい眼差し

――抱き締める強い腕

――――甘く淫らな囁き

――――そして受け挿れた灼熱の痛み……

だが、やはり徹は怜を知らなかった。怜が属している世界、過ごしてきた日々、そして何でもないような怜の日常――――そういったものを、徹は少しも知らなかった。

「な、何かヘン……だよね……？　こんな、何にも……俺、怜のこと……」

胸の奥にさざ波のように湧き立つ不安に、徹は喉を詰まらせた。幾千もの小さなさざ波が、今にも大津波となって徹の心を丸ごと飲み込んでしまいそうだった。

「徹、お前、まぁた何かヘンなこと考えてないか？」

怜がマグカップを握り締めたまま震えている徹の腕を摑んで、その手からカップを取り上げた。

「こら、徹？」

怯えたように黙っている徹の両手を、怜はギュッと握ると、その瞳を覗き込むように徹の顔を真正面から見つめた。

「今度は何だ？　何を不安になってるんだよ、お前は？　ん？　一人で心配してないで、ちゃんと俺に言ってみろよ？　何がヘンだって？　俺の何を知らなかったって言うんだ？」

「何にも……俺、怜のこと何にも知らない」

「バァカ、そんなわけないだろぉが！　何にも知らないなんて、お前、よく言うぜ？」

「だ、だって俺……ホントに何にも……」

「じゃ、聞くけど、徹、俺の名前は何ていうんだ？　歳は？　職業は？　俺が愛してるのは誰だ？」

「っそ、そんなのっ……！」

「そんなのじゃないっ！　ちゃんと答えろよ、徹、お前は知ってるはずだろ？　俺が、向井怜がこの世でたった一人だけ愛してるのは、どこのどいつだ？」

両の掌で徹の頬っぺたを挟んだ怜が、徹の額にグリグリっと自分の額をくっつけて言った。

「俺が愛してるチビカメは誰だ？」

「……お……俺……」

「ほぉら、見てみろ、お前、ちゃんとわかってるじゃないか？　そうだよ、俺が愛してるのは徹、お前だよ。それだけわかってりゃ十分だ。それさえわかってれば、徹、他のことなんかイヤでも段々わかるようになるさ。それともナニかよ？　お前、このリビング見て俺に愛想が尽きちゃったとでも言うのかよ？」

「ち、違うよっ！」

「じゃ、いいじゃないか？　徹、お前、さっき公園のベンチで言ってくれただろ？　どんな俺でも好きだって、そう言ってくれただろ？」

「……うん」

小さく頷いた徹に、怜がそっと口づけた。

「好きだよ、徹……これから毎日、少しずつ、お前にいろんな俺を教えてやるよ。だから徹、俺にもいろんなお前を教えてくれ。知る度にきっと、俺はお前のことがもっともっと好きになる……今までの俺達よりも、これからの俺達のほうがずっと長いんだ……そうだろ、徹？　俺達、まだ始まったばっかりだ……」

「怜……」

再び重なってきた怜の唇に、柔らかく唇を吸われて、徹は瞳を閉じた。閉ざされた視界の中で、重ねられた唇の熱い感触だけが、徹に怜の存在をリアルに伝えてくる。

「んぅ、んんぁ……んっ……」

重ねて、吸われて、離れて、追いかけて、吸って、逃げて、囚まえられる。徹は怜の熱い唇に酔った。

「ひっ、ひっ、あぁっ、あっ、あぁんっ……！」

やがて貫かれ突き上げられる鋭い痛みと悦びに、徹は熱く乱れた。灼けつくように痛いのに、躯の奥は勝手に濡れて、どんどん妖しく潤っていく。いっぱいに呑み込んだ怜が淫らな律動を繰り返す度に、徹の後孔は恥ずかしく濡れた音を立てて悶え、ねだるように自ら怜に吸いついて蠢いてしまう。

「やぁ、いやぁ……恥ずかしいっ……！」

激しく攻めたてられて、呑み込んだまま何度となく弾け飛ぶ欲望の飛沫に、徹は激しい羞恥に濡れて狂おしく身悶えた。

「いやっ、いやっ……！　もっ、もう許してっ……！　お願いっ……！　いやだぁあぁっ……！」

「駄目だ、徹……もっと、もっとだ、徹……もっと……くうっ……！」

「――――いやあぁあっ……！」

長くて短い夜の砂時計の砂が、ぴったりと重なり合い、繋ぎ合った二人の熱い軀の狭間から、溶鉱炉に溶ける鉄のように熱く零れだしていった。

――――――……ドタ――――――ンッ！

「うわぁあっ！」

椅子から勢いよく転がり落ちて、徹は一瞬、何が起こったのかまるでわからなかった。

「おい、大丈夫かよ、アンタ？」

「えっ？」

見知らぬ茶髪のキムタクもどきに声をかけられて、そこでやっと徹は自分が大学の入学式に出ていたのを思い出した。だがどうやら式はとっくに終わってしまったようで、講堂には人影もまばらで、徹の周りには既に、隣に座っていたと思われる茶髪のキムタクもどきしかいなくなってしまっていた。

「しっかし、アンタ、式自体に遅れてきて、おまけに座った途端に爆睡だもんな？　起立って言われても一人だけ眠ったまんまってのには感心したぜ？　高校からの持ち上がりの俺だって、ウトウトはしててもさすがに爆睡はできなかったからな？　アンタ、気に入ったぜ！　俺、中田、ヨロシク頼むぜ？」

「は、はぁあ？」

そう言って差しだされたやけに馴れ馴れしいキムタクもどきの手に掴まって立ち上がりながらも、徹は決まりの悪さに赤くなって目を瞬かせるばかりだった。

『チクショウ、怜のせいだ！　怜のヤツ、ホントに俺を一晩中離してくれなかったから……！』

昨夜、初めて泊まった怜のマンションで、徹は怜の予告どおり、四ヵ月後のお尻の心配を実行されてしまったのだった。

――随分と上達したな、徹？　ククク……俺がいない間、どうやって練習してたんだ？　教えろよ、徹、一人でどんな悪戯してたんだ？　前だけじゃなくて後ろでも悪いことして遊んでたんだろ？

徹の耳元を濡らした怜の淫らな囁き。思い出しただけでも、徹は気が遠くなりそうに恥ずかしかった。

『怜のバカ野郎っ！　う、後ろでなんか！　そ、そんなのするわけないじゃないかっ！　クソッ！　たった一晩でこんな恥ずかしい目に遭わされちゃうっていうのに、いっしょになんか住んだら、ホント、どうなっちゃうんだよ、俺の軀は……！』

こうしていても恥ずかしく痺れた後孔の奥が妖しく疼くようで、目の前に立つ男に昨夜の爛れた欲情の名残に気づかれはしないかと、徹は恥ずかしくて居たたまれない気持ちだった。

「で？　アンタ、なんて名前？」

だが当然のごとく、自分と同じ中田と名乗った茶髪の男に、昨夜の徹の痴態が知れるはずもない。それでも徹は無意識に尻を押さえながら、おずおずと男の問いに答えた。

「へぇ、同じ中田か？　そうか、隣同士座ってたんだから学籍番号が続きなんだ？　中田なんてよくある名前だしな？　俺は幸太郎、中田幸太郎ってんだ。お前は？」

「え？　あ、あの、徹だけど……」

「そっか、んじゃ、トオル？　俺達って名前も同じだけど学部も同じだよな？　俺、サボリがちだから、同じ名前のよしみでノートのほうもヨロシク頼むぜ？　その代わり、何かあったら相談にのるからさ？　トオル、地方出身だろ？　これでも俺、結構顔広いから役に立つぜ？　そんじゃ、またな？」

そう言って、やけに馴れ馴れしいキムタクもどき、改め、中田幸太郎は足取りも軽く講堂出口へと姿を消していったのだった。

「な、何か……妙に気やすくってヘンなヤツ……？」

この時にはすっかり呆気にとられてしまった徹だったが、新しく始まった大学生活で、幸太郎という男に気に入られ、知り合いになれたのは、徹にとって何にも増してラッキーな出来事となった。実際、幸太郎は徹が暮らしていた田舎町などでは決してお目にかかれない、いかにも遊び慣れた面白い男だった。

幸太郎は徹のような受験組と違って同列校からの持ち上がりで、受験勉強に縁がなかったせいもあるのだろうが、全てにおいて何とも面白可笑しく、突き抜けたように天真爛漫な性格だった。親が歓楽街にクラブやキャバレー、ラブホテルから風俗産業まで手広く商売をしている家の末っ子三男坊で、親兄弟に甘やかされて育ったせいか、幸太郎は金持ちの坊っちゃんらしく、ちょっと短慮でいい加減だが、なぜか憎めない子供みたいな魅力のある男だった。当然、幸太郎の周りにはいつも男女問わず大勢の友達がいて、どこへ行っても幸太郎は騒ぎの中心だった。実際、幸太郎が一声かければ、すぐに三十人からの男や女が顔を揃えるほど、幸太郎は大の人気者だった。

――――よっ、トオル、今度、看護学校の女の子と合コンやるんだけどお前も来ないか？

そんな幸太郎が気やすく徹に声をかけ、何かと徹を誘うので、自然、徹の周りにも大勢の男や女が集まってきては話をしていく。入学して一ヵ月もすると、徹は自分でも呆れるほど大勢の人と知り合いになっていた。もちろん友達と呼ぶには浅すぎる関わり合いではあるのだが、それでも徹は楽しかった。

『ここでは誰も、俺が親に捨てられたとか、餓死しかけたなんて知らないんだ……』

実際、学校で知り合う誰もが明るく、徹に好意的だった。誰も徹の過去や、触れられたくない傷には爪を立てようとしない。たとえそれが都会の無関心からくる上辺だけの優しさだったとしても、これまで散々田舎町の噂話と好奇の目に傷つけられてきた徹には、しみじみ嬉しく感じられるのだった。

——徹、お前、学校と俺とホントはどっちが好きなんだ？　もしかして、その幸太郎ってヤツと浮気なんかしてないだろうな？

この頃ではあまりに楽しそうな徹の様子に、怜が冗談混じりに問い詰めてため息をつくほど、徹は新しい生活にすっかり馴染んでいた。

「後はアルバイトだけなんだよなぁ……」

そんな徹にとって、当面の悩みは都合のよいアルバイト先が見つからないことだけだった。市販の求人誌はもちろん、学内の掲示板に出される求人広告などにも必ずチェックを入れているにもかかわらず、徹はいまだに自分の都合に合ったアルバイトの口を見つけられないでいた。

「よっ、トオル！　何だ、お前、まだバイト探してるのかよ？」

掲示板の前でため息をつく徹に声をかけてきたのは、いつもながら軽いノリの幸太郎だった。

「えっ？　う、うん……ないんだよ、なかなか……ちょっといいなって思っても、申し込みに行ったら、もう決まっちゃってるのばっかりでさ？　一日でも早く見つけたいんだけど、困っちゃうよ……」

「ふーん？　まぁ、掲示板に出る頃には要領のいいヤツが情報押さえちゃってるからな？　それにトオルは授業はサボりたくないんだろ？　そんなの真面目に待ってたら、一生バイトなんか見つからないぜ？」

「えっ、そうなの？」

「決まってんだろ？　ちぇっ、トオルって要領悪そうだもんな？　そうだ、お前、俺んとこでバイトするか？　仕事は夜だから学校には関係ないし、親父か兄貴に頼んで時給がいいヤツ、紹介するぜ？」

「で、でも幸太郎の家のっていったら……」

「ああ、大丈夫、大丈夫、別にお前に風俗嬢やキャバレーのホステスになれってんじゃないからさ？　あいう店って、結構仕事が多くていつも人手不足なんだよ。お前さえやる気なら、俺が頼んでヤバくない仕事、ちゃんと回してもらうからさ？　気が向いたら声かけてくれよな？　待ってるぜ！」

「う、うん……」

　全然オッケー、とばかり幸太郎に肩を叩かれたものの、徹には中々決心がつかなかった。もちろん姉の早紀がスナックをやっているくらいだから、徹に水商売に対する偏見はない。それに今時、そういった業種に学生アルバイトも珍しくないだろう。

『けどやっぱ、姉ちゃんは怒るよなぁ……それに怜だって、あんまりいい顔はしないだろうし……』

　徹としては、自分を心配してくれる早紀や怜のためにも、できれば喫茶店のウェイターとかスーパーのレジ打ちとか、体力にはあまり自信はないが、宅急便の配達係などの、いわゆる学生らしいアルバイトを探していた。だがやはり、背に腹は代えられない。ゴールデンウィークを目前に、もう手遅れかもしれない、と思いつつも徹はとうとう幸太郎に泣きついたのだった。

「おっ、やっと決心ついたのか？　オッケー、じゃ、親父に頼んどくから、そうだな？　仕事は多分休み明けからになると思うから、また連絡するわ」

だが意外にも幸太郎は二つ返事で徹の頼みを請け合ってくれた。

「うん、ありがとう！　俺、一生懸命やるよ。でも、できるだけ地味な仕事を頼むね？」

「ああ、わかってるって！　トオルにぴったりなの探してやるよ！」

いつものように軽快な足取りで去っていく幸太郎の後ろ姿に若干の不安を残しつつも、これで少しは安心してゴールデンウィークを迎えられる、と徹は胸を撫で下ろしていた。というのも、徹はこの連休に怜の横浜の実家へ招待されていて、それでなくてもどうも落ち着かない毎日を送っていたのだった。

――徹、どうせ連休は学校も休みなんだろ？　俺も前半二日間だけは休みを確保したから、この機会に俺の横浜の実家へ遊びにこいよ？　ビックリするような話を教えてやるからさ？

寝物語に囁かれた、怜のビックリするような話、というのが引っかかるのもあるが、やはり徹は怜の育った家を訪れるのに抑えきれない不安を感じていた。怜のマンションを訪れただけでも、様々なショックが徹を襲ったのだ。怜の実家には、それ以上の衝撃が徹を待ち受けていないとも限らない。

『心配だなぁ……怜の親の家になんて、ホントに俺なんかが遊びに行っても大丈夫なのかなぁ？』

だがそんな徹の不安を和らげてくれるものが一つだけあった。それは徹が怜の祖父の葬儀の時に一度だけ会った、怜の母親の優しくも温かい微笑みだった。

『そうだ、だけど怜の横浜の家へ行ったら、あのきれいなお母さんにまた会えるんだ。そしたら怜のお母さん、あの時みたいに優しく笑ってくれるかな？　今度はお葬式じゃないから、あの時よりもっとたくさん笑ってくれるかな……？　笑ってくれるといいなぁ……』

葬儀の時に見た怜の母親の微笑みを思い出す時、徹は不思議と日向に寝そべる子猫のように穏やかで幸せな気持ちになれるのだった。安心と温もり――怜の母親の微笑みには、怜が徹に与えてくれるものとよく似た、だが微妙に違う何かが存在していた。それは徹にとって、胸の奥をくすぐられる甘やかで密かな憧れだった。

『あのお母さんの笑顔がまた見られるんだったら……』

不安と心配に震える徹の胸に、怜の母親の微笑みだけが、暖かい春を告げる雪割り草のように白く小さな希望の花を可憐に咲かせていたのだった。

連休の初日は、よく晴れ渡った絶好の行楽日和となった。横浜の怜の実家へ向かう道中、徹は怜が運転する車の助手席の窓から、通り過ぎていく麗らかな春の風景を十分に満喫して楽しんだ。春の空には雲一つなく、徹の休日の滑りだしは空模様と同じく、とりあえずは何とも閑かで順調そのものだった。

「さぁ、着いたぜ、徹？」

だが怜に促されて目的地に降り立った徹の心境は、春の麗らどころか厳冬の吹雪よりも凍えて、すっかり怖じけづいてしまっていた。

「ね、ねぇ、怜……ここが怜の家なの……？」

徹は足が竦んでしまった。閑静な住宅地の中ほど、白壁に囲まれたその家は、徹が知っているいわゆる一軒家とは、まるで規模が違っているのだ。

『ち、違いすぎる……やっぱり怜とは俺、住んでる世界が違いすぎてる……』

向井、と立派な表札がかかった高い門柱。門から玄関まで続く玉砂利を敷き詰めた長い沿道。手入れの行き届いた数々の庭木と緑の芝生。そしてそれらの奥にようやく姿を現した、正にお屋敷という言葉を具現化したような尖塔のある古い洋館は、徹の足を竦ませるのに十分すぎる威圧感に溢れていた。

「どうした、徹？　何固まってるんだよ？」

「あ、怜……俺、やっぱり帰る。帰りたいよ、俺……」

「ええっ？　おいおい、ここまで来て何言いだすんだよ、お前は？」

「だ、だって、怜の家がこんな大きなお屋敷だったなんて、俺……」

「ハハハ、お屋敷だなんてよしてくれよ！　こんなのデカいだけが取り柄の、ただのボロ家だぜ？　何しろヒイ爺さんが百年も前に建てたまんまの家だからな？　今じゃ中身はガタガタで、建て替えたいのは山々だけど、先立つモノがないってのが俺ん家の実情なんだからさ？」

尻込みする徹に、怜は笑いながら肩を竦めてみせた。だがそれでも徹は動けなかった。怜が何と言おうと、現実に徹の目の前には立派なお屋敷がそびえ建っているのだ。重々しい玄関扉を開ければ、怜のマンションを訪れた時よりも数段激しいショックが、徹を襲うに違いなかった。

怜とは育ちが違う――――それは何となく徹にもわかっていた。三代続く都会の開業医の一人息子である怜が、徹と同じはずはなかった。

『そうだよ、怜は俺とは違う！　怜はこんな大きな家に生まれて、あのきれいなお母さんに大事に育てられたんだ！　俺の周りには、怜のお母さんみたいに笑う人はいない！　あんな風に温ったかい微笑みを浮かべる人はいないんだ！　俺は怜と違いすぎてる！』

怜の母親が葬儀の席で見せた、あの温かい春の木漏れ日のような穏やかで優しい微笑み。あの徹を魅了した何ともいえない温かな微笑みは、徹を育ててくれた姉の早紀にはないものだった。

『姉ちゃんはあんな風には笑わない！　笑えないんだ！　だって姉ちゃんは……！』

徹は上京する自分を見送った早紀の淋しそうな瞳の色を思い出していた。早紀の瞳の奥に揺らめいていたのは哀しみだった。勝ち気で、外見は華やかに美しい早紀もまた、自分と同じように心の底にはいつも拭いきれない哀しみと淋しさを抱えているのを、徹は知っていた。

『ダメだ、やっぱり俺はあのお母さんには会えない！　こんな大きなお屋敷、俺にはダメだ……！』

早紀や自分の境遇を恥じているわけではなかった。だがこうして大きく立派な怜の生家を実際に目の前にしていると、単なる貧富の差や家庭環境の差だけではない、何かもっと奥深い違いを、徹は怜との間に感じずにはいられなかった。引け目――――徹は今、はっきりとそれを自覚し始めていたのだった。

「や、やっぱりまた今度にする！　あ、あの、大丈夫、俺一人でもちゃんと帰れるから、怜だけ……」

言いながら、思わず一歩、徹は後ずさった。正体の見えない敵に怯えて、徹の全身が悲鳴を上げて逃げを打っていた。だがもちろん、怜にそんな徹の気持ちがわかるはずもない。

「何バカなこと言ってんだよ！　ウダウダ言ってないで、さっさと入るぞ、ほら？」

「やっ、やだっ……！」

いやがるのを構わず強引な怜の腕に玄関扉の中へ押し込まれて、徹は恐怖感にも似た思いに軀中を萎縮させて身構えた。

「わぁ――い！　パパだぁっ！　お帰りぃっ！」

だがいきなりの衝撃に襲われたのは徹ではなく、至って呑気に構えていた怜のほうだった。玄関を入った途端、怜はまるで弾丸のように飛びだしてきた幼稚園児ぐらいの小さな男の子に体当たりに飛びつかれてしまったのだった。

「う、汐《うしお》っ！」

「パパ、パパ、パパァ！」

「あぁ、ビックリしたぜ、ったく、いきなりの大歓迎だな？　ハハハ、元気にしてたか、汐？」

「うん、元気、元気ぃ！　パパも元気だったぁ？」

「ああ、元気だぜ？　但しパパの元気は汐の半分くらいだけどな？」

慣れた風に男の子を腕に抱き上げて笑っている怜に、徹はポカンと口を開けたまま固まってしまった。

『パ、パパ……？　今、パパって……怜、そう言った……？』

徹の目は、怜の腕の中にいる男の子の顔に釘づけになった。男の子の顔立ちが、あまりにも怜のそれと似通っているのだ。そう、まるで本当の親子のように。

『そ、そんな……だ、だけどこの子の顔は……！』

徹の全身から血の気が引いていく。さっきまで徹の心をがんじがらめに縛り、怯えさせていた怜に対する引け目など、もう百億光年の彼方に吹き飛んでしまっていた。目の前に突きつけられた新たな衝撃に、徹は気を失ってしまいそうだった。

「こらこら、暴れるなったら、ったく、元気だなぁ、汐は？　お前、また大きくなったんじゃないか？」

「うん、ヒヨコ組でボクが一番おっきいんだよ？　駆けっこもボクが一番速いの！」

「そうか、そうか、凄いな、汐は？　足が速いのは俺に似たんだぞ？　お前のママは、駆けっこではいっつもビリだったからな？」

だが卒倒しそうになっている徹をよそに、怜はまるで久しぶりに会った我が子にするように、腕の中の男の子を抱き締めて、笑いながらその話に相槌を打ってやったりしている。もう限界だった。今にも気絶して引っ繰り返るか、或いはこの場を逃げだしてしまおうとする自分の軀を叱りつけて、徹は引きつった声で怜に尋ねた。

「あ、怜……こ、この子……この子って怜の……この子のママって怜の……」

「えっ？」

「俺をビックリさせるって、この子のことだったの？　怜は……もしかしてそういうことだったの？」

顔面蒼白になって唇を震わせている徹に、怜は一瞬、キョトンとして首を傾げたが、大きく揺らぎ始めた徹の黒い瞳に、やっとことの重大さに気がついた。

「ち、違う、徹！　何勘違いしてるんだよ、汐は俺の子じゃないよ！」

慌てて腕に抱き上げていた汐を下ろそうとした怜だったが、汐は久しぶりに会った怜の首にかじりついて離そうとしない。徹は汐を抱く怜を睨んだまま、ジリジリと後退していく。

「おい、待てよ、徹、違うって言ってるだろ？　お袋っ！　樹《いつき》っ！　誰かいないのかよ、おーいっ！」

助けを求めるように家の中に向かって怒鳴りながら、怜は片手で汐を抱いたまま、もう片方の手で逃げだそうとする徹の腕を必死に掴んだ。だが捕まえた徹は、今にも泣きだしそうに瞳を潤ませている。それなのに腕の中の汐が無邪気に、パパ、パパ、を連発するのに、怜はすっかり参ってしまった。

「ママァ、比佐子ママァ、パパが帰ってきたよぉ！」

「こら、汐、パパじゃないだろ？　おい、徹、違うんだからな？　おい、早く来てくれったら、お袋！」

「なぁに、アーちゃんなの？　騒がしい人ねぇ、何を玄関先で大声出してるの？」

怜の呼び声に、奥から淡いブルー地に花柄のプリントのワンピースを着て、少女のように長く肩に垂らした髪を濃紺のリボンのカチューシャで留めた怜の母親の比佐子《ひさこ》が姿を現した。

『うわぁ……』

そのボッティチェリの春を思わせるような柔らかく美しい比佐子の姿に、徹は声にならない感嘆の声を上げた。徹の記憶に残る黒い喪服姿だった時と違って、今日の比佐子は一段と少女めいて可憐で、全身に春の優しい息吹を纏っているかのようだった。その独特の柔らかい雰囲気に、徹は一瞬、怜とその腕の中にいる汐への強ばった感情さえ忘れてしまったほどだ。

「あらぁ、ウーちゃん、パパに抱っこしてもらってるの、いいわねぇ？」

「お袋まで、そんな誤解を招くようなこと言わないでくれったら！　徹がビックリしてるじゃないか！」

「まぁ、徹ちゃん、よく来てくれたわ！　朝からずっと待ってたのよ？　さぁ、上がってちょうだい！」

「あ、あの、でも……？」

「ああ、いいのよ、アーちゃんはウーちゃんに任せておけば！　ねぇ、ウーちゃんも久しぶりにパパといっしょに遊びたいもんねぇ？」

「うん！　ボク、パパと遊びたぁい！」

「こら、汐！　いや、後で遊んでやるけど……おい、待てよ、お袋！　徹の誤解を深めるようなこと言ってどうすんだよ！　ったく！」

「もう、アーちゃんてばうるさいわねぇ？　徹ちゃんは今日はわたしのお客さんなんだから、アーちゃんは黙ってウーちゃんと遊んでなさい！　さぁさ、徹ちゃん、いいから上がって上がって！」

「は、あぁ……」

汐を腕に何事か弁明しようとしている怜に心を残しながらも、徹は嬉々として自分の腕をとるにこやかな比佐子の微笑みに、そのままズルズルと家の中へと引きずり込まれてしまった。比佐子の春の陽だまりのような満面の笑みには、徹を無条件に降伏させ素直にその意に従わせる不思議な力があるのだった。

「お、おい、待てよ、お袋っ！　徹もっ！　誤解なんだったら！」

玄関先に汐と二人とり残された怜が、慌てて比佐子と徹の後を追ったのは、もちろん言うまでもない。

「な、何だ、汐くんは怜の子供じゃなかったんだ……」

通された明るい南向きの応接間に座らされた徹は、怜の説明に赤くなって俯いた。あまりにも短絡的な早とちりをしてしまった自分が、徹は恥ずかしかった。

「まったく、俺に隠し子なんかいるわけないだろぉが？」

説明を終えた怜は、徹の隣にどっかとばかり腰を下ろして、ヤレヤレといった風だ。

汐は怜の父親の一番上の姉の娘で、怜の従妹にあたる樹が産んだ子供だった。後で怜が更に詳しく教えてくれて徹は知ったのだが、樹は実は未婚の母で、怜の家にやっかいになっているのも、樹が未婚のまま汐を産んだために実家から勘当されたからだ。汐が怜を、パパ、と呼ぶのも、父親のいない汐のために、怜が幼稚園の運動会など行事の度に、汐の父親役を引き受けているからだった。

「あら、だけどアーちゃんに隠し子なんて、いかにもって感じで笑えるわよ？　ねぇ、比佐子ママ？」

「うふふ、ホントよね、イーちゃん？　それでなくてもウーちゃんはアーちゃんにそっくりだものね？」

だが怜をアーちゃんと呼ぶこの家の女達には、怜が力説するほどには怜の素行に信用がないらしい。短く切り揃えたヘアスタイルがとてもよく似合う少年のような樹と、相変わらず少女然とした比佐子は、姪と叔母というよりは姉妹のように仲良く互いに頷き合って、徹の誤解はもっともだ、と言い合っている。

「ったく、冗談じゃないぜ、二人とも……」

「うふふ、でもアーちゃん、徹くんが男の子でよかったわよね？　だってこれが徹くんじゃなくて、アーちゃんの彼女だったら、玄関先で即破談になっちゃって、そんなことになったら、アタシとウーちゃんの責任は重大よね？　これからはアーちゃんの恋愛をブチ壊しにしないように気をつけなくちゃね？」

「えっ？　う、うん……ま、まぁな……？」

何も知らずに屈託なく笑う樹にそう言われて、怜は困ったように傍らに座る徹に視線を送った。徹は少し赤くなって、テーブルの上に置かれた薔薇色のティーカップとケーキ皿に目を落とした。さすがに樹に向かって、実はもう既にブチ壊されそうになったのだ、とは怜にも徹にも言えなかった。

「だけどホントに隠し子の一人もいてくれたらいいのに……ねぇ、アーちゃん、この間のお見合い写真どうだった？　とっても可愛いお嬢さんだったでしょう？　会うだけでも会ってみましょうよ、ねっ？」

ところがやっと波立ちの消えた徹の気持ちに、今度は比佐子が特大の石を投げ込んできた。

「お、お見合い？」

徹は目をパチクリさせて比佐子の顔を、それから怜の顔を見上げた。怜は憮然とした顔をしている。

「ウフフ、まぁた比佐子ママのアーちゃんへのお見合い攻撃が始まったわね？　ねぇ、徹くん、比佐子ママの趣味はアーちゃんにお見合いさせることなのよ？　もうアーちゃんがこの家に帰ってくる度にお見合い写真の束を抱えて、逃げるアーちゃんを追っかけまわすのよ、ねぇ、ウーちゃん？」

「うん、追っかけまわすの！」

クスクス笑う樹に応えて、その膝の上でケーキを食べていた汐も大きな声で同調した。

「まぁ、イーちゃんもウーちゃんも酷いわ！　アーちゃんのお見合いは別にわたしの趣味なんかじゃないわよ。ただわたしはアーちゃんに早くお嫁さんをもらってほしいだけよ。アーちゃんが結婚してくれるんなら、お見合いじゃなくて恋愛だって大歓迎なんだから。それなのにアーちゃんてば、ちっともその気になってくれないんですもの。前はあんなにたくさん女の子達を連れてきてたのに、アメリカの大学から帰ってきてからはさっぱりでしょう？　心配するのは当たり前じゃないの！」

「ちぇっ、お節介はよしてくれよ？　だいたい俺は結婚する気なんかないんだって、何度言ったらわかるんだよ、お袋？　今のまんまで俺は十分に幸せなんだから、心配なんて大きなお世話なんだよ」

「何が大きなお世話なもんですか！　アーちゃんだってもう二十六でしょう？　だいたい尚人パパがアーちゃんの歳にはアーちゃん、小学校の二年生だったのよ？」

「親父と俺は違うんだよ。だいたい十八で親父ってほうがどうかしてるんだって」

冗談じゃないぜ、と怜は肩を竦めて比佐子に笑ってみせた。

「まぁ、尚人パパは十八だって立派にアーちゃんのパパだったわよ！　ねぇ、アーちゃん、このお嬢さんはどうかしら？　幼稚園の先生で、とぉっても子供好きなんですってよ？　この人だったらきっと、アーちゃんの子供をいっぱい産んでくれるわ。そしたら……」

「お袋っ！」

突然、それまで笑いながら話をはぐらかしていた怜が、ピシャリと怒鳴って比佐子を遮った。

「もう見合いの話はここまでだ、お袋！　だいたい今時の女、いくら子供好きだって、五人も六人も子供なんか産むもんか！　そのくらいのこと、いい加減お袋にだってわかってるだろうっ！」

「ア、アーちゃん……」

いつになく癇性で刺々しい怜の物言いに、怒鳴られた比佐子はもちろん、徹までもがビックリしてしまった。いつも優しく、少し冷めた印象を持たれかねないほど何事にも鷹揚な怜が、今はひどく苛立って神経をピリピリさせている。こんな怜を見るのは、徹も初めてだった。だが激しく噴き上げたかに見えた怜の怒りは、まるで間欠泉の終わりのように一瞬にして姿を消してしまった。

「――なんてね？　ゴメンゴメン、ちょっと言いすぎたかな？　だけどお袋、とりあえず見合いの話はやめようよ？　だいたい今日は徹が主役だろ？　ほら、せっかく来てもらったのに、徹はビックリさせられるばっかで、ちっとも楽しくないよな？」

「えっ？　あ、あの、俺……？」

突然、話をふられ、怜に肩を叩かれた徹は、ドギマギと怜の顔を見上げた。だがそこには既にいつもの優しい怜の顔があるばかりだ。まるでさっきの激しさが嘘のように消えてしまっている。

「そ、そうよね？　ごめんなさいね、徹ちゃん、せっかく来てもらったのに……あらあら、お茶が冷めちゃったわね？　淹れなおすわね？　ああ、ケーキもまだあるのよ、お代わりしてね？」

強ばっていた比佐子の顔にも、穏やかさと温かい微笑みが戻ってきて、徹はホッとした。

「ああ、でも嬉しいわ、徹ちゃんが遊びに来てくれて！　わたしのほうの親戚がこの家に来たなんて、お嫁に来てから徹ちゃんが初めてなんですもの！」

「えっ？　し、親戚って……あ、あの、俺は……？」

だが緊張が解かれたのも束の間、突然、見当外れなことを言いだした比佐子に、徹は再びビックリ仰天させられてしまった。おまけに驚いている徹を尻目に、比佐子は実に無邪気で屈託なく、まるで新しい玩具を買ってもらった子供のように喜んでいるのだ。徹は訳がわからず、助けを求めるように傍らの怜を見上げた。怜のほうも、そんな徹の視線に、そうそう、と身を乗りだしてきた。

「そうなんだよ、徹、実はお前をビックリさせるっていうのはこれなんだ。つまり、お袋の実家の藪下医院へ嫁に行った俺のばあさんっていうのが、お前のおばあさんと姉妹でさ？　わかるかな？　お袋と中田のお母さんは従姉妹同士で、つまり俺達は従姉妹同士の子供同士なんだ。平たくいえば、まぁ、親戚になるんだよ。ほら、こんな風にさ？」

怜が紙と鉛筆で簡単な家系図を書いてみせた。徹は、ああ、と納得したが、それでも徹は姉の早紀とは腹違いだから、正確には比佐子にも怜にも親戚筋なのは早紀だけで、徹は無関係だった。そのことを目で訴えた徹に、怜は首を軽く振って、黙っていろ、と笑っただけだった。

「そうなのよ、徹ちゃん、わたしは十六で尚人パパと駆け落ちしちゃったでしょう？　実家のお母さんは早くに亡くなっちゃってたし、一人娘で兄弟はいないし、おまけにお父さんはあのとおりの頑固者だったから、勘当されちゃったきり、ずぅっと自分のほうの身内には縁がなかったのよ。それがお葬式の後で藪下の家から持ってきた古いアルバムを見てるうちに思い出したの。元々親戚は少なかったけど、美智子お姉さんっていう従姉がいたって……ああ、そうだ、徹ちゃんにも見せてあげるわね？」

そう言って、比佐子が持ってきた古いアルバムのセピア色の写真に、徹は胸を詰まらせた。

「姉ちゃんに……姉ちゃんにソックリだ……」

「やっぱり似てる？　早紀さんとは藪下のお父さんのお葬式で会ったのに、あの時は知らなくて残念だったわ。でも親戚なんですもの、またすぐに会えるわよね？」

その時が楽しみだわ、と屈託なく笑う比佐子に、徹は少し複雑な気持ちで曖昧な笑みを返した。どうやら比佐子の頭の中にはマイナスの情報がまるでインプットされていないようだ。

『ああ、この人は何にも知らないいんだ……』

比佐子の明るい笑顔を見ながら、徹は少しだけ哀しくなった。

「だから徹ちゃんもここを自分の家だと思って、これからもちょくちょく遊びに来てね？　ああ、そうだわ、家の子達はみんな、わたしを比佐子ママって呼ぶの。徹ちゃんもよかったらそう呼んでくれないかしら？　おばさんって呼ばれるより、そのほうがわたしも嬉しいわ」

『マ、ママ……？』

是非そうしてちょうだい、と笑う比佐子に、徹は目を丸くしたきり声も出せなかった。

ママ――この時、徹の脳裏を掠めたのは、父の女だった遥子の真っ赤な口紅の色だった。母のない徹が初めてママと呼んだ女。打算に塗《まみ》れた偽の優しさで徹を騙した女。徹が餓死しそうになるきっかけを作った若く美しい女。あの女もよく声を上げて笑っていた、と徹は思った。ケラケラと崩れたように笑っていた遥子の赤い唇は、だが今、徹の目の前に優しく微笑む比佐子の薄紅色の唇とは似ても似つかないものだった。

『ああ、ママって、きっとこういう人のことをいうんだ……』

徹は胸の奥が熱くなった。比佐子の温かい微笑みを思い出す度、自分の胸に去来した甘やかな憧れの正体を、徹は垣間見たような気がした。

「ハハハ、決まりだな、徹？　この比佐子ママは親戚の子は誰でもみんな自分の子供にしちまうんだ。まったくいい歳して、おめでたい万年少女だよな？　まぁ、これも運命だと思って諦めてくれよ、なっ？」

「まぁ、アーちゃん、おめでたい万年少女なんて失礼な子ね！　ルーちゃんがホントにそう思っちゃったらどうしてくれるのよ！」

「ハハハ、徹はルーちゃんに決定か？　こりゃ、いよいよ諦めろよ、徹？　お袋は自分の子って決めた子はみんなそうやって呼ぶんだ。怜がアーちゃんで樹がイーちゃん、汐がウーちゃんってね？　けどルーちゃんはよかったな、お袋？　俺はてっきりトーちゃんになるのかと思ってたぜ？」

「まぁ、だってトーちゃんなんてオジサンみたいで可愛くないじゃないの？　ねぇ、ルーちゃん？」

すっかり気に入ったルーちゃんという呼び名を連呼する比佐子に、徹は赤くなって小さく頷いた。たとえそれが子供じみた比佐子の少女趣味からくる思いつきなだけだったとしても、徹は比佐子をママと呼べるなら、そして比佐子から子供だと思ってもらえるなら本望だと思った。

――ルーちゃん……

比佐子の薄紅色の唇がそう呼ぶ度に、徹の心は人知れず熱く震えて安らいだのだった。そして、その幸せな安らぎがどんなに儚く危ういものであるのかを、比佐子や怜はもちろん、この時、徹自身もまったく自覚していなかったのだった。

徹にとって、緊張と不安から始まった一日は、比佐子の微笑みと薄紅色の唇によって一気に訪れた幸せな安らぎに締め括られようとしていた。

――それじゃルーちゃん、どうせ明日はお休みなんだし、遠慮しないでゆっくりお寝坊してね？

だが広い客間に敷いてもらったフカフカの客布団に、パジャマ代わりに貸してもらったパリッと糊のきいた浴衣に袖を通して潜り込んでも、徹は昼間の興奮から、なかなか寝つけずにいた。

『比佐子ママ……かぁ……』

比佐子の優しい微笑み。徹の皿に料理を取り分けてくれた比佐子の白い指先。そして徹をルーちゃんと呼ぶ比佐子の甘やかな声音。眠れない徹の目蓋の裏を掠めていくのは比佐子の残像ばかりだ。徹は閉じた目蓋の裏に、記憶した比佐子の全てを何度も何度も再生しては甘い歓びに浸っていた。だがそんな徹の幸せな不眠につけ入るように、豆電球一つきりの薄暗い客間に、ふとどきな闖入者が現れた。

「徹、徹、おい、もう寝ちゃったか、徹？」

「あ、怜……？」

足音を消して忍び入ってきた怜に、徹は目を白黒させて布団に起き上がった。イヤな予感がした。まさか、とは思ったが、徹は目の前に立つ怜に、無意識に身構えていた。

「何だ、ちゃんと起きてたか。寝込みを襲ってやろうと思ったのに残念だったな?」

「ま、まさか怜っ! ちょ、ちょっと、やめろったら! 冗談じゃないよ、こんなとこでっ!」

だがやはり、徹のまさかは本当になってしまった。徹は比佐子が敷いてくれた布団に押し倒されて、呆気なく怜に組み敷かれて膝を割られてしまったのだ。

「こらこら暴れるなって、ふーん? 浴衣ってのはまた、いつもと違って刺激的だな?」

「や、やめろったら、怜! 今夜は絶対、絶対、死んでも絶対にダメだったら!」

裾から侵入してきた怜の手に下着の上から触れられて、徹は逃れようと必死になって身を捩った。

「何でだよ? この頃はだいぶ慣れてきて、もうそんなに痛くないんだろ?」

「い、痛い、痛いよ! 今だってメチャクチャ痛いよっ!」

「ウソつけ、痛いのは最初だけだろ? こら、あんまり暴れると浴衣の帯で縛って猿轡を嚙ませるぞ?」

言うが早いか、徹の浴衣の帯がシュルッという音とともに引き抜かれて、徹は今度こそすっかり目を丸くしてパニックに陥ってしまった。結果として、怜には毎度かなり恥ずかしい経験を強いられる徹だったが、さすがに縛られたり猿轡を嚙まされたりといったSMまがいを要求されたことはまだ一度もなかった。

「いやだよ、怜! やめてったら!」

一つに束ねて押さえ込まれた両手首に帯が巻きつけられて、徹は泣きそうになって懇願した。縛られるのも恐かったが、徹は比佐子が眠る同じ屋根の下で、怜に抱かれるのがいやだった。比佐子が敷いてくれた清潔な客布団を、恥ずかしい欲望の飛沫で汚したくなかったのだ。

「ああ、わかったわかった、冗談だよ、そんなマジでいやがるなよ？」

だが徹の心配をよそに、怜は意外なほどあっさりと徹の手首から巻きつけていた帯を解くと、浴衣の前をきちんと合わせ直してくれた。徹はすっかり面食らってしまって、口をパクパクさせるばかりだ。

「ふふふ、徹とはまだこんな小道具使わなくっても十分新鮮だからな？　こういうの楽しみ方は、もうちょっとマンネリ化してから改めてたっぷり教えてやるよ？　この頃の徹は予想外に覚えがいいから、こういうの仕込んでやったら、案外ヤミツキになったりしてな？」

「ヤ、ヤミツキ……！　しっ、仕込むぅ……！　あ、怜、俺はそっ、そんなっ……！」

「ククク、そんな慌てなくても今はやらないよ。だいたい俺が今夜ここに来たのは、別にこっちだけが目的ってわけじゃなくてだな……ああ、ほら、これ、これをお前に渡しておこうと思ってさ？」

そう言って、怜がポイッとばかり徹の掌の中に放り込んできたものは、銀色に光る鍵だった。

「えっ、な、何……？　く、くれるの、俺に……？」

「ああ、やるよ、俺のマンションの合鍵だ。会う度に渡そうと思っちゃ、忘れてたんだよ。別に明日の朝でもよかったんだけど、思い出した時に渡しておかなきゃ、また忘れちまいそうだったからな？　いっしょに住むのは、まぁ、当分お預けとしても、それ渡しておくから好きな時に俺んとこ来いよ？　時間は不規則でも、一応、毎晩真面目に部屋に帰ってるからさ？　俺が帰るまで、部屋は好きに使っていいし……ああ、但し友達とか連れ込むのは禁止な？」

徹は掌の中に光る銀色の鍵をジッと見つめた。それは早紀と暮らした田舎町の家の鍵を失ってから、徹が初めて手にする家の鍵だった。徹は胸が熱くなった。掌の中にある鍵は、盗難などの事故から身を守るための、学生寮の部屋の鍵とは違っていた。閉めるための鍵ではなく、この鍵は開けるための鍵なのだ。

『ああ、俺は帰れるんだ、この鍵で……俺の場所へ帰れるんだ……』

徹は掌の中に、大事に大事に鍵を握り締めた。手放した田舎町の家を、早紀と並んで見上げた朝に、徹の胸の奥を突き抜けていった淋しい痛み。もうこれで、自分にはどこにも帰る場所がなくなってしまったのだ、という、あの時の心細くて哀しい痛み。今も徹の胸の奥に刺さったままの小さな刺のような、あの朝の胸の痛みが今、掌の中に握り締めた怜の小さな銀の鍵の温もりに、ゆっくりと癒されていく。

「ありがとう、嬉しいよ、怜、すごくすごく、俺……大事にする、大事にするよ、怜……」

「ああ、だけど大事にするだけじゃなくて、ちゃんと使ってくれよな？　俺としては、早く小道具使って楽しめるくらい徹の軀を仕込んでみたいからさ？　だけど、アレだな、徹？　お前が比佐子ママの子供なら、俺は弟にいけないことしちゃってるわけだよな？　今度、やってる最中に、やめて、お兄さま、って言ってみないか？　そしたら気分も――――プハァッ！　こ、こら、徹っ！」

「怜のバカ野郎！　いっぺん死ね！」

結局、満ち足りた歓びで締め括られるはずだった徹の一日は、心温まる銀の合鍵の件まで含めて、すっかりブチ壊しにしてしまった下世話な怜の顔に向かって、思い切り投げつけた枕の一撃で、情けなくも惨めに幕を閉じたのだった。

点滅する蛍光ネオンの洪水。路上に溢れる刺激的な誘い文句。怪しげな客引きと酔って浮かれた男達。淀んだ活気と喧騒が交錯する巨大な歓楽街に、その店は一際派手に婀娜《あだ》な花を咲かせていた。

「こ、幸太郎、ここって……ダメだよ、俺、要領悪いんだ。こんなお店でなんか役に立たないよ……」

連休明け、幸太郎が約束どおり紹介してくれたバイト先に、徹は度胆を抜かれてしまった。

「ああ、大丈夫、大丈夫、『ホット・トリップ』はキャバクラだけど、トオルの仕事はホストやウェイターじゃないからさ？　安心してついてきなって！」

尻込みする徹をグイグイ引っ張って、幸太郎は客でもないのに悪びれもせず、ピンクのネオンが派手な『ホット・トリップ』の正面から店の中へ入っていく。

「いらっしゃ～い！　あら、幸ちゃんじゃない、久しぶりぃ！」

「やだぁ、ホントに幸ちゃんだぁ、元気にしてたぁ？」

幸太郎が店に入った途端、数人のホステスが幸太郎目がけてやってきた。どうやら幸太郎はすっかりこの店の顔馴染みらしい。慣れた風に、よぉ、などと気軽にホステス達と挨拶を交わしている。露出度の激しい扇情的な彼女達の衣装に目のやり場のない徹などとは随分な違いだ。

「あ、ねぇ、今日、店長は？　新しいバイトくんを連れてきたんだけどさ？」

「え～、バイトくんって、このボーヤ？」

「キャァー、かっわいい！　ねぇ、ボク、もしかして高校生？」

「えっ、あ、あの、違いますっ！　大学生です！」

「えー、やだぁ、この子ってば、幸ちゃんの彼女じゃないのぉ？」

「キャァ、ステキィ、幸ちゃんてば、そういう趣味があったんだぁ？」

派手なホステス達に圧倒されて、思わず幸太郎の後ろへ隠れるように身を引いてしまった徹を、ホステス達は一斉にはやし立てた。

「ちぇっ、よしてくれよなぁ？　俺はお姉ちゃん専門だって！　だけどコイツは大事なお友達なんで、みんなコイツのこと苛めないで可愛がってやってくれよな？　頼んだぜ？」

「あぁら、まかしといてぇ！　カオリがウーンと可愛がってあげちゃう！」

そう言ったホステスの一人にいきなりギューッと抱き締められて、徹は目眩がしてきそうだった。

「ハハハ、頼むぜ？　あ、店長、オハヨー！　兄貴に頼んどいた新しいバイト、連れてきたぜ？」

「おはようございます。ええ、専務から聞いてます。さっそく今日からお願いできるんですね？」

「は、はい！　中田徹です、ヨロシクお願いします！」

奥から現れた店長と呼ばれた四十年配の黒服の男に、徹はペコリと頭を下げた。

「あ、あの、それで……俺は何をするんでしょうか？」

だがヨロシク、とは言ったものの、徹にはこの店で働く自信がまったくなかった。せっかく紹介してくれた幸太郎には悪いが、仕事の内容如何によっては、はじめから断ったほうが店のためにも幸太郎のためにもよさそうだ、と徹は思っていた。だが黒服の店長は徹の心配を予測してか、いかにも人当たりのよい客商売の笑みを浮かべて、大丈夫ですよ、と請け合ってくれた。

「心配しなくても中田くんの仕事はフロアーじゃないから。キミにお願いするのは裏方でね？　ベビーシッターを頼みたいんだよ」

「ベビーシッターって、あの……子守ってことですか……？」

店長の意外な言葉に、徹はビックリしてしまった。このド派手で猥雑なキャバクラの雰囲気と、子守という、いかにも家事労働的なイメージとがどうにもミスマッチで、徹の中でうまく重ならないのだ。

「ハハハ、意外かい？　だけど店の女の子の中には子持ちの娘も結構いてね？　夜間保育に預けてる娘もいるけど、空きが中々ないから店の裏に託児室があるんだ。とはいっても、連休前に子持ちの娘が二人辞めちゃって、今は久美ちゃんとこの達也がいるだけだから、仕事はそんなに大変じゃないと思うよ？」

「は、はぁ……」

店長の説明に、徹は半信半疑頷いた。要するに徹のこの店での仕事は、久美というホステスの五歳になる息子の子守ということらしい。

「じゃ、店長、コイツのことヨロシク頼むぜ？　徹も、頑張れよな？」

「う、うん、ありがと、幸太郎」

幸太郎が店を後にすると、ホステス達はフロアーへ散り、店内は一斉に営業体制に戻っていった。

「じゃ、中田くん、裏はこっちだから。キミのバイト時間は十二時までで、久美ちゃんの上がり時間はもっと遅いから、それまでにキミは達也をうまく寝かしつけたら、それで上がっていいからね。達也は聞き分けのいい子だから心配ないとは思うけど、後はよろしく頼むよ?」

「は、はい……わかりました」

多少の困惑を残したまま、それでも徹は店の裏手にある託児室に向かった。だが託児室、と書かれたボール紙が貼ってあるだけのその部屋は、託児室とは名ばかりの、まるで物置のような部屋だった。

「う、うわぁ……これって……」

ドアを開けた徹の鼻先をツンとすえた臭いが掠めていく。ろくに掃除もしていないだろうことが一目でわかる薄暗い部屋の中には、子供の粗相と放置されたコンビニの弁当殻などから漂う悪臭が満ちていた。そして部屋の端っこ、古い十四インチの映りの悪いテレビの前に、その子はいた。膝を抱えて、ただジィーッと歪んだ画面のアニメーションに見入っている瘦せっぽっちの男の子が、徹が面倒を見るように言われた達也という五歳の男の子だった。

「えっと……あの、達也くん?」

蹲る達也の傍へ、徹は恐る恐る近づいていった。だが達也はチラリと徹のほうを見ただけで、すぐにテレビ画面に視線を戻してしまった。徹になどまるで興味がないようだ。徹は困ってしまった。弟や妹がいたわけでなし、徹は元々、小さな子供とは縁がないのだ。ここ最近でこのくらいの年頃の子供と関わり合ったといえば、怜のところの汐ぐらいのものだ。だが年頃は同じでも、天真爛漫な汐とは、この達也はだいぶ勝手が違うようだ。戸惑いに、徹は頭を掻いて狭い部屋の中を見回した。

「とりあえず……ちょっと片付けたほうがいいよな……？」

幸太郎から、ヒマな時には本を読んだり課題をやったりしても構わないと聞いていたが、お世辞にもきれい好きとはいえない徹でさえも、さすがにこの悪臭漂う部屋でレポートをする気にはなれなかった。

「あのさ、お兄ちゃんは徹っていうんだけど、達也くんがテレビ見てる間に、ここ片付けるからね？」

聞こえているのかいないのか、定かではない達也をテレビの前に残して、徹はとりあえず掃除道具を借りに部屋を出た。

「へぇ、キミ、掃除までやってくれるのかい？　そりゃ、助かるなぁ、前のバイトはそんなこと全然やってくれなかったからねぇ」

店の人は喜んで徹に掃除道具一式を貸してくれた。徹は大きなビニール袋に部屋中のゴミを片っ端から投げ込み、掃除機をかけ、洗剤をつけた雑巾で何度も床をゴシゴシ拭いた。雑巾はあっという間に真っ黒になって、徹はたった四畳半を掃除するのに、十二時までのバイト時間をすっかり使いきってしまった。

「はぁーあ、やっと終わったぁ……あ、あれ？」

どうにかどこに座っても大丈夫なくらい部屋をきれいにした徹は、テレビを見ているのだとばかり思っていた達也がジィッと自分を見ているのに気がついて驚いた。

「ああ、ゴメン、もう寝る時間だね、達也くん？」

徹が声をかけると、達也は黙ったまま部屋の隅によけてあったタオルケットと枕を引っ張って、コロンと拭いたばかりの床の上に横になってしまった。本当は寝かせる前に何か食べさせるべきだったのかもしれない、と自らの空腹に気づいた徹だったが、タオルケットの中に丸まったきり動く気配のない達也に、徹は諦めて部屋を立ち去ることにした。

「じゃあ……」

だが小さく声をかけた達也のタオルケットが随分と薄汚れているのに、徹の目は釘づけになった。部屋の中があれほど汚れていたのだから、タオルケットがこの程度汚れているのに何の不思議もなかったのだが、徹はなぜかひどく物悲しくて淋しい気持ちに捕らわれてしまっていた。

『ああ、この子は……何だか俺みたいだ……』

なぜそんな風に思うのか徹自身わからなかった。だが徹は今、汚れたタオルケットの中に丸まっている達也という、口もきかない男の子に、不思議なほど激しい親近感を覚えていた。

「お休み、達也！　また明日な？」

丸まっている達也の髪をガシガシっと掻き回してから、徹は電気を消して部屋を後にした。指先に感じた達也の髪はとても柔らかくて、徹は無意識のうちに達也の髪に触れた掌をギュウっと握り締めていた。

それからの徹は、一生懸命に達也の面倒を見た。反応があってもなくても話しかけ、怜が汐にしていたのを真似て達也を抱き上げてみたりした。怜のそれに比べれば至ってぎこちない徹だったが、毎日繰り返し抱き上げては話しかけていると、最初は無反応だった達也も次第に徹に打ち解けた様子を見せるようになってきた。

――達也、お風呂屋さんに行ってみようか？

――達也、ハンバーグ弁当好きか？

――達也、絵本読んでやろうか？

徹はすっかり達也に夢中だった。そのうちに、達也のほうでも徹が託児室に顔を出すと、声を上げて駆け寄ってくるようになった。

『えへへ、達也って可愛いなぁ。お母さんの代わりに、俺がちゃんとお前の面倒見てやるからな……』

達也が笑うと、徹は何だかとても安心できた。そんなわけで、一向に託児室に顔を出そうとしない母親の久美の代わりに、徹はバイト時間を度外視しても、なるべく長く達也の傍にいるように努めていた。

徹はもう二度と、汚れたタオルケットに一人丸まって眠る達也の姿を見たくなかったのだった。


「おい、徹！　正直に言えよ、達也って誰だ？」

そんなある日、徹は怜から厳しく詰問されるはめに陥ってしまった。どうやら行為の後、怜の腕に抱かれて眠りながら、徹は寝言で達也を呼んでいたらしいのだ。

「寝言で男の名前なんて冗談じゃないぜ！　まさかお前、浮気してるんじゃないだろうな？」

もしそうならブッ殺すとばかり怜にきつく睨まれて、徹はとうとう早紀にも怜にも内緒にしていた夜のバイトを白状させられてしまった。

「ったく、何だって隠してるんだよ？　道理でこのとこ週末にしか俺んとこへ来ないと思ってたぜ。やってる最中も何だか上の空だったのは、浮気じゃなくて単なる寝不足だったのかよ？」

呆れたヤツだ、と叱る怜に、徹は困ってしまった。

「だってホントのこと言ったら、怜、心配するだろ？」

「当たり前だ！　いいか、徹、バイトならもう少し選べよ。仕送りが足りないんなら俺が……」

「ダメ！　それは絶対にダメ！　姉ちゃんと約束したんだから、俺は！」

「バカ！　何が約束だ、早紀さんがお前に金のことで俺に頼るなって言ったのは意味が違うだろ？　だいたい、いくら店には出ない子守専門だっていったって、帰りは深夜の盛り場を一人で帰るんだろ？　何かあったらどうするんだよ？」

「何かなんてあるわけないじゃないか！　俺、女じゃないんだよ！」

徹は激しく憤慨したが、こうして怜に抱かれている現状から考えると、それがまるで説得力のない子供の口答えと大差ないのは、徹にもよくわかっていた。実際、深夜のバイト帰りに酔っ払いに絡まれるくらいの目には、既に何度か遭っている徹だった。

「徹、何意地になってるんだよ？　危ないだけじゃなくて、毎晩深夜までするようなバイト、体力的に徹にはきついだろ？　お前、最近、目の下にクマができてるぜ？　バイトで軀壊してちゃ、それこそ本末転倒じゃないか。そんなの早紀さんだって喜ばないだろう？」

怜の言い分はいちいちもっともで、徹はいよいよ困惑してしまった。もし金銭的な問題だけだったなら、徹はすぐにでも怜の言うとおりバイトを辞めるだろう。だが今の徹にとって、『ホット・トリップ』でのバイトは、既に金のためなどではなくなってしまっていた。もし徹がバイトを辞めてしまったら、達也はまた一人ぼっちで汚れたタオルケットに包まれて眠るに違いない。それだけは、徹はどうしてもいやだった。

「ダメだよ、怜……辞められない。どうしてもバイトは辞められないんだ」

「どうしてだよ、徹！　何だってお前は……」

「だって、だって俺がいなけりゃ、達也が可哀相なんだ。達也、あんまり笑わない子で、怜のとこの汐くんと同じくらいなのに、小っちゃくて痩せてて、テレビばっかりボォッと見てて……いっつも高そうなブランド物の子供服着てるのに、爪は真っ黒だし、あんまりお風呂に入れてもらってないみたいだし。久美っていうお母さんがちゃんといるのに、ちっとも面倒見てくれてないんだ。俺が達也をお風呂に入れてやって、ごはん食べさせてやって、絵本読んでやらないとダメなんだ！　ダメなんだよぉ！」

「徹……」

「達也、何だか俺みたいなんだ。どうしてだかわかんないけど、達也見てると、俺、哀しくなるんだ。俺には姉ちゃんがいたから、ちゃんとお風呂にも入れてもらったし、ごはんも食べさせてもらったし、絵本だって読んでもらった。だけど達也は俺がいないと……！　達也は俺なんだ……！」

言い募るうちに、徹は泣きだしてしまった。自分でもどうしてこんなに感情が高ぶってくるのか、徹にもわからない。だが達也のことを考える時、徹はどうしても達也に自分をだぶらせてしまう。とても他人事と割り切った冷静さでなど対応できないのだった。

「ああ、わかったわかった、大丈夫だよ、徹、わかったからそんなに泣くなよ」

怜はしゃくり上げる徹の軀を包み込むように優しく抱き締めてやった。

「わかったよ、徹、そんなにその子が心配なら、気が済むまで面倒見てやっていいよ。もうバイトを辞めろなんて言わないから。だけど徹、これだけは覚えておけよ？　達也って子は徹じゃないんだよ。徹は徹で、達也って子は達也って子なんだ。徹に早紀さんがいたみたいに、その子にもお母さんがいるんなら、徹がそんなに心配しなくても、きっとその子は大丈夫だよ。徹だって、ちゃんと大丈夫だっただろ？　大きくなったら、俺みたいないい男にもめぐりあえたし、ちゃんと幸せだろ？」

少しおどけた口調で囁きながら、何度も優しく頬やこめかみに口づけを繰り返してくれる怜に、高ぶっていた徹の気持ちも少しずつ収まってきた。激しく波立っていた感情が落ち着いてくると、徹は支離滅裂に子供のように泣きだしてしまった自分が恥ずかしくなってきた。

「よしよし、いい子だな、徹？　お前のそういう不器用で優しいとこに、俺は弱いんだよなぁ」

そんな徹の気持ちを察してか、怜はわざと徹をからかうような口調を強めて、その背中をトントンと優しく叩いてくれた。たったそれだけのことなのに、徹は気持ちがグッと楽になって、手の甲でゴシゴシ涙を拭きながら、エヘへ、と笑うことができた。

「ぶ、不器用で悪かったね……ど、どうせ俺はバカだよ」

「ハハハ、ちょっと機嫌直ってきたな？　ついでに言うと、バカなとこも好きだぜ？」

「ちぇっ、怜ってば！」

「ふふふ、すぐ口尖らせて拗ねるとこも可愛くてメッチャ好き！」

自分をからかって笑う怜に益々口を尖らせながらも、徹は本当に自分は怜にめぐりあえて幸せだ、と思った。達也の母親の久美が、自分にとっての早紀ほどに責任と愛情のある保護者であるとは思えなかったが、怜が達也は大丈夫だと言うのなら、本当に大丈夫のような気が徹にもしてきた。徹にとって、やはり怜は何にも優る鎮痛剤であり、限りない心の拠り所なのだった。

「ところで徹、比佐子ママから伝言なんだけど、今度の日曜にデートしようってさ？　空いてるか？」

暫く徹を抱いてふざけていた怜が、不意に思い出したように徹を覗き込んで聞いてきた。徹は突然の怜の申し出に、ちょっとビックリしてしまった。

「ハハハ、デートったって、別にそんなかしこまるほどのもんじゃないよ。買い物の荷物持ちさせられて、その代わりに何かうまいもんでも奢ってもらえばいいだけだよ」

「怜も……怜も行くの？」

「えっ？　ああ、俺はちょっとね……遠慮するよ。だいたいデートってのは二人でするもんだろ？　俺抜きで比佐子ママとたっぷり楽しんできてくれよ？　あれっきり徹が遊びに来ないもんだから、お袋のヤツすっかりヘソ曲げちゃってさ？　まぁ、助けると思って付き合ってやってくれよ？　あの万年少女のお相手は、ちょっと疲れるかもしれないけどさ？」

俺はごめんだ、とクスクス笑う怜に、そんなことないよ、と徹も笑い返した。

日曜日、徹は、俺はごめんだ、と言った怜の気持ちが少しだけわかったような気がした。

——ねぇねぇ、ルーちゃん、今度はあっちのお店を見てみましょうよ！

——疲れちゃったわ！　ルーちゃん、あそこでアイスクリーム食べましょうよ！

——ルーちゃん、赤いのと青いの、どっちがいい？　でもやっぱりピンクが可愛いかしら？

脈絡があるのかないのか、目に入ったものを次々と手にとっては買っていき、買っては前に見たもののほうがやっぱりよかったかしら、と首を傾げる比佐子に、徹はすっかり目を丸くしてしまった。女の買い物といえば、必要な物をよくよく吟味してから買う早紀しか知らない徹にとって、比佐子の行動は何とも突飛で予測がつかなかった。

『比佐子ママって何か……ホントに凄いや……ホントにホントに凄いや！』

比佐子はまるでメリーゴーラウンドのようだった。幼い日、心踊らせて跨がった回転木馬の背。流れるワルツ。瞳をキラキラ輝かせては陽気な笑みを浮かべる比佐子に振り回されながら、徹は次第に、比佐子にグルグル振り回される歓びに、心をマヒさせていった。

「きゃぁ、可愛い！　絶対ルーちゃんにはここのお店のお洋服が似合うと思ってたのよ！」

「あ、あの、でも、これはちょっと……」

徹は鏡に映った自分の姿に赤面してしまった。比佐子に言われるまま、そして店の人に促されるまま徹が袖を通したのは、テディベアのプリントがあまりにも可愛らしい真っ赤なシャツとサスペンダー付きのバミューダ丈のパンツだった。おまけに足元はピンクのソックスにハイカットのスニーカー、肩からはオフホワイトにロゴ入りのサマーセーターを引っかけるという、まるで少女向けのファッション雑誌から抜け出てきたような格好だった。可愛いには可愛いかもしれないが、ただでさえ小柄で華奢な印象の自分がこれでは本当に女の子のようで、徹には鏡の中の自分の姿が正視できなかった。

「ルーちゃん、これにしましょう！　サイズもピッタリだし、このままゴハン食べに行きましょうよ！　ねっ、そうしましょ、着てきたお洋服のほうを包んでもらえばいいわ！」

一人決めして、さっそくバッグからカードを取りだす比佐子に、徹はギョッとした。試着した時に見た値札はシャツ一枚にしても桁違いに高くて、とても徹などには手の出る金額ではなかった。

「ダ、ダメです！　こんな高いもの、俺、困ります！　お返しできません！」

「まぁ、何言ってるのよ、ルーちゃんたら！　ママが子供にお洋服買ってあげて、いったいどこが悪いっていうのよ？　だいたいアーちゃんなんか中学生になったら、もうわたしが買ってあげたものなんか見向きもしなくなっちゃって、つまんないったらないのよ？　それなのにルーちゃんまでそんな哀しいこと言わないでよ？　それともここのお洋服嫌い？　もっと他に欲しいものがあるの？」

「いえ、あの、そうじゃなくって……！」

「じゃあ、これにしましょう！　わたし、一度でいいから、ここのお洋服を誰かに買ってあげたかったのよ！　アーちゃんにはとても無理だし、ウーちゃんじゃ十年先でしょう？　ルーちゃん、とっても似合うからホントに嬉しいわ！　はい、じゃ、これお願いね？」

困っている徹を尻目に、比佐子は嬉々として店員にカードを差しだした。結局、徹は上から下まで一式を比佐子に買い揃えてもらい、包んでもらった自分の洋服を抱えて、比佐子の次なる目的地である地中海レストランへ赴いたのだった。

「はい、ルーちゃん、お代わりあげるわね？　ムール貝は好き？　オリーブオイルは大丈夫よね？」

サフランのきいたパエリアや魚介類をふんだんに使った料理の数々を、比佐子は次々と徹の皿に取り分けてくれる。着慣れない可愛らしいテディベアのプリントの赤いシャツに身を包んだ徹は、やはり慣れない過剰な比佐子の好意に気恥ずかしさと戸惑いを覚えながらも、それと同時に目眩がしそうなメリーゴーラウンドの幸福感に酔っていた。

「あら、ルーちゃん、お袖のボタンが取れかけてるわ。やっぱり既製品はボタンつけがダメねぇ。待ってて、今、つけ直してあげるから」

膝のナプキンを横へ押しやると、比佐子はバッグから小さなソーイングセットを取りだして、向かいに座る徹の横へ腰かけた。

「はい、ルーちゃん、チクって刺しちゃうから、動いちゃダメよ？」

比佐子は器用に着たままの徹の袖口のボタンをつけ直していく。徹は緊張した。手首に触れる細い比佐子の白い指先。徹のすぐ目の前には、少し屈み込んだきれいな比佐子の横顔がある。ふわりと香る比佐子の甘く柔らかい匂いに、徹は痺れた。

『ああ、お母さんって……きっとこんな匂いがするんだ……比佐子ママみたいな優しい匂いが……』

不意に、徹は胸の奥がキュンとなった。

『バカだな、俺……俺を産んだ人がこんな匂いのはずないじゃないか……』

徹は今まで、あまり具体的に自分を産んだ母親について考えたことがなかった。水商売をしていたらしいとか、二十歳そこそこの若い女だったらしいとか、断片的な情報は外からもたらされていても、臍の緒も取れないうちに捨てられた徹には、母親の生の記憶というものが一つもなかった。ロクでなしの父親が蒸発してしまった今となっては、徹は女の名前さえ知らないのだった。

『俺を産んだ人は……いったいどんな匂いがしたんだろう……?』

目も開かぬ赤ん坊であったかもしれないが、徹は女の腕に抱かれて女の匂いを嗅いだはずだった。その時の記憶が、どこか脳の奥の奥の錆ついた引き出しに仕舞い込まれているはずだった。だがいくら探しても、徹にはその引き出しを見つけることができなかった。

『俺は抱かれたりしなかったのかもしれない……その人の匂いなんか、俺は……』

徹を乗せてグルグル回っていたメリーゴーラウンドの回転数が急速に落ちていく。比佐子の甘い香りに包まれながら、徹はなぜか激しく虚しい思いに捕らわれていた。

「さぁ、できたわ。そっちのお袖は大丈夫かしら?」

「えっ、ああ、だ、大丈夫です!」

顔を上げた比佐子に、徹は、ハッと我に返った。赤くなって礼を言う徹に比佐子がにっこり微笑んで、徹を乗せたメリーゴーラウンドの回転数が再び楽しげに上がっていく。

「あ、あの、今日はホントにいっぱいご馳走になっちゃって、それに洋服まで買ってもらっちゃって、本当にどうもありがとうございます。俺、とっても嬉しくって、凄く楽しかったです!」

「あら、やだ、改まってお礼なんか言わないだよ、ルーちゃんたら！　わたしだってルーちゃんが付き合ってくれたおかげで、今日はとっても楽しかったんだから！　ねぇ、ホントに楽しかったんなら、これからもちょくちょく、わたしとお出かけしてくれないかしら？」

さっそく来週の予定は、と切りだす比佐子に、そんなにご馳走になってばかりでは困る、と徹は首を振った。だが比佐子は、何が困るのよ、とまるで徹の言い分を取り合おうとしない。

「だいたい週末は誰もわたしと遊んでくれないのよ。アーちゃんは忙しい忙しいで、ちっとも家には寄りつかないし、イーちゃんとウーちゃんはプールに通ってるんだけど、わたしは泳げないからいっしょできなくって、おまけに尚人パパはゴルフ狂なの。ホントに尚人パパは優しくって最高の夫なんだけど、ゴルフ狂だけが玉に瑕なのよねぇ……週末となったら、雨が降ろうが槍が降ろうがゴルフ場へ行ったきり戻ってこないのよ。ほら、この間ルーちゃんが遊びに来た時もいなかったでしょう？　あの日もお仲間と泊まりがけでゴルフに出かけてたんだから！」

わたしを置いて許せないわ、と子供のように憤慨する比佐子に、徹は思わずクスリと忍び笑いを漏らしてしまった。

「まぁ、ルーちゃんたら笑ったわね！」

「ああ、ごめんなさい、別に笑ったわけじゃ……」

「もう、いいわよ、ルーちゃんたら！　でも、いいの。だって尚人パパのゴルフ狂のおかげで、わたしも今日はルーちゃんとお出かけできたし、なんていっても今日のゴルフはわたしがアーちゃんのために仕組んだんだもの、文句も言えないのよねぇ」

「えっ？　怜のために仕組んだって、比佐子ママ、それってどういうこと？」

唐突に出てきた怜の名前にビックリした徹に、比佐子はウフフと笑って驚くべき計画を口にした。

「実はね、今日はアーちゃんのお見合いなのよ！」

「お、お見合いっ？」

「そうなの、アーちゃんたら、いくらわたしがお見合い写真を目の前に積んでも見向きもしてくれないから、それでわたしも強行手段に訴えたのよ。ほら、ゴルフは四人でするもんでしょ？　だから尚人パパにアーちゃんをゴルフに誘ってもらって、お相手のお嬢さんとお父さまに来て頂いちゃったわけ。もちろんそれがお見合いだなんてアーちゃんは知らないけど、まさかアーちゃんだってお相手を目の前に逃げだすほど大人げないことはしないと思うのよ。あのお嬢さんと会って、お話しして、一日いっしょに遊べば、アーちゃんだって気が変わると思うの。だってホントに可愛くって優しいお嬢さんなのよ。あの人だったらアーちゃんのお嫁さんにピッタリよ。きっとアーちゃんの子供いっぱい産んでくれて、アーちゃんを幸せにしてくれるわ。わたしだって、あのお嬢さんとだったら仲良くなれると思うのよ」

とっておきのヒミツを打ち明ける少女のように、比佐子は嬉しそうに徹の耳元に囁く。だが徹は気が遠くなりそうにショックを受けていた。

「だ、だけど怜は……結婚はしないって……」

「まぁ、そんなの冗談じゃないわ！　アーちゃんには早く可愛いお嬢さんと結婚して、たくさん子供を作って、それでうんと幸せになってもらわなくちゃ困るのよ！」

比佐子は、とんでもないわ、と徹の言葉を遮った。

「そりゃあね、アーちゃんに他に好きな女の子がいるんなら、わたしは別にそれで構わないのよ。どんなお嬢さんだって、アーちゃんのお嫁さんならわたしの娘になるんだし。わたし、昔から女の子が欲しかったのよ。ううん、女の子だけじゃなくて、アーちゃんの他にも男の子だって、いっぱい欲しかったのよ。家の子達だけでサッカーチームができるぐらい、それくらいたくさん子供を産むのがわたしの夢だったの」

サッカーは十一人でするもんだったよな、と的外れな感心をしている徹に、比佐子が不意にフゥッと少し淋しげなため息をついた。徹はドキリとした。笑顔の消えた比佐子の顔は、どこか疲れたような何とも哀しい表情を浮かべていた。

「わたしね、一人っ子だったし、お母さんは早くに亡くなっちゃって、おまけに尚人パパと十六で駆け落ちしちゃったから、それきりお父さんとも絶縁しちゃったでしょう？　尚人パパの身内の人達はみんなわたしに優しくしてくれたけど、やっぱり淋しかったのよね？　だからわたし、尚人パパとの間にたくさん子供を産んで、それで大家族の肝っ玉母さんになろうと思ったの」

「肝っ玉母さん？　比佐子ママが……？」

まるで重ならないイメージに、徹は困って首を傾げた。

「うふふ、可笑しい？　でも絶対なれるって、若い頃はそう信じてたのよ？　だけど人生って、信じたとおりにはいかないものなのよねぇ……」

「……比佐子ママ?」

今だって十分に若くて美しい比佐子が、まるで老人のように二度と戻らぬ過去を悔いる表情をして、徹はどうしてよいかわからなくなった。さっきまで底抜けに明るくて、脳天気に少女じみた雰囲気を撒き散らしていた比佐子が、今はウソのように姿を消してしまっている。

「アーちゃんが生まれてすぐ、病気になっちゃったの、わたし……それでもう子供は産めませんよってお医者さんに言われちゃって……ホントにあの時は死にたくなっちゃったわ」

伏せられた比佐子の瞳に、徹は何だか明るい笑顔の後ろにいる本当の比佐子を見たような気がした。取り返しのつかない過去を、誰のせいにもできずに悔いながら、自分の淋しさや哀しみを決して表には出さないように無邪気な微笑みの下に封印してしまった比佐子の横顔を、徹は見てしまったような気がした。

「あら、やだ、ルーちゃん、そんな哀しそうな顔しないでよ」

だが瞳を上げた比佐子には、いつもの少女の眼差しが戻っていた。

「わたし、幸せなのよ? 尚人パパはとってもステキな旦那様だし、イーちゃんもウーちゃんもいるし、何ていったって、わたしにはアーちゃんがいるんですものね! わたし、子供って凄いと思うの。だって、わたしがこの世の中から消えてしまっても、アーちゃんの中にずっとわたしは生き続けるのよ? それからアーちゃんの子供達の中にも、そのまた子供達の中にも、ずっとずっと生き続けるんだわ! わたしっていう人間は間違いだらけのつまらない人間でも、一生懸命生きて次の世代を生みだせば、新しい命が新しい命を次々生みだして、永遠に繋がる命の輪の中にみんなが入っていけるんだわ！　だからね、わたし、アーちゃんにもきっと自分の子供を腕に抱いてほしいのよ。自分の腕の中に柔らかくって温かい新しい命を抱く歓びを知ってほしいの。みんないろんなことのために頑張って生きてるんだと思うけど、やっぱり自分の子供を、新しい命を生みだすのって、人間にとってかけがえのない生きる歓びだと思うわ」

瞳をキラキラと輝かせてそう語る比佐子の微笑みは、徹が今までに見たこともないほど優しくて温かくて、柔らかく強い慈愛に満ちていた。

『──ああ、お母さん………！』

その時、徹のメリーゴーラウンドは音もなく、ひっそりととまっていた。

『それで、比佐子ママとのデートはどうだった？』

その夜、かかってきた怜からの電話に、徹は奇妙なほど興奮して、今日一日がどんなに楽しいものだったかを捲したてた。

「足が棒になるくらいお店を回って、物凄い買い物の量！　俺まで洋服買ってもらっちゃったんだ！　もう笑っちゃうくらい可愛いヤツ！　それからアイスクリーム食べて、夕ご飯はパエリアご馳走してもらっちゃった！　それからボタンつけ直してもらったし、それからそれから……」

徹は次々と畳みかけるように楽しかったその日の出来事を怜に語った。まるで切り取ったように、楽しかった出来事だけを、徹は怜に嬉々として語り続けた。

『ハハハ、そりゃ、よかったな？　あの比佐子ママの買い物に付き合って楽しかったなんて、徹、お前って見上げた根性の持ち主だぜ！　尊敬するよ！　俺なんか、ものの一時間も保たないからな？』

またヨロシク頼むぜ、と言う怜に、徹はいつでもＯＫだよ、と明るく笑って電話を切った。だが電話が切れて、ツーッという発信音が耳元に響いた時、徹の顔から笑いは跡形もなく消えていた。

「バカみたいだ、俺……ゴルフのスコアどうだったの、くらい聞けばよかったのに……そしたら……」

徹の頰を、音もなく伝ったのは涙だった。

――――お見合いしたなんてウソだよね……？

――――怜は結婚したりしないよね……？

――――子供なんか……欲しくないよね……？

本当に聞きたいことも、そして本当に言いたいことも、徹には山ほどあった。だが何一つ、徹には言葉にできなかった。徹にできたのは、ただ芝居じみた明るさを装うばかりだった。

「俺のこと――――好き……だよね……怜……？」

徹の胸の奥を、切れるように冷たい風が吹き抜けていった。

月曜日、徹は気鬱だった。昨夜は比佐子の言葉の一つ一つが頭の中にこだまして、徹は一睡もできなかった。朝がきても、徹の心を占めるのは比佐子の言葉ばかりだ。

『――――永遠の命の輪って……何なんだろう？　子供を産んだからって、それが何だっていうんだろう？　自分の子供を抱き締める歓びって……？　かけがえのない生きる歓び？　赤ん坊なんて、そんな大げさ言わなくたって、あっちこっちで生まれてるじゃないか？　たかだかそんなことが何ほどのもんだっていうんだよ！　赤ん坊なんか、産んだり堕ろしたり、みんな自分の都合で適当にやってるじゃないか！育てたり捨てたり、みんな勝手にやってるじゃないか！　そうさ、俺を、俺を産んだ女だって……！』

徹を捕らえていたのは、記憶の底にさえ残っていない自分をこの世に生みだした女への憎悪だった。産みっぱなしで、臍の緒もとれない赤ん坊だった自分を、置き去りにして捨てた女。自分の子供に愛情の欠けらどころか、名前さえも与えてくれなかった女。それが徹を産んだ女だった。

『怜はいい父親になるだろうさ、きっと死ぬほどいい父親に……！　だけど、だけど、だからって怜に子供なんて……！　いるもんか、そんなもの！　怜が幸せになるのに赤ん坊なんかいるもんか！』

徹は何度も何度も自分に言い聞かせていた。比佐子の言葉を忘れようとした。信じたくなかった。徹は何もかも信じたくなかった。受け入れたくなかった。だが比佐子が優しく、そしてその微笑みが柔らかな慈愛に満ち溢れていればいるほど、自分が比佐子の独特の温かさに魅かれていれば魅かれているほど、徹は自分が認めたくない全てが真実であることを思い知らずにはいられなかった。

――――永遠に繋がる命の輪の中に入っていけるんだわ……

『違う、違う！　そんなことあるもんか！』

徹は無意識のうちに強く頭を振っていた。だが頭を振れば振るほど、比佐子の言葉が頭の中に激しく乱反射して徹を苦しめる。まるで目に見えない敵に身構えるように丸くなって、徹は低く苦悶の呻き声を上げた。だがそんな徹のシャツの裾をクイクイと引っ張る者があった。

「……達也」

膝を抱え込んで蹲る徹を、心配そうに覗き込んでいたのは痩せた達也の小さな顔だった。

「ああ、ゴメンね、達也、今日はちっとも遊んでやらなかったね……」

徹は今の今まで、バイトに来ていたのをすっかり忘れてしまっていた。いつもは夢中になって達也にかまけてばかりいる徹も、今夜ばかりは自分の世界に閉じこもって、少しも達也に目を向けていなかった。

気がつけば既に時計は十二時を過ぎていて、徹は達也に食事もさせていなかった自分を恥じた。

「ゴメンね、達也、お腹空いたろ？　今、お弁当、温めてくるから、それ食べたら寝ような？」

徹はレンジで温め直した弁当を達也に食べさせ、埋め合わせのように横になった達也に絵本を一冊読んで聞かせた。

「――なったとさ、めでたし、めでたし……」

絵本を読み終えて目を上げると、達也がスヤスヤと寝息をたてて眠っていた。

「アハハ、可愛いなぁ……」

そのあどけない寝顔に少しだけ気持ちを和ませて、徹も達也の隣に寝っ転がった。もうとっくにバイトの時間は終わっていたが、徹は店を出る気になれなかった。どうせ今夜も耳鳴りのような比佐子の言葉に悩まされて眠れないのなら、徹は冷たい寮の部屋に戻るより、達也の傍にいたかった。

「あれ、まだいたの？　もう上がりの時間とっくに過ぎてるんだろ？　もしかして帰る金がないとか？

もう店のほうも閉めるけど、泊まるつもり？　だったら、鍵、置いてくけど、どうする？」

暫くして、ウトウトしかけた徹のもとに、不意に矢田という若いウェイターが顔を出した。

「えっ、もうそんな時間ですか？　あれ、でも久美さんは？　達也をまだ迎えにきてないんですけど？」

徹は起き上がって矢田に尋ねた。時計は二時半を回っていた。

「ああ、久美さんはお客と店外デートだよ。久美さん、何せこの店のナンバーワンだから。子持ちを隠してナンバーワンの座を守るにはお客にサービスしなくちゃね？　まぁ、あの時間からお客と飲みに出かけたら、まだ小一時間は戻らないんじゃないの？」

「小一時間って、そんな……だったら達也は？　達也はどうするんですか？」

「ああ、大丈夫、大丈夫、こんなのいつものことさ。達也は慣れてるよ。久美さん、特別に店の合鍵を店長から預かってるから、中田クンが帰っちゃっても、デートが終わったらちゃんと達也を迎えにくるよ。もっとも何回かに一回は酔い潰れて、達也を迎えにこないなんてのもあるみたいだけどさ？」

まったくヒデェよな、と笑う矢田に、徹は目の据わってくる思いだった。

「あの、矢田さん、俺、今夜は久美さんが迎えにくるまで達也の傍にいますから」

どうぞ先に帰って下さい、と言う徹に、矢田は奇特だねぇ、などと言いながら部屋を出ていった。

「まったく、なんて母親だよ！　ナンバーワンか何か知らないけど、お客とデートだなんて！　達也をこんなとこに一人で置いて、自分は男と飲みに出かけるなんて最低だ！」

ほとんど顔も合わせたことのない久美に、徹は激しく憤っていた。比佐子を慈愛に満ちた優しい母性の理想像だとすれば、久美は徹にとって憎むべき身勝手なメスの代表だった。達也は自分と同じく、比佐子の言う『永遠の命の輪』には入れない哀れな赤ん坊なのだ、と徹には思えた。

「だけど達也は生きてるんだ！　永遠の輪なんかに入れなくたって、達也はちゃんと幸せになれるさ！　俺だって、それから怜だって……！　怜だって、怜だって、きっと幸せになれるはずさ！」

自らを鼓舞するように、徹は何度も何度も声に出して同じ言葉を繰り返した。

——怜は幸せになれる……！

繰り返す徹の言葉は祈りだった。何に対して徹は祈るのか？　祈るのは、徹が既にそれが現実にはありえないことだと知っているからなのだろうか？　徹にはわからなかった。だがそれでも、徹は祈らずにはいられなかった。怜は幸せになれる——それが叶わぬ祈りだったとしたならば、それは徹にとって、全てを失う破滅だった。

「大丈夫、絶対に怜は幸せになれるんだ……！」

徹は歯を食いしばって、今にも込み上げてきそうな涙を必死に堪えていた。


不意に、ガターンという音がして、うつらうつらしていた徹は、ハッとして目を覚ました。

『だっ、誰だっ……！』

反射的に目を向けたドアのところに立つ人影に、徹は一瞬、息を飲んだが、すぐにそれが達也の母親の久美だとわかった。夜は既に明けていて、朝日が小さな窓から狭い託児室に差し込んでいた。

「何よ、アンタ、誰なのよっ！　店の子？　何でアンタみたいなのがこんなとこにいんのよっ！」

久美はピンヒールを蹴ってドタドタと部屋の中へ上がり込んでくるなり、酒臭い息を撒き散らしながら徹に怒鳴った。はげかけた濃い化粧。乱れた胸元。鼻をつくどぎつい香水。徹は思わず顔をしかめた。

『汚い……！　この女、何だか吐き気がする……！』

実際には二十代半ばと思われる、久美はとてもきれいな女だったが、徹の目に、久美はどうしようもなく醜く汚れて映った。酒焼けて荒れた肌と濁った瞳。自堕落な暮らしぶりがそのまま手にとってわかるほど、朝の光に曝された久美の姿は、崩れた厚化粧と同じくらいひどく崩れて醜悪だった。まるで胸の悪くなる汚物のように、久美はその軀中から独特の腐臭を発散させていた。

『最低だ！　最低だ、この女……！』

久美はあまりにも徹が思っていたとおりの女だった。比佐子のような優しさや柔らかさも、そして温もりの欠けらすら、久美からは何一つ感じられなかった。徹が久美という女から感じるものは、ただひたすら、吐き気をもよおすような腐臭ばかりだった。

徹は猛烈に腹が立ってきた。笑わない達也。喋らない達也。汚れた爪の達也。荒れた肌の達也。達也の不幸の全てが、この腐臭に塗れた醜悪な女のせいなのだ、と徹は直感していた。

「おい、アンタ！　アンタ、それでも母親かよ？　こんな時間まで達也を放ったらかしにして、よく平気でいられるな！　もう朝だっていうのに、アンタ、酔っ払ってベロベロじゃないか！　臭いんだよ！　吐き気がするんだよ！　アンタなんか母親じゃない！　ただの薄汚いメス犬だ！」

自分でも信じられないほど激昂して、徹は口汚く久美を罵りながら、手近にあった弁当殻を久美に向かって投げつけた。強烈な怒りが、徹を支配していた。

「アンタなんか最低だ！　犬だって自分の子供を育てるのに、アンタ、達也を放ったらかしじゃないか！　アンタなんかメス犬以下だ！　人間じゃない！　アンタなんか達也の母親じゃない！」

怒りと憎しみの牙を剝き出しにして、徹は久美に嚙みついた。久美を傷つけてやりたかった。どうしてそう思うのかわからなかったが、徹は目の前に醜く自堕落な姿を曝す久美をズタズタに引き裂いて、その気持ちをメチャメチャに傷つけてやりたかった。打ちのめしてやりたかった。

「何すんだよ、このクソガキッ！」

だが徹の言葉に打ちのめされるどころか、久美は猛烈に眦を吊り上げて、猛然と脱ぎ捨てたピンヒールを徹に投げつけて怒鳴り返してきた。

「ガキが偉そうに、説教たれてんじゃないよ！　アンタ、何様のつもりさ！　夜だろうが朝だろうが、酔っ払うのはアタシの勝手だよ！　ベロベロで何が悪いっていうんだよ！　それをアンタ、アタシをメス犬以下だって？　冗談じゃないよ！　アタシのどこが母親じゃないっていうんだよ？　ガキがバカにするんじゃないよ！　毎晩毎晩酒飲んで、虫酸の走るようなスケベ親父の機嫌とってるのは誰のためだと思ってるんだよ！　みんな達也のためじゃないか！　アタシが働かなくて、いったい誰が達也を食べさせてくれるっていうんだよ？　何にも知らないガキのくせに、わかったような口きくんじゃないよ！　アタシは達也の母親だよ！　達也はアタシが産んだんだ！　放ったらかしだって、アタシは達也の母親なんだ！　達也食わせるために、アタシは働いてるんだ！　アンタなんかに文句言われる筋合いないんだよっ！」

吐きだされる酒臭い息。血走った眼。こめかみに浮き上がる青筋。形相も凄まじく、自分の襟首を絞め上げんばかりに怒鳴る久美に、徹は圧倒されて声も出なかった。

「ほら、達也、帰るんだよっ！　いつまでも寝てないで、さっさと支度しなっ！」

久美は怒鳴るだけ怒鳴ると徹を突き飛ばして、傍らに眠る達也の軀を乱暴に引き起こした。丸くなって熟睡している幼い子供に、それは優しさの欠けらもない振る舞いだった。

「何するんだよ！　そんな乱暴にしたら達也が……！」

怒った徹が久美をとめようとした時だった。徹はビックリするような光景にぶち当たってしまった。ぐっすり寝入っていた達也が、乱暴な久美に揺り動かされて目を覚ましたのだ。

「……母ちゃん……！」

無理やり叩き起こされてぼんやり視点も合わない達也が、それでも久美の姿を認めると、タオルケットから這いだして、久美のスカートにしがみついた。

母ちゃん――それは徹が初めて耳にする達也の言葉だった。それまで達也は、いくら徹に打ち解けた様子を見せても、一度として徹を呼んだことはなかった。ただ時々、嬉しそうな奇声を発するだけだったのだ。その達也が久美を見た途端、母ちゃん、と呼んで久美に抱きついているのだ。

「達也……」

徹はショックだった。久美は煩そうに達也の手を払い除けようとしているのに、久美を見上げる達也の

瞳がとても嬉しそうで、徹は頭の中を打ち抜かれたような激しいショックに見舞われていた。

「母ちゃん、母ちゃん、母ちゃん……」

「ああ、煩いね、この子は！　ほら、さっさと帰るんだよ！」

久美は達也の襟首を摑んで、引きずるように達也を連れて部屋を出ていった。まるで荷物のようにズルズルと久美に引きずられながら、それでも達也は嬉しそうに、母ちゃん、を連発している。

『た……つや………？』

徹は動けなかった。達也は久美だけを嬉しそうに見つめて、徹のほうはチラリとも見ようとしなかった。

徹は目の前が真っ白になった。

『………ああ、達也は俺と同じなんかじゃなかったんだ……そういえば怜も言ってたな……達也は達也で、俺は俺なんだって……何だ、最初から怜の言うとおりだったんだ。何もかも俺一人の思い込み、俺だけの勘違いだったんだ……』

永遠の命の輪――――徹の心を占めるのは、比佐子が言った、ただその一言だけだった。

『ああ、達也はちゃんと輪の中に入ってるんだ。俺とは違う……アハハ、バカだな、俺って……輪に入ってないのは、俺だけだったんだ。最初から、俺に繫がる輪なんかなかったんだ……！』

徹の内で何かが壊れていった。漠然と信じていたものが、徹の足元から音を立てて崩れていく。

『――――怜………！』

だが徹にはわかっていた。叫んでも、求めても、怜もまた徹とは違うのだ。怜は輪の中の住人だった。

最初から、そしてこれからもずっと、怜は永遠に続く命の輪の中に生きる者なのだ。

『ああ、だけど怜……俺は好きだよ、怜が……怜だけがずっと……怜だけが……』

朝日でいっぱいになった小さな部屋の中で、徹は一人、膝を抱えて声もなく泣いていた。


降り注ぐ強い日差しが眩しい七月最後の土曜の昼下がり。汐を連れた樹から、勤め先の大学病院に電話が入ったのは、ちょうど午前中の診療を終えた怜が一息ついたところだった。

『ちょっと用事でそこまで来たもんだから、アーちゃん、お昼でもいっしょにどう？』

「へぇ、樹がこっちまで出てくるなんて珍しいな？　ああ、いいよ、俺もちょうど昼飯食いに出ようかと思ってたとこだし。それで、今どこにいるんだ？　うん、わかった。十五分で行けると思うよ」

怜は電話を切ると、樹との待ち合わせ場所へ急いだ。

「お待たせ。おっ、汐、もう食べてるのか？」

樹が指定した病院にほど近い洋食屋に、白衣を着替えた怜が顔を出した時、汐は既に注文したお子様ランチのナポリタンスパゲッティを夢中になって頬張っていた。

「うふふ、お腹空いたって煩いから、ウーちゃんだけね？」

「よしよし、お腹空くのは元気な証拠だよな？　汐、いっぱい食べて、うんと大っきくなるんだぞ？」

笑いながら、怜はトマトソースに汚れた汐の口を紙ナプキンで拭ってやった。

「ホント、アーちゃんて子供好きよね？　ウーちゃんの扱いなんて、母親のアタシより上手だもんね？」

「そりゃあね、汐とは、まだコイツが樹のお腹の中にいる時からの付き合いだし、何たって俺の専門は小児歯科ですから、チビが苦手じゃ勤まらないよ」

「うふふ、ホント、人は見かけじゃわかんないもんよねぇ？」

「ちぇっ、見かけどおりの俺は、それじゃどんな風に見えるんだよ？」

「エー、そりゃぁねぇ……」

「ああ、やっぱり言わなくていい！　どうせロクなこと言われないんだろうからな？」

「なぁんだ、アーちゃん、ちゃんと自覚あるんだ？」

「何が自覚だ、大きなお世話だよ！　俺は中身も見かけも、子供好きの優しい男なんだよ！」

オーダーを取りにきたウェイターにランチを二つ注文しながら、怜はわざとらしく樹に怒ってみせた。

「うふふ、それじゃ、まぁ、今日のところは、そういうことにしといてあげるわね？」

そんな怜に慣れているのか、ただしお昼ゴハンはアーちゃんの奢りね、と樹はケロリとしたもので、これにはさすがの怜も、はいはい、わかりましたよ、と降参して笑うしかなかった。

「ところで樹、ホントは俺に何の用なんだ？　何にもないのに、お前が電車に揺られて、こんなとこまで来るわけないよな？　家じゃできないような話か？」

食後のコーヒーが運ばれてきて、怜は食事の間中続いた、樹との他愛ない世間話に終止符を打った。樹とは従兄であると同時に幼馴染みでもある怜は、樹の出無精をよく知っていた。

「やぁねぇ、やっぱりアーちゃんて鋭いわよねぇ？　うーん、別に家じゃできない話ってわけじゃないんだけど……この頃、アーちゃん、あんまり家のほうには帰ってこないじゃない？　だからねぇ……」

仕方ないから思い切って出てきたの、と笑う樹に、怜はちょっと決まりの悪い思いだった。週末には徹が訪ねてくるから、というのが主な理由ではあったのだが、怜はこのところ実家へはまるで足を向けていなかった。

「ねぇ、それってやっぱり、比佐子ママのお見合い攻撃のせいなの？」

「いや、別にそういうわけじゃ……ただ、俺も何だかんだと忙しいから」

言葉に嘘はなかった。実際、週末が必ず休みというわけでもないから、やはり家へ帰らない一番の理由は、怜自身の多忙にはあるのだった。だが樹の言うとおり、帰る度に繰り返される比佐子の見合い写真攻めが、気持ちの上で怜の負担になっているのも事実だった。

「忙しいのはわかるけど、やっぱりお見合いがイヤなんでしょう？　ああ、そういえば、アーちゃん、この間のゴルフ場のお見合いはどうだったの？　まだ断ってないみたいだけど、気に入ったの？」

「冗談はよしてくれよ？　ったく、断るも何も、俺は見合いなんかしてないんだ。親父と、親父の知り合いだとかいう父娘といっしょにラウンドしただけさ。見合いだなんて、俺は一言も聞いてないんだ！」

前の週の日曜日、まんまと比佐子の策略に引っかかったのを思い出して、怜は不機嫌に前髪を掻き上げた。同行した父親の手前、俺は帰るぞ、とも言えず、怜は仕方なく下手クソな娘のゴルフに一日付き合わされたのだった。

「もう、アーちゃんたら、ホントはアレがお見合いだったんだってわかってるんでしょ？　アーちゃんが意地になって何も言わないから、比佐子ママ、二回目のデートを着々と計画してるわよ？」

「ああ、もう、よしてくれったら！」

嬉々として計画を練っている比佐子の姿が目に浮かぶようで、怜はうんざりして顔をしかめた。

「でもね、アーちゃん？　アーちゃんだって悪いのよ？　どうして比佐子ママの持ってくるお見合いを片っ端から断るの？　アーちゃん、ウーちゃんのことも凄く可愛がってくれるし、ホントに子供が大好きでしょう？　比佐子ママの言うとおり、アーちゃん、きっといい父親になれると思うわ。とってもとっても、ホントに物凄くステキなパパになれると思うのよ。アーちゃんだって、自分の子供、欲しいでしょ？」

「樹、俺は確かに子供は大好きだよ。汐も凄く可愛いよ。でもだからって見合いして結婚して、今すぐ誰かと子供作りたいってわけじゃないんだ。だいたい結婚なんて早いんだよ。俺はただ……」

「アーちゃんの嘘つき！」

言いよどんだ怜に、珍しく樹がピシリと言ってのけた。隣で汐が目を丸くしている。

「アーちゃん、嘘ついてる！　ホントはアーちゃん、好きな人がいるのよ。なのにそのこと、比佐子ママもアタシにも、家族のみんなに黙ってるんだわ！　違うって言ってもダメよ！　だってわかるもの！　アーちゃん、どうしてその人のこと隠すの？　どうしてみんなにその人を紹介しないの？」

「別に俺は隠してなんか……」

「ううん、アーちゃんは隠してる！　どうしてなの？　アーちゃん、その人のこと恥ずかしいって思ってるの？　家族に紹介できるような人じゃないって、そう思ってるの？　それともアーちゃん、その人とは遊びで、飽きたらお仕舞いにしちゃおうって……アタシと汐を捨てたあの人みたいに、アーちゃんもその人のこと、もしかしたらそんな風に思ってるの？」

「違う！　徹とは遊びなんかじゃない！　俺は本気だ！　お前と汐を捨てたロクデナシなんかと、俺をいっしょにするな！」

怒鳴ってしまってから、怜はハッとした。汐の前で、それは決して口にしてはいけない言葉だった。そしてもちろん、散々に傷つけられ痛めつけられた樹にも、それは言ってはいけないことだったのだ。

「ああ、ゴメンよ、樹……汐の前でこんな……」

謝る怜に、だが当の樹は少しも動じた様子もなく、過ぎたことだわ、と穏やかな笑みさえ浮かべている。

「いいのよ、アーちゃん、だってそれってみんな本当なんだもん。アタシ、自分の過去から逃げたりしないわ。汐にも隠さない。汐がちゃんとわかるようになったら、アタシ、話して聞かせようと思うの。アタシがどんな人を好きになって、どんな風に幸せで、それで汐が生まれたのかを、アタシ、ちゃんと汐に話すわ。本当のことを知ったら、汐は傷つくかもしれないけど、だけどやっぱりアタシはあの時、あの人が好きだったから。あの人だけがホントに大好きだったから……だからアタシは隠したりしないわ」

「樹……」

いつも比佐子と同様、どこか頼りなげに感じられて仕方のない樹の顔が、今はとても神々しく自信に溢れて見えて、怜は何だか少し救われたような気がしていた。汐の父親代わりを務める度に、怜が感じずにはいられなかった汐への憐憫の情は、怜一人の思い過ごしだったのかもしれない。

「お前って意外としっかりしてたんだな、樹？」

「うふふ、これでも一応、ウーちゃんの母親ですからねぇ？　ああ、だけどアタシ、アーちゃんが本気だっていうの聞いて、ホッとしちゃった。信用してなかったわけじゃないけど、アーちゃんて、ちょっと読めないとこ、あるもんねぇ？」

だけど相手が徹ちゃんっていうのには、ちょっとビックリしたかな、と小首を傾げる樹に、怜は初めて徹の名前を口走っていた自分に気がついて、すっかり照れくさくなってしまった。

「俺の相手が徹で……気持ち悪いか？　樹、俺達を軽蔑するか？」

「ねぇ、アーちゃん、アタシが気持ち悪いって、軽蔑するって言ったら、そしたらアーちゃん、やめちゃうの？　徹ちゃんと別れるの？」

どうせ別れる気なんかないくせに、と悪戯っぽく笑う樹に、怜も笑顔で応えた。

「ああ、別れたりしないよ。樹だけじゃなく、世界中のヤツらに気持ち悪いって言われても、それでも俺は徹と別れたりしない。別れるなんてできないよ。俺は徹を愛してるんだ」

真っすぐ自分の目を見て、きっぱりと言い切る怜に、樹はにっこりと微笑んだ。

「それじゃゃ、アーちゃん、尚更比佐子ママにちゃんと言わなくちゃ。世界中のヤツらなんかどうでもいいけど、やっぱり家族にはわかってほしいでしょ？　大丈夫よ、最初は大変かもしれないけど、みんなアーちゃんの家族だもの。そのうち、ちゃんとわかってくれるわよ。少なくともアタシとウーちゃんは、アーちゃんの味方だからね？　ねぇ、ウーちゃん？」

「うん、ボク、パパの味方ぁ！」

デザートのカスタードプリンにご満悦だった汐が、樹に応えてスプーンを振り上げた。

「ほらね、アーちゃん、心配いらないでしょ？　だから早く本当のこと、比佐子ママにも話してあげて？　そうじゃないと、徹ちゃんも可哀相よ。傷ついてると思うのよ。不安だろうし、徹ちゃんだって……」

「徹が？　俺、徹には見合いの話なんかしてないぜ？」

「バカね、アーちゃん、話してくれないから不安なんじゃない！　だいたい話さなくたって、そんなの気がつくに決まってるじゃない？　恋をすると、女の子は感覚が敏感になるんですからね？」

ああ、徹ちゃんは男の子だったわよね、などと言いながらも、絶対に徹ちゃんは気がついて傷ついている、と力説する樹に、怜の決心もついた。

「わかったよ、樹。徹のことはいつか頃合を見計らって、なんて思ってたんだけど、俺はどっかで逃げてたのかもしれないな？　いつか、なんていつまで経ってもやってこないよな？　ありがとう、樹、お前のおかげで気持ちの整理がついたよ。お袋には俺からちゃんと話すよ。わかってもらえても、もらえなくても、きちんと徹のことを話すよ。樹、俺は徹を一生、大切に守ってやりたいと思ってた。実際にはアイツ、俺なんかが思ってるよりずっと強くて、守ってやりたいなんて俺の一人よがりなんだけど、それでもやっぱり、俺は徹を守ってやりたい。アイツが傷ついて泣く姿なんて、俺は一生見たくないんだ」

静かに決意を語る怜に、樹はにっこりと微笑んでいた。

「それでこそアーちゃんよ！　うふふ、今日のアーちゃん、とぉってもカッコイイわよ？　中身はもちろん、見かけもね？　クールで皮肉な女ったらしには見えないわ、ねぇ、ウーちゃん？」

「うん、見えないぃ！」

「ちぇっ、そんなこと言って、お前の息子の汐だって、顔は俺にソックリなんだからな？」

「あら、大変！　ウーちゃんが女ったらしになっちゃったらどうしましょう？　ウーちゃん、ヘンなとこはパパに似ちゃダメだからね？」

大真面目に汐に言って聞かせる樹に、参ったね、と笑いながら、怜は今夜にでも家に帰って、比佐子に自分の本当の気持ちを話そうと思っていた。


「まぁ、アーちゃん、どうしたのよ、こんな時間に？　何かあったの？」

もうそろそろ休もうか、と思っていた比佐子は、突然の怜の訪問に目を丸くして驚いた。

「こんな遅くに悪いんだけど、ちょっと聞いておいてほしいことがあってね？　ところで親父は？」

「尚人パパはゴルフよ。今週は製薬会社の営業の人と箱根にお泊まりなのよ」

「ああ、そうか、今日は土曜だもんな……まぁ、いいや、とりあえずお袋だけでも聞いてくれないか？」

「そりゃ、聞くのは構わないけど、いったい何なの？　まぁ、とにかく中へお入りなさいよ」

首を傾げながらも怜を家の中へ招じ入れると、比佐子は怜を居間に残してキッチンへコーヒーを淹れにいった。

『さて、どう言ったもんかな……？』

比佐子を待つ間、怜はどう切りだしたものかと思い悩んでいた。徹のことで気持ちが揺らぐような怜ではなかったが、比佐子が樹のような気軽さで真実を受け入れてくれるとは思えなかった。それに怜が真実を告げるということは、同時に比佐子の夢を壊す結果にもなるのだった。徹を大切に思いながらも、やはり怜は母である比佐子を傷つけるだろう結果に、胸を痛めずにはいられなかった。

「それで？　何なのよ、いったい？　ホントは尚人パパにも聞いてほしい話って、なぁに？」

少女のように小首を傾げる比佐子に、怜は重い口を開こうとした。だが怜が言葉を口にするより一瞬早く、比佐子が、わかったわ、と手を叩いた。

「アーちゃん、お見合いのお話ね！　ゴルフ場でお見合いした絵梨子さんが気に入ったのね！　結婚する気になったんでしょう！　だからこんな夜中に帰ってきて、わたし達を驚かそうと思ったのね！」

まるでパァっと花が咲いたように、比佐子は顔を輝かせて喜びだした。

「ああ、嬉しいわ！　きっと絵梨子さんとなら、アーちゃんも気が合うと思ってたのよ！　ホントにきれいで優しくて、感じのいいお嬢さんですものねぇ。そうだわ、アーちゃん、お式はいつにする？　今からだったら、やっぱり来年の春かしら？　それとも思い切って、今年の秋にしちゃいましょうか？」

そうだわ、それがいいわ、と一人決めに頷いている比佐子に、怜はとうとう堪えていた口火を切った。

「よしてくれ、お袋！　見合いの話は関係ないんだ！　俺は結婚はしない！　あの絵梨子って娘とはもちろん、他のどんな女とも、俺は結婚したりしない！　お袋の夢を壊して、本当に申し訳ないと思うけど、俺は結婚はできない！　俺には他に好きなヤツがいるんだ！」

怒鳴るように一気にそこまで捲したててしまうと、怜は不思議なほど自分の腹が据わってくるのを感じた。どのように言葉を飾ってみたところで、怜が比佐子ではなく、徹を選んでしまったことに変わりはないのだ。怜は真っすぐに比佐子を見つめて、ゆっくりと話し始めた。

「聞いてくれ、お袋、俺には今、真剣に心の底から愛してる人がいる。今までいろんな人を好きになったけど、こんなに誰かを大切に、自分や自分の家族よりも大切に思ったのは、これが初めてなんだ」

「ま、まぁ、アーちゃん、何を言ってるのよ？　別にわたしは絵梨子さんじゃなきゃ、ダメだなんて言ってないのよ？　アーちゃんにそんなに好きな人がいるんなら、わたしは大賛成よ？　いやね、アーちゃんたら、どうしてそのお嬢さんを家に連れてこないのよ？　そんなお嬢さんがもういるんだったら、何もわたしだって、アーちゃんにお見合いなんかさせなかったのに！」

とんでもない無駄足だったのね、と安心したように笑う比佐子に、怜の胸は鋭く痛んだ。こんなにも自分の結婚を、そして孫達の誕生を楽しみにしている比佐子を傷つけるのかと思うと、決めたはずの怜の心も痛まずにはいられなかった。だが怜は決心したのだ。今を逃して嘘の上塗りを重ねれば、それは結局よりひどく比佐子を傷つける結果になるに違いなかった。怜は心を鬼にして、比佐子に話を続けた。

「違うんだ、お袋。期待を裏切って申し訳ないけど、俺が好きなのはお嬢さんなんかじゃ……女じゃないんだ。俺が好きなのは徹だ。お袋もよく知ってる、あの徹なんだ」

「ア、アーちゃん……？　な、何バカなこと言ってるの……？　だって、あの子は……そんな……？」

「そう、徹は男だ。結婚はできないし、俺の子供も産んじゃくれない。だけど俺は徹が好きなんだ。愛してるんだ。俺はアイツを守って生きていきたい。もう決めたんだ。たとえ一生、子供を持てなくても、世間から後ろ指さされても、それでも俺には徹が必要だ。徹がいなければ、俺の人生には意味がないんだ」

瞬間、ビシリッ、と音がして、怜は生まれて初めて比佐子に頬を打たれていた。

「ダメ！　ダメよ、絶対にダメ！　そんなの、そんなの、絶対に許さないわ！　アーちゃん、あの子と二人して、わたしを騙してたのね！　許さない、許さないわ、そんなふしだらなこと！　男だなんて、そんな汚らわしい関係、絶対に許さない！　死んだって許すもんですかっ！」

ヒステリックに顔を歪ませて、比佐子は悲鳴のように叫ぶと、そのままワッと床に突っ伏して狂ったように泣きだした。ショックに激しく震えている比佐子の細い背中を見下ろしながら、だが怜にはどうすることもできなかった。この衝撃が去った後、再び反芻する事実に、比佐子が更にひどく傷つき涙を流すだろうと思うと、怜も身を裂かれるように辛かったが、それでもやはり、怜にはどうすることもできないのだ。

「ゴメンよ、お袋……大切に大切に育ててもらって……それなのにお袋の夢を壊してしまって……俺は酷い息子だな……だけどわかってくれ、お袋……俺は徹を愛してるんだ。いくらお袋のためでも、これだけは譲れない、変えられないんだ。お願いだ、お袋、どうかわかってくれ……そして許してくれ……俺を、それから徹を、どうか許してくれ……お袋、お願いだから……」

だが比佐子は、怜の言葉の一つ一つに激しく首を振って拒絶を繰り返すばかりだ。

「そうだな、お袋、今すぐはムリだよな……また来るよ、お袋……今度はまた親父のいる時に……ホントに夜遅くにゴメンな……本当に、ゴメンな、お袋………」

怜は立ち上がると、そっと居間を後にした。

「アーちゃん、大丈夫？　顔色が悪いわ……アタシが余計なこと言ったから、アーちゃん、無理しすぎちゃった？　ゴメンね、アーちゃん……アーちゃん、人一倍比佐子ママを大事にしてたのに……」

玄関を出ようとした怜に、いくぶん青ざめた樹が駆け寄ってきた。

「ああ、樹、別にお前は悪くないよ。いつかはお袋に言わなきゃならなかったんだ。お前のおかげで勇気が出て、俺は感謝してるよ。ただお袋は………」

苦しげに、怜は目を伏せた。傷つけてしまった比佐子を思うと、怜には言葉もなかった。

「また来るよ、お袋が落ち着いたら……それまで樹、お袋のこと、頼むな？」

「うん、わかった。わかったから、アーちゃん、そんなに心配しないで？　比佐子ママだって、今はショックで混乱してるけど、いつかはきっとわかってくれるわ。だってアーちゃんは比佐子ママの子供なんだもの、きっと大丈夫！　アーちゃんの気持ち、ちゃんとわかってくれるわよ！」

「ああ……そうだな？　きっといつか……」

何度も何度も力づけるように頷きを繰り返す樹に、怜も祈るような気持ちで頷き返した。だがこの時、怜はもちろん、比佐子と同じ母親である樹でさえも、我が子の幸せを、たとえそれが見当外れな方向にであっても、激しく願う母親の愛情が、どれほど強く、そして無尽蔵なまでに激しいかを、少しも理解できていなかったのだった。

夏休みを目前にして、徹はこの数日というもの、大学もサボり、バイトにも行かず、寮から一歩も外に出られずにいた。

『ああ、行かなくちゃ……俺が行かなきゃ、達也が……』

そう思うのに、まるで鉛を飲み込んだように、徹の軀はまったく動こうとしないのだ。達也の母親の久美との一件以来、徹はすっかり意気消沈していた。どんなに気持ちを奮い立たせようとしても、あの夜、徹の内で壊れてしまった何かは、決して元どおりにはならないのだった。

『怜、怜に会ったら、そしたらこの気持ちは癒されるんだろうか？　怜に全部話して、怜に大丈夫だって言ってもらって、怜に抱き締めてもらえたら……？　いや、ダメだ！　そんなことしたって、俺は……だって怜は違うから……俺とは……ダメだ、ダメなんだ……！』

徹は何度も自問自答を繰り返しては、虚しさに胸を掻き毟って一日を無為に過ごしているのだった。だから不意に鳴り響いたインターフォンが、急な比佐子の来訪を伝えても、徹には、すぐにはそれが信じられなかった。

「比佐子ママ！　どうしたの、急に？」

階段を駆け下りてきた徹に、比佐子は、ちょっと話せないかしら、と柔らかく笑ってみせた。

「えっと、話っていっても……？」

徹はチラリと管理人室を窺った。本当は寮の自室に客を入れるのは禁止されているのだが、狭いロビーには雑談をしている他の寮生などもいて、徹はここで比佐子の話を聞く気にはなれなかった。

「じゃあ、比佐子ママ、ホントはダメなんだけど、俺の後についてきてくれる?」

徹はテレビに見入っている管理人に注意を払いながら、こっそり比佐子を連れて階段を上り、三階の自室に比佐子を招き入れるのに成功した。

「管理人のおじさんに見つかるんじゃないかって、もう心臓がドキドキしちゃったよ!」

「あら、ルーちゃん、いつもは内緒で女の子をお部屋に入れてるんじゃないの?」

「いやだな、比佐子ママったら、俺はそんなマネしないよ!」

徹は笑って憤慨しながらも、今日の比佐子はどこかいつもと違っている、と感じていた。

「あの、こんな椅子しかないけど、よかったら座って?」

徹は勉強机の椅子を比佐子に勧めた。だが、ありがとう、と言って、比佐子が椅子に腰かけても、徹はどうにも消えない違和感に、奇妙なほど緊張して落ち着かなかった。

『どうしたんだろう、比佐子ママ……? 急に俺に会いにくるなんて……そりゃあ、嬉しいけど、だけど何かヘンだ、今日の比佐子ママ、いつもと違う……でも何がどう違うんだろう……?』

徹は所在なく床に視線を落として、纏わりつく奇妙な違和感を振り払おうと、気持ちを巡らせていた。

「ねぇ、徹くん、あなた、怜とはもう会わないでもらえないかしら?」

「えっ?」

不意に響いた比佐子の言葉の意味がわからず、徹は思わず視線を床から比佐子の顔に移した。

「あっ……！」

その途端、徹は自分を捕らえていた奇妙な違和感の正体を知った。比佐子は笑っていないのだ。いつものようにニッコリと頰の線は柔らかく曲線を描いてはいるが、その実、比佐子の目は少しも笑ってなどいなかった。徹を見る比佐子の目は、眼光鋭く、まるで射抜くように冷たく徹を見据えていた。

「比佐子ママ……」

徹は背筋が寒くなった。比佐子が、あの柔らかく、誰よりも優しい慈愛に満ちていた比佐子が、今はナイフのように冷たく研ぎ澄まされた瞳で、蔑むように徹を見つめているのだ。絶望の予感が、ヒタヒタと徹の背後に忍び寄っていた。

「ママだなんて、もう二度とそんな風にわたしを呼んでほしくないわ！」

徹の予感は的中した。温かく優しい母の顔は跡形もなく消え去って、後には憎悪と怒りの炎をゴウゴウと燃やす般若の顔が現れていた。

「よくもわたしを騙したわね！　可愛い顔して、よくも、よくも！　男のくせにどうかしてるわ！　汚らわしい！　最低だわ！　男のあなたなんかがどうしてアーちゃんと……！　ダメよ、絶対にダメ！　そんなこと、絶対に許さないわ！　わたしの大事なアーちゃんが男なんかと……！　ダメ！　あなたなんかどっかへ消えちゃって！　アーちゃんの前から消えてなくなっちゃえばいいのよ！」

「ひ、比佐子ママ、俺は……」

「やめてっ！　ママなんて呼ばないで！　あなたなんか大嫌いよ！　お願いだから、どっかへ消えちゃっ誰よりも誰よりも幸せにならなくちゃならないのに……！　それなのにあなたみたいな子がいたら、アーちゃんは……！　アーちゃんの幸せを壊さないで！　あの子は可愛いお嫁さんをもらって、大勢の子供達に囲まれて暮らすのよ！　平凡で温かい家庭を作って、愛情に囲まれて生きるのよ！　あの子はきっといい父親になるわ！　尚人パパに負けないくらい、いい父親に……！　だから消えてっ！　何でもあげるから、だからどっかへ消えてちょうだい！　アーちゃんが幸せになるのに、あなたは邪魔なのよっ……！』

声を荒げて、比佐子は激しく徹を詰った。逆る敵意。噴き上げる憎悪。その顔は険しく歪んで、比佐子は徹の目の前で鬼と化していた。我が子のためなら他人の子供を躊躇いもなく殺して喰らったという、比佐子はあの伝説の鬼子母神と化していた。

『ああ、比佐子……マ……マ……』

カクーン、と膝の力が抜けて、徹は潰れるように床に蹲ってしまった。そして徹は理解した。久美とやり合ったあの夜、自分の内で壊れてしまったものの正体を、徹ははっきりと思い知らされたのだった。

『そうだったんだ、俺は最初から怜に相応しくなかったんだ……ああ、俺はバカだ……！　怜に優しくされて、怜に愛されて、自分ばっかり幸せになっちゃって……いい気になって、俺はちっとも自分がわかってなかった。怜は俺とは違うんだ。俺なんかとは比べものにならないくらい大切な人間なんだ。比佐子ママみたいに温かくて優しいお母さんに産んでもらって、怜は大事に大事に育てられたんだ。いろんな夢や希望を託されて……怜は本当に望まれて、この世に生まれてきた人間なんだ。俺みたいな、産んでくれた女にさえ捨てられたクズなんかとは、怜は最初から人間が違ってたんだ。俺みたいなクズ、最初から怜の傍に寄っていっちゃいけなかったんだ。邪魔だったんだ。俺には怜が必要だけど、怜には……愛されて、望まれて生まれてきた人間には、俺みたいなクズ……！』

徹は自分でも無意識に目を背けていた自分の正体に、今、はっきりと気づいてしまった。徹は望まれない赤ん坊だったのだ。東京へ出てきてからというもの、時として徹を捕らえていた怜への奇妙な違和感と引け目は、家庭環境や貧富の差、育ちの善し悪しなどにではなかった。問題はそんな上辺にではなく、もっともっと深いところにあった。怜という人間を、そして徹という人間を形作る根幹にあったのだ。

『ああ、俺は根元から腐ってるんだ……生まれる前から汚れてるんだ……比佐子ママの言うとおりだ。俺がいたら怜は幸せになれない。せっかく望まれて愛されて生まれてきたのに、俺といたら怜は、愛情も希望も幸せも、持って生まれてきたものの全てを失ってしまうんだ。失って、怜は俺といっしょに腐ってしまうんだ……！』

初めから自分自身が腐っている徹にはどうということもないが、徹のせいで途中から人生を蝕まれて腐っていく怜は、確実に徹のせいで不幸になるのだ。夢と希望を、そして何よりもその幸せだけを祈って怜をこの世に産みだした母の比佐子が、怜を不幸に引きずり込もうとする徹の存在を激しく憎み、その消滅を心から願うのは、あまりにも当然だった。そして徹もまた、怜の不幸を、自分の存在ゆえの怜の不幸を望んだりはしなかった。自分の正体に気づいてしまった以上、徹が怜のためにとる行動は一つきりだった。

「……ごめんなさい……俺、消えます……もう怜には会いません……」

徹は蹲っていた床から、ユラリと立ち上がった。だが自分が消えるために、徹にはどうすればよいのかわからなかった。ただ漠然と東京から、怜がいる街から出ていかなくては、と徹は思った。

『そうだ、帰るんだ、姉ちゃんのところへ……元いた場所に、俺は帰らなくちゃ……』

白くなりかけた頭の中に、徹はぼんやりと懐かしい田舎町を、そして早紀の白い顔を見ていた。

『帰ろう、早く、早く、あの場所へ……俺の場所へ……俺は帰らなくちゃ……』

そのまま、どこをどう歩いたのか、徹は辿り着いた駅から列車に飛び乗った。

ゴトンゴトン――萎えた軀の芯に響く列車の振動に揺られながら、徹はただひたすら、自分の場所に帰りたい、とだけ念じ続けていたのだった。

院内放送で来客を知らされた怜は、それが母の比佐子であると知って驚きを隠しきれなかった。というのもつい二日前の深夜、怜は比佐子と激しい決裂をしたばかりだったからだ。

「……この間はどうも……それで今日はその、どうしたの？」

医局横の喫茶コーナーの長椅子に腰かけて待っていた比佐子に、怜は困惑しながらも、躊躇いがちに尋ねてみた。いつもは閉口するほど賑やかで少女のような比佐子が、今は能面のように無表情で、怜はどうにも落ち着かなかった。比佐子の来訪の目的が、怜にとって好ましくないのは一目瞭然だった。

「――徹くんに会ってきたわ」

そしてやはり、怜の予想は当たっていた。

「もう終わりにしてきたの。あなたは頭に血が昇ってて、冷静になるのに時間がかかりそうだったから、代わりにわたしが徹くんと話してきたの。徹くん、ちゃんとわかってくれたわ。もうあなたには会わないそうよ？　だからあなたも、あの子とのことは忘れるの。もうお仕舞いなんだから」

一方的に、まるで宣言でもするかのように、比佐子は眉ひとつ動かさずに言い放った。

「お袋っ！」

瞬間、考えるより先に、怜は比佐子の肩を鷲摑みにして怒鳴っていた。

「冗談じゃない！　終わりにしてきただって？　アイツがちゃんとわかっただだって？　ふざけるのもいい加減にしてくれ！　お袋がアイツに何言ったか知らないけど、お袋が何か言ったくらいで、俺達は終わりになんかならない！　お袋には、俺達が何もわかっちゃいないんだ！　邪魔しないでくれ！　徹を傷つけないでくれ！　アイツは俺と会うまで泣くことも知らなかったんだ！　痛くても恐くても哀しくても、アイツは泣くことさえ知らなかったんだ！　なぜだかわかるか？　泣いたって、誰もアイツを受けとめてくれるヤツがいなかったからさ！　抱き締めて、アイツを慰めてくれるヤツなんかどこにもいなかったからさ！　徹は恐いくらい純粋で、危ういくらい傷つきやすいヤツなんだ！　それなのにアイツにもしものことがあったら……！　俺はお袋を許さない！　絶対に……！　俺は徹を愛してるんだっ！」

床に転がるのも構わず乱暴に比佐子の軀を突き放すと、怜は電話をかけに走った。

『ああ、徹、間に合ってくれ……！　そこにいてくれ……！』

だが怜の願いも虚しく、寮の管理人は冷たいまでに事務的な口調で徹の不在を告げるばかりだ。怜は全身から血の気が引いていくのを感じていた。

『――――アイツにもしものことがあったら……』

さっき思わず口をついて出た自分の言葉が、何度も何度も怜の頭の中を駆け巡る。不安と、そしてなぜか恐いくらい確実な危険を、怜は感じずにはいられなかった。

『ああ、あんなにお前を守ってやろうと思っていたのに……！　今、行くから、徹！　頼むから俺を待っててくれ……俺が行くまで……徹っ……！』

不安と後悔の念に激しく苛まれながらも、そこからの怜の行動は素早かった。まず早紀の家の留守電に自分の携帯の番号と、事情説明を掻い摘んで入れると、怜は自分も徹の後を追うべく病院を後にした。

「待ちなさい、アーちゃん！　まさか、あなた、追いかけるつもりなの？　そんな、無理だわ！　あの子は消えるって……あなたにはもう二度と会わないって言ったのよ！　それなのにあなたは……！」

「ちっともわかってないな、お袋！　俺は徹を愛してるんだ！　誰が何と言おうと、俺はアイツを追いかける！　俺には徹が必要なんだ！」

「待って、アーちゃん！　待ちなさい……！」

それでも必死に追いすがってくる比佐子を振り捨てて、怜は車のアクセルを思い切り踏み込んだ。怜の行く先は決まっていた。あの田舎町。傷ついた徹が逃げていく先は、他には考えられなかった。

『待ってろよ、徹！　今、行くから！　今すぐお前を抱き締めに行くから！　だから徹……！』

暮れ始めた夏の空に朱く染められながら、怜は徹と初めて出会った田舎町目指して、ひたすら車のアクセルを踏み込んだのだった。

新しい週が始まったばかりだというのに、早紀の店は結構な数の客達で大いに賑わっていた。だから忙しく接客に追われていた早紀は、店の入り口にぼんやりと立っている徹にも、暫く気がつかなかったほどだった。

「……徹？　いやだ、徹じゃないの！　アンタ、そんなとこに突っ立ってどうしたのよ？　夏休みはまだもうちょっと先じゃなかったの？」

作りかけの水割りを放りだして、早紀は戸口の徹に駆け寄ってきた。

「どうしたのよ、アンタったら、何かあったの？」

「……ううん、別に……ただ、もうあんまり授業もないし、ちょっと早いけど帰ってきちゃっただけ」

「あら、やぁね、この子ったら……まぁ、いいわ、今はちょっと店を閉められないから、先にマンションのほうへ帰っててくれない？　場所は知ってるわよね？」

そう言って、早紀はマンションの部屋の鍵を徹に渡してくれた。店を閉めたらすぐに帰るから、と言う早紀に、徹は頷いて店を後にした。

駅前にほど近い七階建てのマンションは新築で、外壁はメタリックグレーのタイル貼りだった。

「ああ、ここか……ここが姉ちゃんの新しい家なんだ」

住所は知っていたのだが、早紀が越したマンションを訪れるのは、徹もこれが初めてだった。思っていたよりも、ずっと広々したマンションのエントランスホール。ズラリと壁を埋めるメイルボックスの最上段に、徹は、中田、というネームプレートを見つけた。

「……俺の家は七階か……」

無意識に呟いてしまってから、徹はハッとした。初めて訪れた見知らぬ新築のマンション。見覚えのない真新しい表札。昔、失くさないようにと、いつも徹が首からぶら下げていた古ぼけた家の鍵とは似ても似つかない、真新しい早紀のマンションの部屋の鍵。手に握り締めてきた早紀の部屋の鍵を見つめて、徹はワナワナと全身を震わせた。

『違う、違う、違う！　ここは俺の場所なんかじゃない！　こんなマンション、俺は知らない！　この鍵だって、こんなの俺の鍵なんかじゃない！　ここは俺の家じゃないっ……！』

なぜだか徹は無性に腹が立ってきた。思うようにならない事柄に癇癪を起こす子供のように、徹は地団駄を踏んで、大声で泣き喚きたくなった。

『違う！　違う！　違ぁ――――うぅっ！』

だが徹は泣き喚く代わりに、ヒステリックに手にしていた鍵をエントランスの床に投げつけた。興奮に激しく上下する肩。全身が瘧《おこり》のように震えて、もう一分一秒たりとも、徹はその場所にいたくなかった。

『帰るんだ、あの家に！　何にも知らなかったあの頃に……！　あの家に帰るんだ！　今すぐに……！』

徹はマンションのエントランスを飛びだした。そのまま走って走って、徹は今はもう手放してしまった自分達の家を目指した。かつて早紀と二人で暮らしたあの田舎町の家だけが、徹にとっては家だった。あの家だけが、歓びも哀しみも、そして痛みさえも知らずに、徹が眠っていられた、この世界にただ一つの安息の場所だったのだ。

『ああ、早く、早く……！　早く帰って、俺はあそこで眠らなくちゃ……！』

遠く離れた家を目指して、徹はひたすら闇の中を駆けていったのだった。

そして今、徹は懐かしい我が家の前に立っていた。灯り一つなく、ただ月の光を受けてひっそりと佇む、まるで亡霊のような建物。徹はそっと玄関ドアに手をかけてみた。だが手放してしまった家には鍵がかけられていて、徹には既にそれを開けるための鍵がなかった。

『ああ、俺には鍵がないんだ……この家の鍵まで、俺は失くしてしまったんだ……』

徹は拒むように行く手を塞ぐ玄関ドアを諦めた。だが徹はどうしても家の中に入りたかった。家の中に入って、何もかも忘れて眠ってしまいたかった。軀を丸めて小さくなって眠ってしまえば、徹は何も知らなかった遠く幼い日に帰れるような気がしていた。自分の内で壊れてしまった何かを、徹は取り戻せるような気がしたのだった。

徹は庭へ回った。月を背に窓から覗き込むとすぐそこに、ガランとした空っぽの居間が見えた。徹は足元に転がっていた放置された古い植木鉢を手に、窓ガラスに向かった。

――ガシャア――――ンッ！

思い切り投げつけた植木鉢で、窓ガラスが派手な音を立てて砕けた。居間の畳に散らばる鋭いガラスの破片。徹は土足のまま、居間へ足を踏み入れた。ムッとする室内の淀んだ空気。鼻につく、埃なのかカビなのか判然としない空き家独特の臭い。たった数ヵ月で、家は驚くほど寂れてしまっていた。だがそれでも、そこは徹が帰りたいと、そして眠りたいと願った、この世にたった一つの家だった。

「ああ、やっと帰ってきたんだ、俺……」

呟きと同時に、全身から力が抜けて、徹はヘナヘナと畳の上に座り込んでしまった。疲れていた。ただただ徹は疲れていた。軀中が激しく倦怠して、徹はもう動けなかった。座っているのさえ辛くて、徹はそのまま蹲るように畳に倒れこんだ。

『――疲れた……何だかとっても疲れた。もう動けないよ。眠いんだ……凄く、凄く眠いんだ……』

徹は軀を丸めて目を閉じた。埃っぽく汚れた畳の臭い。だがその臭いを、徹は不思議に懐かしい思いで嗅いでいた。閉じた目蓋の裏を遡っていく時間。徹は記憶の襞を、ゆっくりと手繰り寄せていった。

『ああ、そうか……あの時も俺はこんな風に寝転がって、埃っぽい畳の臭いを嗅いでいた。夏で、蒸し暑くて……あの時、俺は……九つだった……』

徹の脳裏に蘇ってきたのは、幼い日、餓死しかけた時の記憶だった。

『姉ちゃんが出てって、遙子がいなくなって、それから親父も帰ってこなくなって……ああ、ちょうど今くらいの季節だったのかな？　夏休みで、誰も俺が一人だなんて気がつかなかった。冷蔵庫は空っぽで、お腹が空いて、動けなくなって……暑くて、軀中が汗でベトベトだったのに、俺は寒くて震えがとまらなかった。どんどん、どんどん手足が冷たくなっていって、凍え死んじゃいそうだった……』

電気もつかなくなった暗い家の中で、あの時、飢えた徹は汚れたシーツにくるまれて、一人寒さに震えていた。絶望的な寒さから、空腹から、そして暗い闇の中から、誰かが助けだしてくれるのを、徹はじっと待っていた。誰かが自分を迎えにきてくれるのを、徹は震えながら待っていたのだった。

『ああ、やだなぁ、俺……今まで気がつかなかった……だから汚れたタオルケットにくるまれて一人で眠ってる達也を見てるのがいやだったんだ……だから達也を自分だと思っちゃったんだ……ハハハ、バカだよな、俺って……達也はちっとも俺と同じなんかじゃなかったのに……達也には、アイツにはちゃんとお母さんがいるんだ。達也を食わせるために働いてるお母さんが……あの人は比佐子ママとは比べものになんかならないけど、ちっとも比佐子ママみたいじゃないけど、だけど、それでも達也を捨てたりしてない。あの人は、達也にとっては、たった一人のお母さんなんだ……』

母ちゃん！――――そう叫んで、迎えにきた久美のスカートに纏わりついた、あの時の達也の嬉しそうな顔。酒臭い息を吐きだす久美に邪険にされ、怒鳴られても、それでも達也は嬉しそうに久美に連れられていった。毎日毎日、食事をさせ、風呂に入れ、絵本まで読んでやっていた徹を、達也は見向きもしなかった。あの時、達也が全身で追っていたものは、ただひたすら『母ちゃん』だけだったのだ。

あの後、久美に引きずられていった達也は、きっと一人ではなく、久美といっしょに眠ったのだろう、と徹は思った。深酒と朝帰りの疲れで、化粧も落とさずだらしなく寝転がる久美の脇へ、達也は潜り込んで眠ったのだろう。徹が吐き気をもよおした、あの酒と化粧とどぎつい香水の臭いに包まれて、達也は安心したように久美の軀に鼻を擦りつけて眠りに落ちていったのだろう。すり寄っていった久美の軀は、達也の肌に温かかったに違いない。

それを思うと、徹は堪らなく達也が羨ましくなった。母親の匂い。そして母親の肌の温もり。それらはただ、比佐子を通して徹が想像し、憧れるしかできないものばかりだった。逆立ちしても徹には手に入らないものを、達也は確かにその手に持っている。達也は自分をこの世に生みだした人を、母親を知っているのだ。徹が知らない全てを、あの幼い達也は知っているのだ。

『ああ、どうして俺は知らないんだろう……？』

徹の胸を締めつけているのは、堪え難い虚無感だった。例えば達也も長じれば、自堕落で勝手な久美を詰り、嫌悪するかもしれない。産んでくれなどとは頼まなかった、と久美に食ってかかるかもしれない。だが達也は憤りを、そしてどうにもならない哀しみや憎しみをぶつける相手を知っているのだ。この世にたった一人きりの、自分だけのその相手を、達也は知っているのだった。

『俺には誰もいない……憎みたくても、怒鳴りたくても、俺には文句を言う相手もいないんだ……俺を産んだ女は、俺をゴミみたいに捨てた。顔どころか、名前もわからない女で……その女は俺には何も……匂いさえ残してくれなかった。最初から俺なんか欲しくなかったんだ！　俺は邪魔な赤ん坊だったんだ！　俺なんか、生まれてきちゃいけなかったんだ………！』

徹は唇を嚙み締めた。

——アーちゃんが幸せになるのに、あなたは邪魔なのよ………！

徹の耳をこだまするのは、比佐子の悲痛な叫びだった。怜の、我が子の幸せだけを願う、母の真実の叫びだった。

『怜、怜、怜……ああ、好きだよ、怜……！　俺、怜の幸せを邪魔したりしない！　絶対にしない！　だから怜、俺のせいで不幸になったりしないで……比佐子ママから受け継いだ、永遠の命の輪から怜だけ外れたりしちゃダメだ……怜は幸せにならなくちゃ、輪の中で幸せにならなくちゃ……！』

徹はそっと、首から下げていた革紐をシャツの中から手繰り寄せた。シャツの衿から顔を出したのは、銀色に光る怜のマンションの部屋の鍵だった。幼い頃そうしていたように、徹は怜からもらった鍵を首からぶら下げて、まるでお守りのように肌身離さず持ち歩いていたのだった。

『ああ、鍵……怜の鍵……嬉しかったな、これもらった時……怜、俺、ホントに嬉しかったんだよ……この鍵で、俺は帰れるんだって……嬉しかったよ、怜……こんなに嬉しいプレゼントなんて、ホントに生まれて初めてだった。失くさないように首からぶら下げて……俺、一生、大切にしようって思って……』

徹の目に、今、初めて涙が浮かんだ。鍵は徹がそれを怜からもらった時と少しも変わらずに、銀色に光っているのに、徹はもう二度とこの鍵を使えないのだ。鍵は失くさずに持っていても、徹は帰れる場所を失ってしまっていた。鍵を差し入れて開く場所を、徹は永遠に失ってしまったのだ。

『怜、怜、もう帰れない！　俺は怜のところへはもう帰れないんだ……！　ああ、俺はどうしたらいいんだろう？　帰れないなんて……！　怜を失うなんて……！　俺はいったいどうしたら……！』

絶望が、徹の心を覆っていた。怜を失う――一人ぼっちの夜、それは徹が何度も何度も想像しては恐れ、恐れては堪え難い胸の痛みに泣いた悪夢だった。そして今、悪夢は現実の刃となって、徹の胸を鋭く切り裂いていた。

『痛い、痛いよ、怜っ！　我慢できないんだ！　助けて、怜っ………！』

痛みに耐えかねて、徹は見えない刃の突き刺さった胸を掻き毟って呻いた。

『ああ、もうダメだ！　消えちゃいたい……！　なのにどうして俺は生きてるんだ？　死んじまえばよかったのに……！　九つだったあの時、一人ぼっちで、寒くて、恐くて……お腹が空いて動けなかったあの時に、あの真っ暗な闇の中で、俺なんか死んじまえばよかったのに！　そしたら怜にも会わなかった！　こんなに好きになったりしなかった！　こんなに、こんなに好きなのに……それなのに怜を失ってしまうなんて……ああ、あの時死んでしまっていたら、そしたらこんなことにはならなかったのに！　怜を失うなんて！　こんな痛みに切り裂かれなくて済んだのにぃっ………！』

徹は鍵を握り締めたまま、畳を転げ回って激しく泣いた。身を捩り、額を強く打ちつけても、腹臓を喰い破るような強烈な哀しみの痛みが全身を駆け巡って、徹は身も心も引き裂かれてしまいそうだった。

『ダメだよ、怜っ！　俺は怜がいないと生きていけない！　怜を失うなんてできない！　そんな、そんな恐ろしいこと、俺には耐えられない！　怜を失うぐらいだったら俺は………！』

見開いた徹の目に、月の光を吸って、妖しいまでに冷たく光る砕けたガラスの破片が映った。徹の手から、ポトリ、と怜の鍵が滑り落ちた。

『――――怜っ………！』

徹は夢中で鋭く尖ったガラスの破片を手にしていた。

――ザクリッ……！

左手首に走った鋭い痛み。だが思ったほどに、血は噴きださなかった。徹は再び手にしていたガラスの破片を振り上げた。

――ズヴッ！　ズヴッ！　ズヴッ！

三度目に、確かな手応えがあって、途端に手首から激しく血が噴きだしてきた。

「うぁああっ……！」

ドクドクと血が溢れ出る左手首。右手も、握り締めたガラスの破片で傷ついて血だらけだった。生温かい血に塗れて、月の光に赤黒く染まった両掌。背筋を、冷たい汗が伝っていく。蒸し暑い夜なのに、徹の軀は、まるで痙攣のようにガチガチに震えていた。流れだす血といっしょに、急速に体温が奪われていく。

『寒い……寒いよ、怜……寒い……』

痺れて、既に感覚が失われた指先を抱え込むように、徹は小さく小さく軀を縮こめて、まるで胎児のように丸まった。

『痛い、痛いよ、怜……痛いんだ……』

傷ついた手首よりも、徹は胸の奥のほうが切り裂かれるように激しく痛んだ。徐々に朦朧としていく意識の中で、徹は無意識のうちに怜に救いを求めていた。

『……助けて、助けて、怜……胸の奥が痛いんだ……痛くてもう……』

餓死しかけた幼いあの日、徹は今と同じように丸くなって待っていた。一人ぼっちで、心細くて、恐くて、それでも徹は、誰かがこの孤独と飢えから救いだしにきてくれるのを待っていた。あの幼い日、徹を救いだしてくれたのは、早紀の白い手だった。だが今、徹を救えるのは早紀の手ではない。この胸の痛みから徹を救えるのは、この世の中にただ一人、怜だけだった。

『怜の……鍵……俺が帰れる……鍵……』

畳の上に取り落としたままになっていた怜の銀の鍵に、徹は凍てついた手を伸ばそうとした。だが徹の軀は、既にその運動機能を完全に停止していた。

『……あ……き…………』

意識を失う寸前に徹が見たもの、それは月の光に照らしだされて銀色に光る怜の鍵だった。だが静かに奪われていく意識の中で、やはり徹は帰る場所を失っていた。怜のいない闇の中へ、徹の意識は、痛みごとゆっくりと吸い込まれていったのだった。

鳴り響くサイレン。引っきりなしに運び込まれてくる病人や怪我人。廊下を忙しく駆け回る医師や看護婦。畑違いとはいえ、大学病院に籍を置く怜には、それらは見慣れた日常のはずだった。だが今夜の怜には、そのどれもが堪え難い騒音であり苦痛だった。早紀と、そしてやはり怜の後を追ってこずにはいられなかった比佐子と三人、救急病院の廊下の長椅子に並んで腰かけながら、怜はため息もつけないほどに消耗しきっていた。

『ああ、こんな思いはもうたくさんだ……』

徹が病院に運び込まれて一時間。血管の縫合と輸血で、もう命に別状ないと知らされて尚、怜は一向に気持ちを立て直せずにいた。

マンションへ帰宅して異変に気づいた早紀からの連絡で、怜が早紀と二人、駆けつけた空き家で目にした光景――――血を吸って、どす黒い染みを作っていた畳。血の気が失せて、月の光よりも青白かった徹の頬。固く閉じられたきり、開く気配もなかった落ち窪んだ目蓋。抱き起こした徹の軀は、氷のように冷たかった。そして横たわる徹の傍らに落ちていた鍵――――そのどれもがフラッシュバックのように頭の中を閃いて、怜の心を打ちのめしていた。早紀も、気持ちは怜と同じなのか、一言も発せず、ただ虚ろな瞳で廊下の壁を見つめているばかりだ。そして二人に少し遅れて駆けつけた比佐子もまた、思い詰めた表情のまま、身動きひとつせずにじっと押し黙っている。

長くて重苦しい沈黙だった。だから徹の覚醒を看護婦が知らせにきた時にも、長椅子に座り込んでいた三人は、まるで機械仕掛けの人形のように一斉に立ち上がっただけで、返事もできない有様だった。

「命に別状ありませんが、あまり患者さんを刺激しないようにお願いします」

看護婦は極めて事務的に、必要最小限だけを述べると、まだ他に山ほど控えている急患達の処置へと戻っていった。残された三人は怜を先頭に、早紀、比佐子の順に、衝立てで細かく仕切られた病室へ足を踏み入れた。

「徹っ……！」

一番最初に声を上げたのは早紀だった。徹は意外にも簡易ベッドに上半身を起こして、虚ろな瞳でぼんやりと座っていたのだった。

「徹、徹、徹ぅっ……！」

ベッドに駆け寄って泣き崩れる早紀に、だが徹は視線を宙に泳がせたまま、早紀のほうを見ようともせずに、抑揚のない声で低く呟いただけだった。

「死ねたのに……放っといてくれれば死ねたのに……どうして放っといてくれなかったんだ……」

瞬間、驚愕に瞳を見開いた早紀が叫ぶよりも早く、怜が徹の頬を思い切り殴り飛ばしていた。

「バカ野郎！　何バカなこと言ってるんだ！」

殴られて、ベッドに倒れ伏した徹を、怜は怒鳴りつけた。

「何が放っといてくれたら死ねたのに、だ！　人をバカにするのもいい加減にしろ！　いいか、徹！　たとえどんなことがあったって、俺に断りもなくお前一人で勝手に死ぬなんて、俺はそんなこと、絶対に許さないぞ！　お袋に何を言われたか知らないが、そんなのはお前が死ぬ理由になんかなるもんか！　だいたい、どうしてお前は俺のところへ来なかったんだ！　お前は俺の恋人だろ？　傷つけられたんなら、俺のところへ来て、俺の胸で泣け！　どうにかしてほしかったんなら、俺に向かって吠えろ！　俺はいくらでも、お前の気が済むまで泣き喚かせてやる！　お前の気が楽になるまで、俺はお前を抱いて、あやして、慰めてやる！　お前が納得するまで、俺はお前といっしょに悩んで、考えてやる！　それなのに、一人で逃げだしたあげくに、手首を切って死のうとするなんて！　お前は俺を何だと思ってるんだ！」

瞬間、ベッドに倒れ伏していた徹は、怒鳴る怜を激しい瞳で睨みつけて叫んだ。

「何とも思ってないさ！　怜は怜だ！　俺じゃない！　怜はどこまで行ったって怜で、俺とは人間が違うんだ！　俺は死にたかった！　怜に助けてもらうより、俺は一人で死にたかったんだよぉっ……！」

激しく歪む表情。徹の叫びは、ほとんど悲鳴だった。

「うわぁあああっ――――っ……！」

思い出したように軀の奥底から何かが突き上げてきて、徹は迸るように泣き叫んだ。

「もうやめてよ、怜！　怜は俺とは違うんだ！　東京へ出てきてからずっと、何かある度に、俺はいつだってそう思わずにはいられなかった！　怜の部屋に初めて入った時も、怜の実家に遊びに行った時も、いつだって俺はそのことばかり思い知らされていたんだ！　怜は俺とは違う！　違いすぎて、俺とはまるで釣り合わないんだ……！」

「何バカなこと言ってるんだよ、お前は！　俺とお前の、何がどう違うっていうんだ？　俺はお前が好きなんだよ、徹！　愛してるんだ！　お前だって俺が好きなんだろう？　だったら俺達はどこも違ったりしてない！　俺達は同じだ！　気持ちが同じなら、どこまで行ったって俺達は同じじゃないか！　それとも徹、お前は俺が好きじゃなくなったのか？　もう俺を愛してないとでも言うのかよ？」

畳みかけるように掻き口説きながら、怜は泣き喚く徹の肩を両手で強く揺さぶった。

「徹、答えろよ、徹！　お前はもう俺を愛してないのか？　そうなのか、徹！」

『――――あぁ、怜………』

ガクガクと激しく軀を揺さぶられながら、徹は怜の苛立ちを、そして勝手に一人で死んでしまおうとした自分に対する怜の怒りを、ヒシヒシと感じていた。肩に食い込む怜の指先から、徹は怜に愛されている今を、痛いほど感じることができた。だが怜に愛されている今を、そして怜を愛している今を強く感じれば感じるほど、ただ絶望的な痛みだけが徹の胸の奥を貫いていく。

『好き……好きだよ、怜……世界中で一番……だけどダメなんだ……怜が好きだからこそ俺は……』

何もかも投げだして、差しだされた怜の腕に縋って泣けたらどんなにいいだろう、と徹は思わずにはいられなかった。だが自らの思いをねじ伏せて、徹は怜の腕を振り払った。

「ダメッ……！　ダメなんだ、怜！　俺達、違いすぎてる……！　いくら好きだって、怜と俺とじゃダメなんだ！　俺がいたら、怜は幸せになれない！　不幸になっちゃうんだ！　そんなの俺イヤだ！　怜が不幸になるなんて、俺のせいで不幸になるなんて、そんなの俺、絶対にイヤだ！　怜の幸せのために、俺は怜の傍にいちゃいけないんだ！　絶対にいけないんだ……！」

「徹！　どうしてそんなこと、お前は思うんだよ、徹……俺はお前が傍にいるだけで幸せだよ。俺にはお前が必要なんだ、徹。それなのに、どうしてお前は俺から離れていこうとするんだ？　どうして、お前が俺の傍にいちゃいけないんだよ？　どうして、そんな……？」

自分を突き放そうと両腕を突っ張る徹の軀を、怜は必死になって抱き寄せようとした。怜には徹の気持ちがわからなかった。だが目も合わせないままに、抱き寄せようとする自分の腕を拒み続ける徹の細い軀からは、痛いほど必死な何かが怜の胸にも伝わってくる。

「徹……！」

怜は力ずくで徹の軀を抱き寄せて、その瞳を覗き込もうとした。だが腕の中に強く抱いて無理やりその顔を仰向かせても、徹の瞳は怜を映そうとはしなかった。

「徹っ！」

焦れた怜は再び徹の頰を打とうとした。だが怜が手を上げるよりも先に、質問の答えが怜の背後から返ってきた。

「――わたしが言ったのよ……可愛いお嫁さんと大勢の子供達に囲まれて、温かい家庭を作るのがアーちゃんの幸せだって……アーちゃんはきっといい父親になれるからって……わたしが徹くんにそう言ったのよ……アーちゃんの幸せのために、徹くんは邪魔なんだって……わたしがそう言ったの……」

怜の背後で、呟くようにそう口を開いたのは、それまでベッドから一番離れた場所で一人無言のまま佇んでいた比佐子だった。

「お袋っ……！」

怜は振り返ると、激しい眼差しで比佐子の顔を睨みつけた。

「わたしが言ったのよ、徹くんに……アーちゃんのために、どっかへ消えてなくなっちゃってって。だってそうでしょう？　いくら可愛くたって、徹くんは男の子なのよ！　結婚できるわけでも、アーちゃんの子供が産めるわけでもないのよ？　そんなの絶対にうまくいきっこないわ！　今はよくたって、男の子となんて、そんな不自然な関係、長続きするわけないじゃないの！　アーちゃん、きっと後悔するわ！　だってアーちゃん、子供が大好きじゃない！　自分の子供が欲しいでしょう？　温かい家庭が欲しいでしょう？　徹くんとじゃ、アーちゃん、何一つ手に入らないのよ？　アーちゃん、それでいいの？　そんな虚しい人生で、アーちゃんは幸せになれるの？」

「お袋っ、俺は……！」

「いいえ、ダメよ！　アーちゃんは幸せになれないわ！　徹くんとじゃ、幸せになれないのよ！」

「やめてくれ、お袋！　言ったはずだ、徹を傷つけるヤツは、たとえお袋だって、俺は許さない！　俺が幸せになろうが不幸せになろうが、そんなことはお袋の知ったこっちゃない！　俺は徹を愛してる！　俺の人生には徹が必要なんだ！　お袋は黙っててくれ！　それでもどうしても徹を傷つけるっていうんなら、俺は喜んでお袋とは縁を切る！　もう俺を息子だなんて思ってくれなくて結構だ！　俺は……」

「やめてぇ――――っ……！」

怒りに燃える怜の比佐子への絶縁状を引き裂いたのは、病室中に響き渡るような徹の絶叫だった。

「徹っ……！」

「やめて、やめて、やめてぇ――――っ……！」

比佐子に向かっていきり立つ怜の腕に取りすがって、徹は必死に怜をとめようとした。

「やめて、やめて、お願い、怜……！　比佐子ママにそんなこと言っちゃダメだ！　比佐子ママは怜のお母さんなのに、こんなに怜を心配してくれてるのに、それなのに怜がそんなこと言っちゃダメだ！」

叫びながら、徹は怜の腕に取りすがったまま泣き崩れた。

「お願いだから、やめてよ、怜……俺、こうなるのが恐かった。だって怜、俺のせいでもう不幸になり始めてるんだ。俺のせいでお母さんと喧嘩して、この世にたった一人しかいない、こんなに怜を愛してくれてるお母さんと、怜は俺のせいで縁を切っちゃうって言うんだ……俺がいなけりゃ、俺さえ現れなけりゃ、怜はお母さんと喧嘩なんかしなかったのに！　怜もお母さんも、どっちも傷つかずに済んだのに！　俺はやっぱり疫病神だ！　俺は怜の幸せを壊しちゃう……俺は消えてなくなったほうがいいんだ！」

「徹、徹、お前こそもうやめてくれ！　自分を疫病神だなんて、俺の前から消えるなんて、もう二度とそんなこと言わないでくれ！　俺にはお前が必要だ！　必要なんだよ！」

怜は泣き崩れた徹の軀を抱き起こした。

「なぁ、徹、聞いてくれ。俺は今までに一度だけ、お前と別れようかと思ったことがある。お前から逃げだして楽になりたいなって、俺は一度だけそう思ったことがあるんだ……」

怜の言葉に、徹は全身を強ばらせた。手首を切った時の痛みよりもずっと、怜の言葉は深く徹の胸に突き刺さった。

「覚えてるか、徹？　藪下の爺さんが危篤だって電話があった夜だ。俺が学校をサボって俺のとこに入り浸ってばかりいる徹を叱ったら、お前は物凄いヒステリーを起こして外へ飛びだしていった。あの時、すぐにお前の後を追いかけなかったのは、もちろん爺さんの容体急変の電話が入ったせいもあったけど、あれは俺が恐くなったからだ。徹があんまり真剣で、あんまり俺にのめり込んでくるから、俺は徹が恐くなった。徹はまだ半分子供で、俺が初めての相手で、徹の目には俺しか映ってないんだ。徹のことは好きだったけど、俺は不安だった。俺は徹を受けとめきれるんだろうかって、徹が俺に真剣なら真剣なほど、俺は不安になった。恐かったよ、何だかとんでもないものに手を出してしまったんじゃないかって……こんな一分の隙もなく全身全霊で俺だけに向かってくる徹に、俺は本当に一生、応えていってやれるんだろうかって……俺は物凄く不安になって、逃げるんなら今しかないって……爺さんが死んだら、どうせ田舎町での代用歯科医もお仕舞いなんだから、徹とも終わりにしようって、俺はあの時そう思ったんだ。そのほうが後々絶対に楽だ、俺にはとってもお前みたいに重たいヤツは背負っていけないって……俺はあの時、本当にそう思ったんだ。だから俺は徹の後を追わなかった。お前が傷ついて泣いてるんだろうってわかってたけど、それでも俺はお前に会いにいかなかった。電話一本、俺はお前にかけてやらなかった。だって俺はお前とはもう別れようって決めていた。徹から逃げようって、俺はあの時、そう決めていたんだ」

ショックに、徹は声も出せなかった。自ら怜の前から消えると決めて、手首まで切った徹だったが、やはり怜の告白は衝撃的だった。

「ごめんな、徹、俺は酷いこと言ってるな……こんな話、一生お前には黙ってるつもりだったのにな？だけど徹、隠しごとはやめるよ……だって俺はあの時、本当に徹とは別れるつもりだったんだからな」

きっぱりと言い切りながら、怜は腕の中で硬直している徹の背を優しく撫でてやった。

「だけど結局、俺にはできなかった。徹と別れるなんて、そんなの俺には全然できない相談だったんだ。だって頭ではあんなに納得してわかってたつもりなのに、俺の軀はまるで俺の脳ミソを裏切ってたんだ。だいたい、あんな時間にお前が通ってた学校の傍を、用もないのに車を走らせてたなんて、言い訳にもなりゃしないよな？　なぁ、覚えてるか、徹？　爺さんの通夜の前の日だ。夕暮れ時で、もうすっかり校庭は暗くなってた。なのに俺にはすぐに徹がわかったよ。一人でトボトボ校庭を歩いてくるお前の姿が、俺には一目でわかったんだ。その後は、もう理性も何もあったもんじゃなかった。気がついたら、俺はもう車の窓を開けてお前の名前を呼んでた。お前の名前を呼びながら、俺の軀はもう車を降りて、お前に向かって走りだしてたんだ。わかるか、徹？　理屈じゃないんだ。俺にはお前が必要なんだ。あの時ほどそれを痛感させられたことってなかったよ。真っ暗な校庭でお前の軀を抱き締めた時、あぁ、俺には何を犠牲にしても、この温もりが必要だって、頭じゃなくて、俺は軀でそう感じていた。今だって、あの時と気持ちは変わらない。確かにお袋は大事な人だけど、それでもやっぱり俺には徹が必要だ。たとえお袋を裏切って傷つけることになっても、それでも俺は徹を愛してる。選ばなきゃならないんなら、俺はお袋よりも何よりも、徹、お前を選ぶ。徹は俺にとって、そういう存在なんだ」

囁きながら、怜は徹を抱く腕に力を込めた。相変わらず細くて小さな徹の軀だったが、腕の中に強く抱き締めていると、その軀の温もりが、怜に大きな安らぎと安心を与えてくれるのだった。だが怜の安らぎは長くは続かなかった。徹が再び、抱き締める怜の腕を振り払ったからだ。

「違う、違う、違うっ！　怜は間違ってるっ………！」

「徹っ！」

驚いている怜を突き放して、徹は再び火を噴いた。

「間違ってるよ、怜！　俺はそんな大層なヤツなんかじゃない！　俺にそんな価値なんかあるはずないんだ！　俺は邪魔者なんだ、生まれてきちゃいけなかったクズなんだ！　そんな俺のために、怜が比佐子ママを裏切るなんて、そんなの絶対に間違ってるよ！」

込み上げてくる興奮に全身を震わせながら、徹は挑むように怜を見つめて続けた。

「俺、比佐子ママが好きだったよ、初めて藪下の爺さんの葬式で会った時から、俺は比佐子ママの笑顔に凄く魅かれた！　温かくて、柔らかくて、優しくて……俺、比佐子ママの傍にいるだけで、比佐子ママの笑顔を見てるだけで、凄く凄く幸せな気持ちになれた。ああ、お母さんって、きっとこんな感じなんだろうなって……怜が温かくて優しいのは、きっと比佐子ママが怜が赤ん坊の時から大切に大切に育てたからなんだろうなって……そんなことをぼんやり考えたりしてた。いっしょに買物に連れてってもらって、レストランで食事して、お喋りして……俺、比佐子ママが大好きだった。比佐子ママが俺を、ルーちゃんって呼んでくれるのが、俺、凄く凄く嬉しかったんだ。だって比佐子ママにそんな風に呼ばれると、何だか俺まで比佐子ママの本当の子供になったみたいで……胸がいっぱいになったんだ」

徹の目から、新たな涙が溢れ出た。

「俺、考えてたんだよ、ずっと……どうして俺は何かある度に、怜に引け目っていうか……違和感みたいなものばっかり感じるんだろうって。田舎にいた時は、怜と離れてて不安だったけど、俺は一度も怜に引け目とか違和感なんて感じたことなかった。東京に出てきてからだって、怜はいつだって俺に優しくしてくれて、愛されてるって、安心してて大丈夫だって、いつだって俺にそう感じさせてくれてたのに、それでも俺はずっと落ち着かなかった。最初は環境が変わったせいで、気持ちが敏感になりすぎてるのかなって思ってた。それとも連れてってもらった怜の家が、想像してたよりずっとずっと大きくて立派で、凄いお金持ちだったから、それで俺はビックリしちゃったのかもしれないって……俺、そう思ってたんだ」

徹は何度か瞬きを繰り返して、溢れてくる涙を手の甲でゴシゴシと拭った。

「だけど違ったんだ。ずうっとわからなかったんだけど、俺、達也のおかげでやっとわかったんだ。引け目とか違和感とか、俺が怜にそんな風に感じてたのは、環境が変わったからとか、怜の家がどうだったとか、そんなことのせいなんかじゃなかったんだ。俺は最初から怜には相応しくないクズだったんだ。今まではただ、俺がそのことに気づいてなかっただけだったんだ。だから俺は……」

──ビシリッ……！

徹を遮ったのは、再び振り下ろされた怜の平手だった。

「バカも休み休み言え、この大バカ野郎！　さっきから黙って聞いてりゃ、クズ、クズって、それじゃ、聞かせてもらうが、そのクズ野郎に死ぬほど惚れてる俺は何だ？　達也のおかげだって？　五歳のガキがお前にいったい何を教えてくれたって言うんだよ！」

打たれた頬を押さえて、だが徹は泣かなかった。泣く代わりに、徹の唇から零れ落ちたのは、皮肉なほど乾いた笑いだった。

「何がおかしいっ！　何だって、お前はっ……！」

三度、腕を振り下ろそうとして、そこで怜はギョッとした。胸ぐらを捕まえて殴りつけようとした徹の瞳は、びっくりするくらい哀しそうに、腕を振り上げた怜の瞳を見返していたからだ。

「殴っていいよ、怜……俺には怜に殴ってもらえるほどの価値もないけどね……」

「徹……！」

「俺、バカだったよ、俺、達也のこと、可哀相だって思ってた。狭くて汚い部屋に押し込められて、ボーッとテレビばっかり見てて、食事も風呂も、ロクに面倒も見てもらってなくて……俺、久美っていう達也のお母さんはなんて酷いヤツなんだろうって思ってた。比佐子ママみたいな優しいお母さんだっているのに、それなのに久美って女は、なんて酷い母親なんだろうって……だけど俺、間違ってたんだ。達也は迎えにきた久美って女を、ちゃんと母ちゃん、って呼ぶんだ。グテングテンに酔っ払って、厚化粧とどぎつい香水の臭いをプンプンさせて、俺なんか吐き気がしそうな臭いだったのに、それでも達也は嬉しそうに母ちゃん、って言って、久美のスカートに鼻を擦りつけてたんだ。達也はちっとも可哀相なんかじゃなかったんだ。だって達也には、ちゃんと達也を産んでくれた、達也だけのお母さんがいるんだ。大事に育ててもらってなくても、それでも達也には……ねぇ、怜、可笑しいだろう？　俺が達也を可哀相な子供だなんて決めつけてたなんて、そんなの笑っちゃうくらい可笑しいだろう？　俺なんか産んでくれた女の顔も知らない。その女の名前さえ知らないんだ。久美みたいな女だって、ちゃんと達也を迎えにくるのに、それなのに俺を産んだ女は……！　吐き気がしそうなほどイヤな女なのに、それでも久美は達也を育ててるんだ！　だけど俺を産んだ女は……！　野良犬だって自分の子犬を育てるのに、俺を産んだ女は、俺をゴミみたいに捨てたんだ！　育てる気なんかまるでなかった！　俺は生まれちゃいけなかったんだ！　俺は邪魔だったんだ！　誰も俺なんかいらなかったのに……！　本当に誰も、俺を産んだ女でさえ、俺なんか欲しくなかったのに……！　それなのにどうして俺は生まれちゃったんだろう？　どうして死なずに育っちゃったんだろう？　無駄なのに……生きてたって無駄なのに……それなのにどうして……？　間違いだったんだ、何もかも。生まれちゃったのも、死なかったのも、それから怜に会ったことも……みんな、みんな間違いだったんだ。引け目だの違和感だの、そんなの感じる以前の問題だったんだ……！」

徹は両手で顔を覆った。哀しくて堪らなかった。こんなに近くにいるのに、怜は徹に手を差し伸べてくれているのに、徹には怜の手を握り返せないのだ。徹にできるのは、ただ怜のためにも、差し伸べられたその手を振り払うことだけだった。

「——怜……お願いだから、怜は怜の場所へ帰ってよ。俺なんか忘れて、怜は怜の場所へ帰って……お願いだよ、怜……そうでなきゃ、俺は……」

徹は自分の襟首を摑んでいた怜の手を振りほどくと、避けるように怜に背を向けた。

「何言ってるんだ、徹！　俺の場所はここだ！　お前の隣が俺の場所だ！　もう決めたんだよ、徹、俺はあの夕暮れの校庭でお前を抱き締めた時から、お前と行けるとこまで行くって決めたんだ！　だから俺の場所はここだ！　お前がイヤでも、俺はお前の傍にいる！　絶対に俺はお前を離したりしない！」

怜は背を向ける徹の軀を強引に自分のほうへ向かせて引き寄せた。だがそれでも、怜を見る徹の瞳は虚ろなままだった。

「怜……怜の場所は俺の傍なんかじゃないよ。怜の場所は輪の中だ……永遠の命の輪の中なんだ……」

徹は引き寄せられたまま、怜の肩に軀を預けながら続けた。

「比佐子ママが教えてくれたんだ……永遠に連なる命の輪の話……最初は比佐子ママの話が俺にはわからなかった。だけど今はわかるよ、永遠に連なる命の輪の意味が、俺にも……怜は輪の中の住人なんだ。生まれた時から、ううん、生まれる前から、怜は輪の中に生きてるんだ。だから怜は輪の中に帰らなくちゃならないんだ。俺といたら、怜は輪から外れちゃうんだよ。だって俺には輪なんかないんだ。誰にも欲しがられなかった俺には、生まれた時から、俺に連なる輪なんかないんだ。それでも、もし、俺が女だったら、もしかしたら怜の連なっている輪の中に入れたかもしれない……だけど俺は女じゃないから、俺じゃ、逆立ちしたって怜の子供なんか産めない。怜、あんなに子供が好きなのに、それなのに怜は俺といたら一生、父親にはなれないんだ。家庭も持てなくて、怜をあんなに大事に思ってくれてるお母さんまで、怜は裏切って、怜は家族を失くしてしまう……俺がいたら、怜は永遠に連なる命の輪から外れちゃう……不幸になっちゃうんだ……」

「──徹、お前は本当に優しいヤツだよ。短い間に、お前はどんどん大人になって、自分はこんなに傷だらけのくせに、それでもお前は俺を思いやってくれるんだな？　俺や俺のお袋をお前は……だけどな、徹？　お前の優しさに、俺は凄く傷ついてるんだ、わかるか、徹？　俺はお前を愛してるんだ。お前がいれば、俺は永遠に連なる命の輪なんかいらない。父親になんかなれなくて結構だ。家庭なんて、俺と徹で作ればいいじゃないか？　形なんか他と違ってたって構わない。俺はお前と暮らしたい。お前を守って、お前と愛し合って生きていきたい。それが俺の幸せだ。俺にとって大事なのは、徹、お前だ。子供でも、家庭でも、ましてやお伽噺の輪っかでもない。大事なのはお前だ。他には何もいらないよ。俺は欲張りじゃないんだ、徹、必要なものしか俺はいらない。そして徹、俺に必要なのはお前だ、徹。お前さえいてくれれば、俺はちゃんと幸せになれる。他に何を失くしたって、俺は徹がいれば幸せになれるんだ」

怜は腕の中の徹を抱き締めた。怜は本気だった。自分でも恐いほどに、怜は自分の気持ちが研ぎ澄まされていくのがわかった。怜は今、本当に、自分の何と引き替えにしても、どうしても徹を手に入れたいと願っていた。そして今この時を逸してしまえば、怜は自分が永遠に徹を失ってしまうのもわかっていた。腕の中に抱き締めた徹の左腕を覆う白い包帯が、怜に何よりもそれを強く教えていた。

「愛してるよ、徹……頼むから逃げないでくれ。俺といっしょにいてくれ。俺にはお前が必要だ。誰よりもお前が、お前だけが必要なんだ……だから徹、俺の……」

「だめぇっ……！」

だが掻き口説く怜を、徹はやはり拒絶した。母の存在を通して、自分の生に虚無感を抱いて以来、徹には、拒絶することでしか自分の生を許せなくなっていた。

「ダメだよ、怜……怜は優しいから、いつだって俺に優しいから……だけど今度はダメなんだ。今はよくたって、怜はきっといつか後悔する。比佐子ママを裏切って、哀しませたのを後悔する。俺なんかを好きになったことを、怜はきっと後悔する。後悔して、怜はきっとそんなことをした自分を憎むよ。そんな怜、俺は見たくない！　怜にお前なんか好きになるんじゃなかったって、言われるくらいなら、俺、怜が俺を愛してるって、必要だって言ってくれてる今、死にたいよ！　後になって捨てられるくらいなら、拾わないでくれ！　拾わないで、今すぐ捨てちゃってくれよっ！　俺は生きていたくなんかない！　後悔して嘆く怜を見るくらいなら、俺は今すぐ死んじゃいたいんだよぉっ……！」

「徹っ！」

身を捩って、激しく拒絶だけを繰り返す徹に、怜は哀しみにも似た怒りに駆られて、先ほど思いとどまった三度目の打擲《ちょうちゃく》に右手を振り上げた。

「やめてっ！」

だが振り上げた怜の手を押し退けて、まるで打たれようとする徹を庇うように怜の前に立ちはだかったのは、比佐子の白い小さな顔だった。

「やめて、アーちゃん！　もうルーちゃんを打たないで！」

キッと挑むように怜を見上げた比佐子の顔は、だがすぐに涙に崩れた。比佐子はワッと声を上げると、怜に背を向けてベッドの徹を両腕でギュッとばかり抱き締めた。

「ああ、ごめんね、ルーちゃん、わたしが悪かったわ！　お願いだから、わたしを許して！　あなたをこんなに傷つけるなんて……わたし、どうかしてたんだわ！　アーちゃんの幸せを願ってたはずなのに、わたしは気がつかないうちに自分の手でアーちゃんを不幸にしようとしてたんだわ！」

「比佐子……マ……マ……？」

食い込むように自分を抱き締めたまま、激しく身を震わせて泣く比佐子に、徹は虚を衝かれたように身動きひとつできなかった。

「ああ、許して、ルーちゃん、ルーちゃんは何も間違ってなんかないわ！　間違ってたのはわたしのほうなの！　わたし、すっかり忘れてしまっていたんだわ、昔のことを……ああ、ルーちゃん、アーちゃんは、怜は絶対に後悔したりしないわ！　何年、いいえ何十年経ったって、怜はあなたを愛したことを後悔したりしないわ！　後になって、怜はあなたを捨てたりしないわ！　絶対によ！　だってアーちゃんは、わたしが産んだ、わたしの息子なんだもの！　わたしの子供が、人を愛したことを後悔なんかするはずないわ！　だって、わたしは後悔なんかしなかったもの！　今までに一度だって、わたしは後悔なんかしなかったんだもの！」

比佐子は徹の軀を離して、両手で徹の顔を挟み込んで上向かせると、その瞳の奥を覗き込むようにして続けた。

「聞いて、ルーちゃん、わたしが尚人パパのもとに走ったのは、わたしが十六の時よ。田舎の父は猛反対したわ。まだ若かったし、それに母を早くに亡くして、父はわたしを手放したくなかったんだと思うわ。わたしだって父を愛してたわ。再婚もせずに男手ひとつで育ててくれて、中学を卒業したら、東京の女学校にまで入れてもらって……だけどわたしは尚人パパと出会ってしまったの。怜を身籠ってしまったのよ。わたしの気持ちは決まってたわ。父を捨てても、家を捨てても、それでもわたしは尚人パパを愛してた。他の何を失っても、わたしは尚人パパだけは失えなかった。そしてわたしは選んだわ。わたしが選んだのは尚人パパよ。失ったものは大きくて、今でも心は痛むけど、それでもわたしは尚人パパを選んだのを後悔したことはないの。もし人生をやり直せたとしても、わたしはやっぱり尚人パパを選ぶわ。だって尚人パパとでなくちゃ、わたしは幸せにはなれないんだもの。ああ、わたし、あの時の気持ちをすっかり忘れてしまっていたの。アーちゃんの言葉を聞くまで、本当にすっかり……バカだわね？　わたし、すっかり勘違いしてたんだわ。わたしは確かにアーちゃんを産んだ、アーちゃんの母親だけど、だからってアーちゃんはわたしのものじゃないのよ。アーちゃんはアーちゃんで、わたしが尚人パパを見つけたみたいに、ちゃんとアーちゃんはあなたを、ルーちゃんを見つけたんだわ。可愛いお嫁さんと、わたしが産めなかった大勢の子供達に囲まれて暮らすのは、わたしの夢だったけど……わたしの夢なんかじゃ、アーちゃんは幸せになんかなれないのよ。こんな簡単なことが、どうして今までわからなかったのかしら……アーちゃんは、あんなにルーちゃんが、ルーちゃんだけが必要だって、あんなに何度も言っていたのにね？　ごめんね、ルーちゃん、わたしが馬鹿だったばっかりにあなたを傷つけてしまって。もう少しで取り返しのつかない過ちを犯してしまうところだった。だけどまだ間に合うでしょう？　お願いよ、ルーちゃん、怜のところへ戻ってやって。わたしはあなたに許されないことをしてしまったけど、アーちゃんは、怜の気持ちは一度もルーちゃんを裏切ったりしてないわ。だからルーちゃん、お願いよ、勝手なのは百も承知だけど、それでもルーちゃん、お願いするわ。怜のところへ戻ってやって。怜を、わたしの息子を幸せにしてやって……」

比佐子は覗き込んだ徹の瞳の奥に、何度も何度も畳みかけるように願いを繰り返した。比佐子の囁きと熱い眼差しに、徹の瞳の奥も熱くなった。だが比佐子の眼差しと囁きの熱にさえ、徹の心の奥底で壊れてしまったきり凍てついてしまった何かは、少しも溶けだそうとはしていなかった。

「――――比佐子ママ……謝らないで、比佐子ママ……悪いのは俺なんだから……いくら比佐子ママが俺を許してくれても、やっぱり俺はダメなんだ……俺はクズだから、怜には相応しくないんだ……」

徹は熱くなり始めた瞳を伏せた。徹にはやはり自信がなかった。生みの母にまで捨てられた自分に、徹には生きる価値を、ましてや怜に愛される価値を見いだせなかったのだった。

「ああ、ルーちゃん、どうしてそんな哀しいこと言うの？　クズだなんて、そんな……あなたのお母さんがあなたを捨てたから？　あなたがお母さんの顔も名前も、お母さんの匂いさえも覚えていないから、だからルーちゃんは自分をクズだって思ってるの？」

「……わかってるくせに、比佐子ママ……俺は望まれてなかったんだ。欲しくない赤ん坊だったんだ。母親にまで疎まれた俺がどうして……！」

顔を背ける徹を、だが比佐子は逃がさなかった。

「逃げないで、ルーちゃん！　こっちを向いて！　ルーちゃん、ちっともわかってないわ！　どうして自分を望まれてなかったなんて、欲しくなかった赤ん坊だなんて思うの！　あなたのお母さん、そりゃあ、あなたを育ててくれなかったかもしれないけど、それでもあなたのことを考えなかったと思う？　十ヵ月もの間、あなたをお腹に抱えて、あなたのお母さんは、毎日毎日育っていくあなたを自分の軀の内に感じて生きていたのよ！　そんなお母さんが、あなたのことを、何も考えなかったなんて、そんなバカなこと、あるわけないじゃないの！　お母さんは考えたはずよ、いろんなことを！　いらないんなら、最初から産んだりしないわ！　お母さんはルーちゃんを産みたかったのよ！　欲しかったのよ！　お母さんはルーちゃんを捨てたりしてないわ！　だってお母さん、ルーちゃんをお父さんの家に連れていったんでしょう？

道端に捨てたり、駅のコインロッカーに押し込んだりせずに、お母さんはルーちゃんをお父さんの家に連れていったんでしょう？　お母さんは自分で育てられなくても、ちゃんとルーちゃんのことを考えていたのよ！　お母さんなりの方法でね？　それは正しい方法じゃなかったかもしれないけど、それでもお母さんは精一杯ルーちゃんを思ったはずよ？　お母さん、ルーちゃんが可愛かったのよ！　愛してたのよ！　だからルーちゃんにだって、ちゃんとお母さんから受け継いだ、ルーちゃんだけの永遠の命の輪があるの！　だってルーちゃん、こんなに優しい子に育ったんですもの！　ちゃんと誰かを愛して、その誰かのために自分を捨てられるくらい、ルーちゃんは真っすぐに育ったんですもの！　ルーちゃんは輪から外れたりしてないわ！　ちゃんと輪の中に生きてるのよ！」

　言い募る比佐子の顔は内側から輝いていた。どんな否定も反論も寄せつけない強い光。それは母親だけが放つ光、仏に帰依した鬼子母神の慈愛の後光だった。

『ああ――――お母さんっ………！』

　徹は比佐子の光に飛び込んだ。柔らかい比佐子の白い胸。徹を包み込む甘い香りと優しい抱擁。比佐子の放つ強い光に包み込まれて、そしてその胸に抱かれて、徹は心の底から嗚咽を漏らした。

『ああ、これは涙じゃない……溶けた氷だ……俺の内でずっと凍てついたままだった何かが……壊れてしまった何かが溶けていく……ああ、光だ！　光の輪が、俺にも見える………！』

　徹の心は静かな喜びに震えていた。徹の目に映った光の輪は、比佐子のものであって徹のものではなかったが、それでもその強い光の輪に抱かれていると、徹の内で壊れてしまった何かが、ゆっくりと修復されていく予感が、はっきりと徹にはしてくるのだ。光が徹を内側から癒していく。

『だって、ほら、俺には怜が……怜がいるんだもの……』

比佐子の胸に顔を埋めながら、徹には、その後ろに立っているだろう怜の姿がはっきりと見えた。

『大丈夫だ、俺は怜がいてくれれば、それだけで大丈夫だ……だって俺は信じられる――怜が言うのならどんなことだって俺は信じられる――だって俺は怜を愛してるんだから……』

不意に徹の脳裏を、まだ東京へ出てくるだいぶ前、田舎町のあの家の、湯気に曇った洗面所の鏡の前で怜と口づけを交わしながら思ったことが過ぎっていった。随分と遠回りしてしまったが、徹の気持ちは最初から決まっていたのだ。愛して、信じて、そして共に歩んでいく――それが徹の道だった。

『ああ、怜、愛してるよ……この光より強く……俺は怜を愛してる……』

胸の奥から溶けだした氷は消えて、徹の瞳からは熱い涙が流れだしていた――。


熱い波乱の夏が過ぎて、秋が枯葉と共に吹き去って、そして訪れた息も白く凍る冬の日――大寒を過ぎた二月のある日、徹はソファーに座ってリモコンでテレビ番組を探している怜に告白した。

「ねぇ、怜、俺、大学を辞めようと思うんだ」

「えっ……？」

唐突な徹の告白に、怜は手にしていたリモコンを取り落としそうになってしまった。

「辞めるって、お前……辞めて、それでどうするつもりなんだよ？」

「うん、俺、保育の専門学校へ行こうと思ってるんだ」

「ホイクゥ？　保育って、お前、まさか保父にでもなる気かよ？」

目を丸くしながらも冗談半分にそう言った怜は、徹がそれにコックリと頷いてみせたのには、本当にびっくりさせられてしまった。

「実はもう専門学校の試験には受かってるんだ。今まで黙っててゴメン、本当はもっと前に話そうと思ってたんだけど、入試に落ちちゃったらカッコ悪いから受かるまでは黙ってた。怜、俺、保育の専門学校へ行って、それで将来は保父になろうと思うんだ」

啞然としている怜をよそに、徹は至って淡々としている。

「大学はせっかく受かったし、幸太郎とかいろんな友達もできて、辞めちゃうのはもったいないかなとも思ったんだけど、やっぱり辞めようと思って。元々、俺にとって大学は東京に出てくるための口実で、要するに俺は怜の傍に行きたいからって理由だけで受験したんだ。だから大学で特別やりたいことなんかなかった。だけど今は俺、やりたいことを見つけちゃったから、だから俺、大学を辞めるって決めたんだ」

「……そのお前が見つけたやりたいことってのが、保父になることなのかよ？」

「うん。きっかけをくれたのは幸太郎だから、大学へ行ったのもムダじゃなかったと思うんだけど、俺、ベビーシッターのバイトやってるだろ？　最初は俺、子守なんて全然できなくて、どうしたらいいのか途方に暮れちゃったんだけど、この頃は慣れてきたっていうか……今、俺、達也の他に四人面倒見てるんだけど、毎日楽しくってさ？　少なくとも経済学の本なんか読んでるよりも、俺には向いてるんじゃないかって気がするんだ。そりゃあ、俺、達也に変な感情移入しちゃったけど……だけどやっぱり達也には俺みたいなヤツが必要なんじゃないかって思うんだ。だから俺、もっと専門的な勉強して、ちゃんと資格取って保父になって……そしたら俺みたいなヤツでも役に立つんじゃないかなって……達也みたいな子達のために、俺なんかでも何かできるんじゃないかなって……」

説明しながら、なぜか気持ちが少しだけ後ろ向きになってきて、徹は怜から視線を逸らして軽く俯いた。

そんな徹の顎に指をかけて、怜は徹を上向かせた。

「こら、徹？　俺みたいな、とか、俺なんか、とか、そんな風に自分を言うのはやめろよ。お前、もしかしてまだ気にしてるのか？　生みの親にさえ捨てられた自分には、人間としての価値がないんじゃないかなんて、まさかまだ心のどっかで思ってるんじゃないだろうな？」

「やだな、怜……そんなの、もう思ってないよ」

徹は笑って否定したが、それは本当ではなかった。過ぎ去った夏の日、比佐子の光に抱かれて、徹は自分が内側から癒されていくのを感じた。怜を信じて、共に生きていける自分を、徹は確認できた。そのことに嘘はなく、実際、徹は以前にも増して怜を強く愛するようになっていた。だがそれでもやはり、徹の心の奥深くにパックリと口を開けてしまった傷口は、その口を閉じて尚、完全には治っていないのだった。

「なぁ、徹？　あの時、病院のベッドでお前はお袋の言葉に納得してたみたいだったから黙ってたんだけど、ホント言うと俺はお前の考え方は間違ってると思ったし、それからお袋の言ってたことにも、俺は諸手を挙げて賛成ってわけじゃなかったんだ」

怜はつけっぱなしになっていたテレビのスイッチをリモコンで切った。

「まぁ、徹が思い直してくれたのはお袋の言葉にだったんだろうから、それはそれで俺がとやかく言うことじゃないんだろうけど……ただ俺が思うのは、人間の価値とか生まれてきた意味みたいなものは、今、この瞬間を生きているその人間だけのものだと思うんだ。誰がソイツを産んだとか、誰がソイツを育てたとか、そんなのは問題じゃない。歴史に残る偉人の子だろうが、残虐非道な犯罪者の子だろうが関係ない。大事なのは本人だけだ。人間としての本人の価値に、親や環境がプラスアルファしてやれるものなんか何もないんだ。もしそれがあるとしたら、それは誰かの子供だからってことじゃなくて、ソイツが自分の手で摑み取ってきた自分だけの価値だ。傲慢な考え方かもしれないけど、それでも俺はやっぱり、人は誰かのためにじゃなくて、自分自身のためだけに生きるんだと思う。その人間がどう生きるかで、初めてソイツの生まれてきた意味とか価値とかが発生するんだって、俺はそう思う。だから俺は正直言って、お前のお袋さんがどんな女だって構わない。徹が徹だってだけで、俺にはもうそれだけで十分だよ。俺が愛してるのは徹、お前自身だ。お前が親からもらった何かなんかじゃない。大事なのは、いつだってお前自身なんだよ、徹、お前は胸を張って、お前自身のためだけに生きていいんだ」

怜は徹の左手首の内側に、そっと口づけた。

「恐がらなくていいよ、徹、傷口はちゃんと塞がる。俺が塞いでやるから……」

「怜……」

優しく口づけられた左手首の傷跡に甘い痺れが走って、徹の心は震えた。

「ありがとう、怜……俺、きっともう大丈夫だよ……だけど今はまだ少しだけ、ほんの少しだけ、ここの奥が痛むんだ」

徹はそっと、自分の胸に右手を当てた。

「きっと傷口はもう塞がってるんだ。この手首の傷よりも、ずっときれいに治ってる……治ったのは怜がいてくれたからだよ。比佐子ママが、それから姉ちゃんがいてくれたから治ったんだと思うよ。だけど、それでもやっぱりここが痛いのは……それはやっぱり俺のせいなんだ。この痛みは、俺が自分で治さなくちゃならない痛みなんだ……俺さ、これでもいろいろ考えたんだよ？　自分で自分を治すのに、俺はどうしたらいいのかなって……それで俺、思ったんだ。怜に甘えてちゃダメだって。怜に甘えてたら、傷はすぐに消えてなくなるけど、痛みはいつまでたっても俺から消えない。だから俺、自分で何かしなくちゃいけないんだ。俺、必要な人間になりたいよ。怜が言ってくれたみたいに、自分で自分に胸を張っていられる人間になりたいんだ。それには自分で何かしなくちゃ……自分で自分に納得しなくちゃ、いくら怜が俺自身に価値があるって言ってくれてもダメなんだ」

「徹……」

「俺、保父になる。保父になって、役に立つ人間になりたい。誰かから必要とされる人間になりたい。どっかにいる達也みたいな子や、それから俺みたいな子にも、大丈夫だよ、って言ってやれる人間になりたいんだ。俺、間違ってるかもしれないけど、思い上がってるかもしれないけど、そうなれたら俺、胸が張れると思う。自分で自分の痛みに勝てると思うんだ。俺、きっと自分の痛みに勝つよ……！」

今にも泣きだしそうにしているのに、そう言って唇を噛み締めている徹の顔が、怜にはとても輝いて、そして力強く感じられた。

『ああ、お前は本当に……もう一人前の大人なんだな……』

徹が上京してきた最初の春に、公園の満開の桜の木の下で感じたことを、怜は今、改めて実感させられていた。一年前の冬には、徹は会いたいと言って真夜中に電話をかけてきた。そのまた一年前の冬には、徹は諭す怜の言葉に切れて、ヒステリー状態で逃げだした。

『お前は春を迎える度に強く、そして大きくなっていく……』

今、徹は怜の横に立っていた。怜が手を引いてやるのではなく、徹は怜と肩を並べて立っていた。

「徹、いっしょに暮らさないか？」

「えっ？」

感慨に浸るように、じっと自分を見つめていた怜に不意にそう言われて、徹はびっくりしてしまった。

「いっしょに暮らそう、徹……ずっといっしょに……」

怜は囁きながら徹の軀を抱き寄せた。

「あ、怜……？」

「俺といっしょに暮らしてくれ。もう大丈夫だ、徹、お前はちゃんと自分の足で立って、自分の足で歩いてる。もうおんぶも抱っこもないよ。俺達はいっしょに歩いていける。プロポーズだ、徹、俺といっしょに暮らしてくれ。この先ずっと、俺といっしょに歩いてくれ」

「――――……！」

徹は全身から力が抜けていくのを感じた。視界がぼやけて、目の前にあるはずの怜の顔が見えない。

『ああ、怜、見えないよ……眩しくって、嬉しくって……俺、怜の顔が見えないよ……！　俺の目、怜の光でいっぱいで、もう何にも見えないよぉ……！』

徹は夢中で怜の首にしがみついた。溢れる涙に喉が詰まって、徹は泣き声さえ上げられなかった。

「どうした、徹？　泣いてないで、返事をしてくれよ？　ハイ、だ、徹、ハイって言ってくれよ？」

『――――……い……はい……はい……は……い……』

目も開けられず、声も出せないままに、徹は抱き締められた強い腕の中で、耳元の囁きに何度も何度も頷きを繰り返した。

『ああ、怜……！』

徹の全てが今、光の洪水に飲み込まれていた。光は徹の内側からやってくるのだ。

「愛してるよ、徹……ずっといっしょだ……」

固く抱き締め合う二人を繋ぐのは、たった一つ、輝く光の輪だった。愛し合い、信じ合う二人だけに存在する光の輪。


――三度目の春が、もうすぐそこまで近づいてきていた。

あとがき

こんにちは♥

はじめましての方も、いつもお世話になっておりますの方も、この本を手にとって下さって、本当にどうもありがとうございます。

歯医者嫌いで痛がりの徹クンと、ちょっと意地悪だけど甘々な歯医者の怜先生のお話、少しはお楽しみ頂けたでしょうか？

実は、タイトルにもなっている『春の探針』は、今を遡ることン年前に、篁が生まれて初めて書いたボーイズ・ラブで、幸運にも（？）この世界に足を踏み入れるきっかけとなった、本人としては記念すべきデビュー作です。

恐怖の虫歯治療中、主人公の徹と同じく歯医者を大の苦手としている篁の、おバカな脳ミソに腐った激震を走らせた悪魔のドリル攻撃！

『こんなに痛くて嫌なのに、無理遣り人の口を抉じ開けてドリルや器具を突っ込むなんて！　これじゃ、まるで強姦だぁ――っ！』

歯医者の椅子でそう思った瞬間、単なるボーイズ系読者のひとりであったはずの篁の脳裏に、徹と怜のお話のプロットが浮かんだのでした。

いやぁ、人生、いったい何が起こるかわからないものですねぇ。

こんな簡単な思いつきでワープロの前に座った結果が、まさか、こうなるとは……(笑)。

後日、続編にあたる『鬼子母神の春』と併せて、これもまた生まれて初めての単行本として、オークラ出版さんから出して頂いたのですが、それをこの度、アイス文庫として再録して頂けるということで、懐かしいやら、恥ずかしいやら……篁としても感無量です。

えらく分厚くなったと思われるこの本を、読んで下さったアナタさまにも、少しは気に入って頂けていればよいのですが……。

もしもお気に召して頂けたようでしたら、オークラ出版さんから、他にも何冊か単行本を出して頂いておりますので、お読み頂ければ幸いです。

文末になってしまいましたが、デビュー前からずっとお世話になっている担当の飯塚さんに、改めて深謝申し上げますとともに、今回、イラストをつけて下さった、あさとえいりさんにも御礼申し上げます。

それではまた、小説アイスの誌上などで、アナタさまにお目にかかれる日を、篁、首を長ぁくしてお待ち申し上げております。

よろしければ、感想などお聞かせ頂けると、とっても、とっても嬉しいです♥

二〇〇一年八月吉日

篁　釉以子

PS・歯医者さんは、今でもとっても苦手です(苦笑)。

●ファンレターのあて先●
〒101-0024　東京都千代田区和泉町1-11
プラトンビル3F（有）フィッシュボーン内
アイス文庫編集部『○○先生』係

◆この作品は、アイスノベルズとして
発刊したものを文庫化いたしました◆

●春《はる》の探針《たんしん》●

2001年10月 3日 第一刷発行

著　者 ―――――――――― 篁《たかむら》　釉以子《ゆいこ》
©Yuiko Takamura

発行人 ―――――――――― 長嶋　正博

発　行 ―――――――――― (株)オークラ出版

〒102-0082　東京都千代田区一番町法眼坂ビル４F
TEL. 03（5275）7681　FAX. 03（5275）7690

印　刷 ―――――――――― 図書印刷（株）

落丁・乱丁がありましたらお取り替えいたします